复旦通识
Fudan General Education

复旦通识文库·文理学苑

The
Tragic World
of Ancient Greeks

古代希腊人的
悲剧世界

吴晓群　著

创于1897　The Commercial Press

图书在版编目(CIP)数据

古代希腊人的悲剧世界 / 吴晓群著. — 北京：商务印书馆, 2024
（复旦通识文库）
ISBN 978-7-100-23988-2

Ⅰ. ①古… Ⅱ. ①吴… Ⅲ. ①悲剧—剧本—文学研究—古希腊 Ⅳ. ①I545.073

中国国家版本馆CIP数据核字（2024）第101362号

复旦通识文库

古代希腊人的悲剧世界

吴晓群 著

商 务 印 书 馆 出 版
（北京王府井大街36号 邮政编码 100710）
商 务 印 书 馆 发 行
北京盛通印刷股份有限公司印刷
ISBN 978-7-100-23988-2

2024年9月第1版　　　　开本 700×1000 1/16
2024年9月第1次印刷　　　印张 16¾

定价：88.00元

复旦通识文库
编委会

总　序

　　"通识教育"在中国大学方兴未艾，呈现出生机勃勃的万千样态，这无疑是中国大学教育自我更新的新起点。"通识教育"旨在关注人格的修养，公民的责任，知识的整全，全球的视野，为中华文明的承接与光大以及人类生存的共同命运承担起自身的责任。

　　"通识教育"是教育自我反思的积极产物，它要摆脱学生长久以来被动式学习的积习，摆脱教师"概论式知识传授"的惯性，摆脱大学教育教学与育人脱节的怪圈，从而回归教育的本质。"通识教育"注重培养学生的理论想象力、学术贯通力以及生活反思力，培养学生阅读、交流、写作的可迁移能力，促进学生学习全过程高度自觉的发展，为学生的终身学习奠定扎实基础，并在这个过程中牢牢把握"立德树人"的教育目标。

　　"通识教育"依托于专业教师的学术积累，同时需要教师自觉地克服专业视野本身的局限，以厚积薄发的学术精神，深入浅出的学科反思，生动活泼的教学方式帮助学生以更宽广的视野去探索、理解这个丰富多彩的世界，这无疑对教师的知识结构、理论修养、教学方法都提出了巨大的挑战。"通识教育"在中国也是教师自我挑战与成长的过程。

"通识教育"超越中国大学以院系为单位的基本格局，注重培育教师与学生之间的学术共同体生活。一方面，"通识教育"帮助学生树立超越专业的视野，使之能与不同学科的同学自由地交流与探索；另一方面，"通识教育"也推动教师跨越自身的学科边界，使高度专业化的教师建立"通识教育者"的身份认同，形成"通识教育"的教师共同体。

在"通识教育"改革探索的过程中，复旦大学率先在国内大学中提出"通识教育"的概念与原则。自2005年成立"复旦学院"至今，逐步形成了五大"住宿书院"与七大"核心课程"模块的复旦通识教育模式，并以此为载体全面构建了复旦"通识教育"的体系。我们的愿景日趋清晰，我们的路线更加坚定，我们的行动更加务实。

"复旦通识文库"是推进复旦乃至整个中国大学界"通识教育"的重要组成部分。通过复旦的创新实践及各高校的经验积累，借鉴世界卓越大学的优秀成果，中国大学的"通识教育"将形成自己的优秀传统，开创独特的教育路径，确立自身的价值标尺。文库拟定四大系列：

"文理学苑"："通识教育"扎根于文理学科的基础，教师在核心课程教学基础上完成独立的著述。这是服务于教学工作的学术著作。著述将围绕教学的核心内容，既有微观聚焦，又有宏观视野，既有学术知识，又有现实关怀；同时注重思想性与理论高度。通过这个系列，教师的课程内涵得以不断升华，教学成果得以逐渐积累，真正实现教学与科研的结合。

"译介系列"："通识教育"强调全球视野，努力将世界文明统序置于"通识教育"的考察之中。译著重视论题的历史脉络，强调理论视野与现实关切，在广泛的知识背景下深入对某一专题的认识。"通识教育"承载着文明的传承赓续与精神形塑，存亡继绝又返本开新。通过译介工作，我们希望为中国大学的"通识教育"提供更宽广的思想脉络和更扎实的现实感。

"论丛系列"："通识教育"既需要大学管理者的决策推动，也需要教师的持续努力，更需要学生的积极投入。"通识教育"发展的根本动力是大学管理者、大学教师与大学生们对"通识教育"的重要性及其使命的高度思想共识。大学"通识教育"的实践者们既是行动者，也是思想者。他们的思考永远是最鲜活的，其中既有老校长们对于"通识教育"高瞻远瞩的问题诊断、观念梳理以及愿景展望，也有广大教师针对具体课程脚踏实地的反思与总结，更有学者们对高等教育尤其是"通识教育"领域的精深研究。

"思想广角"："通识教育"是学生人格形成的场域，需要有鲜活多元的形态与样式。"思想广角"在一般的课堂之外，聚焦知识前沿与社会热点，最大限度地吸纳大学、知识界与社会的有识之士，反映劳育美育、行知游学等方面的实践与反思，协力拓展中国大学"通识教育"的深度与广度，形成"通识教育"的思想广角。

我们希冀这四大系列能够助力中国大学"通识教育"的发展，进一步凝聚共识，明确方向，扎实推进。惟愿"复旦通识文库"书系不断推陈出新，日月光华，旦复旦兮。是为序。

"复旦通识文库"编委会

悲剧是对于一个严肃、完整、有一定长度的行动的摹仿。……借引起怜悯与恐惧来使这种情感得到陶冶。

——亚里士多德

目　录

导　言

希腊人与希腊悲剧

悲剧，在人类文明史的每一个时期都留下了深深的足迹。自古以来，悲剧就时刻萦绕在人类的灵魂之间。人们观看悲剧、致力于对悲剧的研究，皆是因为感到需要对自身及身处的世界有更深刻的了解。

英国当代著名的马克思主义文艺理论家、文学批评家特里·伊格尔顿（Terry Eagleton）在《人生的意义》中说："在所有的艺术形式中，悲剧最彻底、最坚定地直面人生的意义问题，大胆思考那些最恐怖的答案。最好的悲剧是对人类存在之本质的英勇反思，其源流可追溯至古希腊文化……最有力的悲剧是一个没有答案的问句，刻意撕掉所有观念形态上的安慰。如果悲剧千方百计告诉我们，人类不能照老样子生活下去，它是在激励我们去搜寻解决人类生存之苦的真正方案……"[1]换言之，他将悲剧视作对人的存在的一个提问，且这个提问的答案是开

1　特里·伊格尔顿：《人生的意义》，朱新伟译，译林出版社，2012年，第11页。

放的。

事实上，古代希腊人确实对人类的悲剧有着敏锐的感受力，希腊悲剧中充满了对于人类自身及其命运的探索。悲剧冲突从现象上看似乎是个人之间的偶然事件。其实，个人正代表着一定历史时期的某种社会力量，因此，悲剧实际上是人类对自身文明发展中已发生、正在发生及将要发生的变化所做出的最直观之表述。而今天的我们则是要透过悲剧诗人或隐喻的、或象征的、或直观的表述方式，揭示其作品内在所深含的社会发展之线索，以及对于人的种种反思。

可以说，古代希腊文学的最高成就体现在戏剧方面，尤其是悲剧，它是古代希腊人留给后世的主要精神遗产之一。古代希腊人似乎对戏剧有着一种近乎痴迷的热爱，在希腊半岛上，古剧场随处可见，"看戏"在希腊人的生活中有着非常重要的地位。西方近代戏剧产生之前，希腊人在戏剧方面的成就，在整个西方古典世界，乃至之后相当长的一段时间内，都堪称无以匹敌。更加令人惊叹的是，那些将近三千年前的古老剧目，至今还有着旺盛的生命力，一年一度的"国际古希腊戏剧节"（International Festival of Ancient Greek Drama）吸引了世界各地（包括中国）的艺术家们前去参加。

在古代希腊，尤其是在雅典，悲剧诗人通过神话和英雄传说来反映他们时代的社会现实和民众的思想观念，多方面的主题在悲剧中得到表现，如命运观、宗教信仰、民主制度、社会关系、战争与和平、家庭问题，等等。

对于希腊悲剧的介绍与研究，两千多年来可以说是汗牛充栋、数不胜数，有为专业人士所撰写的研究类著作，也有为一般读者所准备的通俗读物。这些侧重点各异的书籍不仅在西方世界广为流传，在中文图书界也不乏其身影。对此，我们不必感到奇怪，因为，首先对于各文明中经典文本的学习和喜爱从来都是无须过多解释的；其次，因解读方式及目的的不同，不同的著作也适合于不同的读者。

作为一门通识课程的讲义，本书将在对希腊悲剧的起源、体裁、功能与结构做基本介绍的基础上，选择希腊三大悲剧诗人的四部经典悲剧进行解读，从而使读者对希腊悲剧有一个直观的了解。但本书并非文学鉴赏式的解析，而是注重将作品放在当时的历史与文化视域之中，基于对文本的分析，结合不同的解读模式，揭示希腊悲剧中所蕴含的文化内涵与宗教思想，从而更好地理解与阐释古代希腊人的社会与生活。本书希望读者能够在阅读古代经典作品的基础上，以史学的角度更加深入地理解古代希腊的社会与文化。

概括地说，古代希腊人的世界是一个人神共存的世界，在那个距今十分遥远的世界里发生的一些事情，在今天的我们看来，可能是匪夷所思的，但这是我们理解古代希腊文明及其悲剧创作和演出的重要前提。因此，必须在正式展开对悲剧的讲解之前讨论这个问题，即希腊人如何来看待神灵以及他们和诸神之间的关系，他们之间又是如何互动的。

在现代人的眼中，古代希腊文明似乎就意味着艺术的、哲学的、文学的成就，并表现出一种清明的理性精神，但是，这只不过是希腊古典文明的一个面向而已。事实上，对古代希腊文明的解读离不开另外一个面向，即神圣的面向——古代希腊人信仰的是一种典型的多神教，有着泛神的世界观。他们会认为神性充满整个宇宙，弥漫在所有的山川河流、一切的事件物体里面。每一座山、每一条河、每个季节、每一项与日常生活相关的事项都有神主宰着、保护着。对于那些多神的信仰者而言，如果没有诸神的参与，万事万物可能就是不存在的。在那样的一种思维方式中，自然与超自然并未截然分离开来，事实上，希腊人认为这两者是内在地联系在一起的。他们对诸神的理解既是想象性的，同时又是可视化的现实。神在希腊人眼里也不是一种纯粹的精神、一种高高在上的存在，而是一种看得见摸得着的生灵，他们可以为希腊人做任何事提供理由，当然，我们也可理解为是希腊人从诸神那里找到了种种行事的借口。

形象地说，作为多神教的信仰者，希腊人是与神生活在一起的。首先，神人同形同性的观念，就让希腊人头脑中那种高于他们的神圣存在变成了一种可亲近、可感知的活生生的力量，而非威严神秘且遥不可及的超验存在。这种力量因其与人类的相似性，使得人神之间的交往变得触手可及，与神相遇也不是后世高级宗教中只会发生在圣徒身上的奇迹，而是现实生活中经常可能遇见的。其次，神因不死而昭示其神性，有死的凡人与不朽的诸神之间不可逾越的鸿沟，又确保了诸神在希腊人心目中的神圣性和超越性。换言之，诸神虽然是理想中的，同时也是现实里的，是在人身边的、可以直接或间接感知到的。

这样的一种神人关系，让希腊人觉得，他们是生活在一个可以从容理解的形象化力量统治的世界，而不是虚无缥缈、无从把握的空间。因为神人之间是可沟通、可亲近，甚至是可以做交易的。于是，我们看到，在《荷马史诗》中，神人之间的往来非常频繁且直接，希腊的英雄们能随时呼唤神灵的帮助，诸神也能在他们愿意之时速即地来到人间。到了城邦时代，希腊人在公共生活以及私人生活中，几乎所有重要的事情都离不开与诸神的沟通与交流，以便提前得知神意并获取神佑。希腊人通过各种方式去感知神灵的存在与旨意，诸神则运用他们的力量影响希腊人生活的方方面面。当然，诸神也并不完全是有求必应的，评判的标准由神灵掌握。

　　现代生活中，人们的宗教活动和世俗活动是可以进行明确区分的，但是在古代希腊人的世界里，二者却是无法区分的，他们的宗教生活和其他生活密切结合在一起，希腊的理性精神也并不完全排除神的因素，换言之，神灵依然是理性思考的一个要素。由此，在城邦政治生活中，雅典的公民大会由全体成年的男性公民组成，他们选举各级官员管理城邦，以投票的方式决定城邦的内政外交以及战争或是和平。然而，在每次公民大会正式召开时，他们都要由祭司来呼唤众神，尤其是要呼唤宙斯（Zeus），让他确保本次会议的正义性与合法性，同时也预设了公民大会是在神灵的目光下进行的。当登上讲台发表政见时，此人必须头戴花冠，手握权杖。这并非是一种装饰品，花冠上的橄榄枝和月桂叶都是取自圣地，演讲者戴在头上，意味着他受到了神的庇佑；而他手中所握的权杖，则表明他获得了向公众讲话的权利，这权利当然也是来自神明的应允。实际上，这些仪式化行为都是为了表明，神明已赋予发言者的话语以合法性和神圣性，话语由此也就具有了法律效力。而在私人生活中，希腊人的一生也被各种与神灵相关的仪式所标识出来，从出生礼、成年礼、婚礼到葬礼，人生的每个重要节点都必须要有神灵的见证和保佑才是完整与合法的。日常生活中，他们甚至会在出门前通过观鸟的方式进行占卜，以确认当下之事是否顺利。至于生儿育女、出海航行、播种收获、商贸协议等生活中的一切事务，也都需要向神灵求取神谕以保证能得到神佑，从而得以顺利进行。

因此，我们看到，在"历史之父"希罗多德（Herodotus）的著作《历史》（*The Histories*）中，希波战争的过程里有很多决定性的决策都出自神谕。所以，斯巴达国王之所以会战死在温泉关，并非仅仅出于斯巴达人的尚武精神，同时也是遵循了神谕，因为他们在出发前征询了神谕，得到的神谕中说，要么是他们的国王战死，要么就是城邦灭亡（《历史》VII. 220）[1]。雅典人也在关键性的萨拉米斯海战前，两次前往阿波罗（Apollo）神庙求问神意，最后得到要以"木墙"来保卫城邦的神谕，雅典人将其解释为以木制战船在海上击退不擅长水上作战的波斯人。因此，胜利后雅典统帅地米斯托克利才会满怀虔诚与敬意地说："这不是我们的胜利，这是诸神的胜利。"（《历史》VIII. 109）

至于被今天的人们视为纯粹世俗活动的体育竞技、戏剧表演，在古代希腊实际上最初都源于祭祀神灵的活动。曾有人说："希腊人是最早懂得欣赏人体美的人。"[2] 但实际上，这种对人体的欣赏并不等同于现代意义上的"审美"，古代希腊的体育竞技也并非现代意义上的体育运动，它更主要的是一种宗教活动。因为所有的赛会都是为了祭祀某位神灵而举办的，因此赛会的第一天多举行庄严的祭神仪式，第二天才开始竞赛活动。而运动会上的许多竞技项目最初也只是祭神活动中的一种仪式，如火炬赛跑原先就是传递圣火的一种仪式。从泛义上讲，所有的竞技都是为了争获神的宠爱而进行的活动。诗人品

---

1 本书所有古典文献的引用均采用文中注（作品名＋卷行数）的引注格式，中文译本见参考文献。
2 房龙：《人类的艺术》，衣成信译，中国文联出版公司，1989年，第102页。

达（Pindaros）说："神明都喜爱竞技。"[1]因此，对于希腊人而言，敬神最好的方式之一就是请众神观看体育竞技。这在很大程度上是源于希腊人相信神人同形同性，故希腊的神都尚未脱离形体，而只是拥有比人更优美、更完善的形体。而且，人在外貌上与神的相似也形象地表达了希腊人对于神灵的看法：神是俊美的、青春的、优雅的、有力量的，而人的外貌美正好架设了一条人趋近神性的通道。于是，为了在形体上最大限度地接近神，希腊人以一种极大的热情投入体育锻炼之中。在他们的心目中，体育锻炼、比赛夺冠并非是一种游戏，也不是为了创造纪录，而是一件庄严神圣的事情，是一种为了接近神并成为神所喜爱的人而从事的活动。法国著名艺术史家丹纳（Taine）说得好："群众和艺术家，除了对于受过锻炼的肉体的完美，感觉特别深刻之外，还有一种特殊的宗教情绪，一种现在已经泯灭无存的世界观，一种设想，尊敬、崇拜自然力与神力的特殊方式。"[2]的确，只有明白了古代希腊人对于神祇的这种独特的情绪与感受方式，我们才能理解体育竞技在希腊人生活中的重要性。

悲剧也是这样，它的源起、上演及试图在民众中产生的效力都与希腊人的宗教信仰及其实践活动分不开，相关的具体内容我们会在随后的章节中详细论及。

总之，古代希腊的宗教存在于当时一切的社会机制之中，表现在所有的私人和所有的公共活动之中，它构成所有事件的一维，且是不可缺少的一维。可以说，"从哲学思想到文学艺术、从政治经济到文化教育、从道德伦理到惯例习俗、从科学理论到音乐美术，无论是社会的价值取向和共同素质，还是个人的

1　丹纳：《艺术哲学》，傅雷译，人民文学出版社，1963 年，第 328 页。
2　丹纳：《艺术哲学》，第 320 页。

心态结构和行为模式，都与宗教有着起初是相互渗透、而后是浑然一体的关系"。[1]因此，古代希腊人的世界既是世俗的，也是神圣的。在这个世界中，人并不是一种孤立的存在，还有众多的神灵与之如影随形。对于当时的人们来说，神圣和世俗之间不存在简单的、截然的对立和分隔，反倒是无处不在的神圣被披上了各种世俗的外衣，整个社会、所有的家庭、一切的个人都处在这样的一种宗教体系之中。换言之，希腊人的神圣生活和世俗生活是交织在一起的，人的世界和神的世界不是截然分开的，而且是息息相关的。可以说，如果不理解神在希腊人生活中的重要意义，就很难理解希腊文明的内涵。这就是我们所说的，希腊的世界是一个神人共存的世界——这是对古代希腊文明的一个概括性说明，也是理解古代希腊文明的一个出发点和关键所在。

然而，对于希腊悲剧的教学，国内外高校多是从文学赏析的角度展开，主要将其作为文学作品的一个种类来谈，注重作品的文学性及欣赏价值，而对其作品产生的历史语境及思想来源仅作为背景知识简单介绍。然而，作为起源于酒神祭仪中的希腊悲剧，与古代希腊人的宗教观念、日常生活以及公民教育等各方面有着密不可分的联系，如果不了解希腊人是如何看待他们与神灵的关系、不了解古代希腊人的精神世界，就无法真正读懂希腊悲剧。因此，我们不仅需要将希腊悲剧视作一种文学作品加以欣赏，更需要将它放在当时的历史与文化视域中。只有在较为深入地理解古代希腊文化的某些特质之后，才能真正读懂希腊悲剧，并进一步在源头上把握希腊文化中某些内在

1　详细论述参见吴晓群：《希腊思想与文化》，前言和第二、六章，中信出版集团，2021年。

的东西，加深对古代希腊文明的理解。

因此，为了深入透彻地理解希腊悲剧，我们需要在直接面对经典文本并对之加以分析的基础上，既注重知识背景的介绍，又在对历史背景的展现和对文本的分析中，把史学处理知识的能力表现出来。由此，不仅能够真正读懂希腊的悲剧，还能更好地理解与阐释古代希腊人的生活世界，明白：为什么说古代希腊的世界是一个人神共存的世界？不朽的诸神与有死的凡人之间有何相同及不同之处？希腊悲剧与现代悲剧的最大区别何在？希腊人是如何在悲剧中体现命运与人的关系的？三大希腊悲剧诗人的特点是什么？个人的意志与神意之间的关系在悲剧中是如何呈现的？如何理解悲剧中神律与王法的斗争？等等一系列有趣又有意义的问题。

此外，本书不从文学鉴赏的角度来讨论希腊悲剧，而是希望从历史的角度来谈论那些今天被称为文学作品的东西的另一个重要的原因，还在于希腊悲剧中故事发展的逻辑，也与中国传统的神灵观念不同，这就使得如何读懂古代希腊的悲剧对于中国人来说更加是一个问题。因此，在解读希腊悲剧的过程中，我们必不可免地会带有自身文化的思维特点，这就使得这一过程有着比较的视角。而比较本身就是一种我们认识自我、了解他者的思考方式，史学解析中的比较更能加强理解的深度，并可带来自我与他者之间更为有效的互动。我希望本书从中国人视角对希腊悲剧的解读，也能引发中国读者的自我意识与反思对观。"因为，一种文化与一个民族只有参照另一种文化和另一个民族，才可能更深刻地了解自身，而对他者和他文化的学习，既是一个消化吸纳的过程，同时也是一个观察自身体悟内心的过程。当今，在这个你中有我、我中有你的世界里，我们更需要通过对彼此的凝视来达成互相的理解。"[1]

当然，由于经典作品自带跨学科的特点，因此对经典的解读历来有多种方式，可根据不同的问题意识和想要达成的目标来决定。不同的解读策略和方式会带来不同的阅读体验和感受，没有什么标准答案。换言之，对待同一个作品，可以有不同的切入角度，不同的理论关照，不同的解读态度。

因此，本书将在讨论希腊悲剧的起源、功能、体裁、结构等方面内容的基础上，选择四部悲剧进行具体分析，而对这四部悲剧，本书将以四种不同的方式展开。希望读者在紧扣悲剧文本的基础上，在知晓思想语境的情况下，能够具体地去了解某一种解读模式的出发点、方法论、材料运用、论述过程以及可能得出的结论，由此将来或许能为自己选择一种适合自身研究旨趣的路径。

第一部《普罗米修斯》(*Prometheus*)。这是一部以神为主角的悲剧。在解读过程中，我将选取另一部古典文献《神谱》作为参照，因为其中也涉及《普罗米修斯》这部悲剧中的重要角色与前情故事，因此我们切入的角度就是互文印证的方式，即采用不同文本对照起来读，其中会重点涉及奠基神话及其理解方式、何为宙斯的正义、普罗米修斯形象的古今之变及其原因探究，等等。

第二部《俄狄浦斯王》(*The Oedipus Tyrannus*)。这是一部在西方知识界和思想界被解读得最多的希腊悲剧。对它的解读，能够生发的面向很多，可以从哲学、文学、心理学等各个角度展开。在紧扣"命运"这一主题的同时，我提出的问题是：应

1　吴晓群：《希腊思想与文化》，第 571—572 页。

该跟从现代诸思潮还是返回古典的语境之中？即在不同的特别是在现代的理论关照下，如何去读一部希腊悲剧？比如，在哲学家眼中，这部悲剧会带给他怎样的启发？可能产生什么样的问题？那些问题与悲剧本身所要展示的、传递的信息有什么不一致的地方？又是因为什么产生这种不一致？是哲学家的有意而为还是无心之举？假如是故意的，那哲学式的解读又是要把读者引向什么样的一种方向？

第三部《安提戈涅》(*Antigone*)。这是最早引入中国的一部希腊悲剧。为了弄明白安提戈涅冒死葬兄背后的思想逻辑，对这部悲剧的解读，我会将其放在古代希腊的现实背景之下，考察当时的希腊人对死者的态度，对葬礼的看法。这并不仅仅局限在舞台上，而是在现实生活中，他们是如何理解并实践这一问题的。也就是说，把这部悲剧背后所透露出来的古代希腊真实的死亡观以及对葬礼的安排放在一个历史语境之中来看。

第四部《美狄亚》(*Medea*)。这是一部视角非常奇特的希腊悲剧，古往今来有很多人从不同角度去解读它，女权主义思潮对它尤其关注。我们将围绕美狄亚可能具有的多重身份、角色，借助不同的理论视角，尝试以女性文明与男性文明这样一种新颖的提法，剖析这部以女性激烈行为作为描写对象的悲剧。

以上简单概括了对四部悲剧的四种不同解析方式，不过在此过程中有两点是共同的：第一，在讲解每一部悲剧之时我都会先简单概述这部悲剧的内容，包括悲剧内容涉及的前情提示。通常这部分内容在悲剧中不会出现，因为古希腊的悲剧故事基本上都是取材于远古的神话传说，那些内容对于当时坐在观众席上观看悲剧的希腊人而言都是了如指掌的，他们知道故事的起因、情节的发展以及人物的结局等，所以悲剧诗人会省略很多相关的前情提示，或仅以插话的方式简单提及。但对我们现在的人来说，如果不知道故事的源头可能就很难理解它为什么会那样发展和结尾，所以为了便于对悲剧更加深入的理解，我会在刚开始的部分进行前情提示和剧情介绍。第二，在对四部悲剧的解读过程中，在涉及任何一个部分的分析时，我都会先引用文本，再展开讨论。这是史学研究中的一个最基本的方法，就是在研究中不断地回到材料本身，那些原始的、一手的材料，是整个研究中最基础的也是最重要的支撑。而在文本研究中，直接的材料就是文本本身，是文本提供给了研究者最重要的依据。我希望通过这样的方式，以一门课、一本小书，让听众和读者略窥史学研究的切入点和方法论。

最后，简要谈几句关于译本选择的问题。通常在文本研究中，最紧要的事情是要确定所选用的版本。如果文本并非由研究者的母语撰写，那他一般不会直接采用翻译的版本，而会选用对自己的研究最具价值且被学界公认为最权威的校勘本，并参照几个专业性强的注释本。具体到希腊悲剧，那就需要研究者具备研读古希腊语的能力，再参照几种欧洲语言的注释本。然而，作为一本通识性而非研究性的小书，本书并未深入探讨过于专业的古典学问题，而且，本书的出发点又是围绕"如何读懂"展开的，重在对当时希腊人思想观念的理解，而非文学性的欣赏，因此对读者语文学、古文字以及修辞学方面的知识要求不高，所选译本只需翻译准确、文辞畅达即可。不过，我们也会在涉及一些比较重要的专门术语时引用古希腊语，以备有进一步兴趣的读者查看。在本书中，我们选择的是罗念生先生的中译本，这也是国内目前能够看到的希腊文学作品中学界公认翻译得最好的版本。

　　总之，这本小书就是在为非专业人士开设的，关于如何读懂希腊悲剧的大学通识课讲义基础上整理而成的，预设的读者人群是虽不以专精的研究为职业却爱知识、爱智慧且兼具好古之心的普通人。

第一章

发明悲剧：希腊悲剧的源起、功能与主题

　　悲剧是什么？在中文语境中，大家最熟悉的莫过于鲁迅先生的一句话：悲剧就是把美好的东西撕碎给人看。[1]的确，通常人们口中的悲剧故事往往都有一个悲惨的结局，英文中的"悲剧"（tragedy）一词也意味着，悲惨的事情、不幸、灾难或惨案等。但古代希腊的悲剧却并不是专门为了表现那些悲伤、凄惨的故事而创作的，也不是描绘人们日常生活中经常遇到的一些令人悲痛的事件或自然界的可怕灾难。希腊人"发明"悲剧另有其蕴含及深意，它是一种与众不同的体裁，也与现代戏剧不尽相同。[2]关于希腊悲剧的起源，学界的讨论众说纷纭，以下我们将从词源学、神话故事、演出场景、发展流变以及古代作家的论述中进行考察。

1　这句话出自鲁迅发表于 1925 年 2 月的《再论雷峰塔的倒掉》一文，原句是："不过在戏台上罢了，悲剧将人生的有价值的东西毁灭给人看，喜剧将那无价值的撕破给人看。"

2　雅克利娜·德·罗米伊：《古希腊悲剧研究》，高建红译，华东师范大学出版社，2017 年，第 1 页。

一 狄奥尼索斯与"山羊之歌"

"悲剧"（τραγωδία）一词，在古希腊语中的字面意思是"山羊之歌"。这是什么意思？

大家肯定都读到过，在神话故事里，古代希腊的神灵在显现的时候，多会与某种动物同时出现。那么，山羊会跟谁一起出现呢？我们知道，一方面，作为酒神的狄奥尼索斯（Dionysus）经常在山间林泽中奔跑嬉戏，他的信徒们也会腰间捆着兽皮、手上挥舞着藤条和树枝跟随其后，而与他们一起出现的动物通常就是山羊。另一方面，山羊也是献祭给酒神的祭品，是在仪式中献给他的牺牲。可以说，那些动物能够和神同时出现，意味着它们与神的关系非常密切，也是神的一种象征。所以，山羊就是酒神狄奥尼索斯的一种象征。

图 1　萨提尔（左）与狄奥尼索斯（右）[1]

1　阿提卡红绘基里克斯陶杯（kylix），时代约为公元前 5 世纪，现藏于柏林佩加蒙博物馆古典藏品馆（Antikensammlung）。

　　关于酒神狄奥尼索斯，《神谱》里说他是快乐的[1]，因为他是酒神，总是在醉意中寻求一种自由与释放的感觉。那么，酒是从哪里来的？古时，绝大多数的酒都是由粮食酿造而来的。狄奥尼索斯是酒神，同时也是丰收之神，所以他酿的酒是葡萄酒。葡萄作为一种植物如同橄榄一样，十分适合在希腊半岛多丘陵的地带种植，这两种作物正是当地主要的农产品。据说是狄奥尼索斯教会了人们种植葡萄，再用葡萄来酿酒。作为一个植物神，他当然也负责管理植物的生长发育。因此，希腊人在播种和收获的季节都会有对他进行崇拜的活动，并举行一些相关的节日庆典。这些崇拜活动既有公开的也有秘密的，这一点与对德墨忒耳（Demeter）的崇拜活动很相似。对于德墨忒耳的崇拜，在庆祝丰收时的活动都是在公众面前举行的，此外也出现在秘仪之中。

　　如同对所有希腊神灵的崇拜一样，酒神崇拜也是以神话传说为支撑的，只是在荷马的两部史诗中，狄奥尼索斯并没有直接出现。所以我们可以说，他在古代希腊人的神灵谱系中并不是一个很早出现的神。不过，虽然狄奥尼索斯出现得较晚，却不意味着他是一个少有人崇拜的神，事实上，他在希腊人中还是很受欢迎的。有关狄奥尼索斯身世与事迹的传说更为复杂多样。基本上，各种传说皆称狄奥尼索斯为宙斯的儿子：Διόνυσος（狄奥尼索斯）一词的前一部分 "Διο" 就是宙斯的名字，后一部分 "νσος" 则是 "儿子" 之意。因此，Διόνυσος 的含义就是 "宙斯之子"。但是他的母亲是谁却众说纷纭，我们在此选择一种广为流传、普遍为人们所接受的说法：狄奥尼索斯

1　原文为 "快乐的狄奥尼索斯"（941 行），赫西俄德：《工作与时日·神谱》，张竹明、蒋平译，商务印书馆，1991 年，第 54 页。

的母亲是大地女神塞墨勒（Semelē）。她因要求宙斯以真面目示她，而被雷电击死。宙斯将她腹中六个月的胎儿缝进自己的大腿，因此，狄奥尼索斯是从宙斯的大腿里诞生出来的。当狄奥尼索斯还是孩子时，曾被叛逆的提坦诸神（Titans）砍成碎块，仅剩心脏未被吃掉（也有传说称仅剩下的是生殖器），之后被雅典娜（Athena）救下交还给宙斯，再由宙斯使其复活。狄奥尼索斯由此成为唯一一个死而复生的奥林波斯神。

当狄奥尼索斯成年后，由于赫拉嫉妒其母，进而转变为对他的忌恨，遂将他变成了疯子，迫使他四处漫游。他在疯狂中杀了许多人，一路之上也创造了许多奇迹，如从地下引出葡萄酒泉、牛奶泉、蜂蜜泉等，更主要的是他教会了人们种植葡萄并用葡萄酿酒。在他的漫游途中，与他相伴随的有精灵西勒诺斯[1]、一群羊人[2]及狂女[3]。在返回希腊之前，狄奥尼索斯曾到过叙利亚、埃及、印度等地，在弗里吉亚（Frugia），地母瑞亚（Rhea）为他施了涤罪礼，并引导他接受了她的秘仪。之后，他经色雷斯（Thrace）进入希腊。由于人们不知道狄奥尼索斯是神，因而一路阻击、迫害他及其随从。当人们认识到他的神性后，才逐渐改变态度，开始崇拜他。[4]

1　西勒诺斯（Silenus）是赫耳墨斯（Hermes）或潘（Pan）的儿子，狄奥尼索斯的抚养者、伙伴及老师。他身材粗壮短小，秃顶扁鼻，长着一对马耳，还有尾巴。据说他喜好音乐，并能预知未来。

2　羊人（Satyrs）是希腊神话中较低级的森林诸神，他们是狄奥尼索斯的随从，是一种长着山羊的角、腿和尾巴的半人半山羊的怪物。据说他们性好欢娱、耽于酒色，时常嬉戏舞蹈。

3　狂女（Maenades）是酒神的追随者，她们通常身披兽皮，长发散乱，手执鲜花或火炬，在酒神节上狂歌乱舞。

4　关于狄奥尼索斯是如何进入希腊的各种讨论，可参见颜获：《欧里庇得斯的狄奥尼索斯——〈酒神的伴侣〉对"酒神入侵希腊"事件的文学解释》，《国外文学》，2020年第2期，第70—77页。

对此，有学者将神话传说中对狄奥尼索斯的各地漫游、受尽磨难并最终在希腊世界建立起对他的祭仪的描写，看作是酒神崇拜在希腊传播过程的一种反映。更有学者认为，这是狄奥尼索斯作为一个外来神的依据。甚至有一种猜测，认为他是一位来自东方的神灵。因为在传说中，狄奥尼索斯经常在疯狂时做出很多非常人会做的事情，这会让人联想到醉酒之人也是行为无法自控的，容易出现毫无节制乃至癫狂的举动。而这些特质被后世的西方学者预设为一种东方的特征，由此西方学术界在很长一段时间内都将那些不好的品质，如不节制、滥饮、奢靡、沉迷肉欲、腐败、专制等，看成是来自东方的。

这种明显带有意识形态偏见和有色眼光的学术猜测同时适用于爱神阿佛洛狄忒（Aphrodite），虽然她早在荷马史诗中就已出现，但仍有学者认为，她可能是从东方来的。因为她既象征着崇高纯洁的爱情，同时又保护着娼妓，是肉欲的化身。可见，有时候有些概念的形成，其背后支撑的不仅仅是学术，还可能是某种偏见。当然，每个人都可能会有一些偏见，关键的是我们自身有没有意识到那些偏见，有没有发现那些偏见影响了自己的判断。近代以来，一些西方学者认为，在理性、民主的希腊是不可能会出现那些乱七八糟的事情的，如果有，那只可能是源自东方的。对于这种后世建构出来对古代希腊的溢美之词，我们应保持警惕。当然，也有学者对此持相反的意见，他们认为，一些神灵虽然在现存的神话版本中出现得晚，但并不意味着他们一定不是本地的神灵。狄奥尼索斯身上的那种荒蛮之气，也可能表明他是来自更远古的本地神灵，只是还没有整合进化好，因而才具有那种特点。总之，以上这些观点都只是学术假想（其中也不乏带有政治立场的猜度），而学者们手中的材料其实很难

图 2　骑鹅的阿佛洛狄忒[1]

完全支撑任何一种说法。

　　回到古代希腊的场域中，对狄奥尼索斯的崇拜活动，既有由城邦主办的酒神庆典，也有民间的神秘仪式。大约在公元前 6 世纪，酒神狄奥尼索斯进入到厄琉西斯秘仪（Eleusinian Mysteries）中。不过在秘仪中，他叫雅库斯（Iacchus，又译作伊阿科斯）[2]，是德墨忒耳或珀耳塞福涅（Persephone）之子。对他的崇拜，与死而复活、灵魂不灭等观念密切相连。关于雅库斯是如何被引进秘仪的，我们所知甚少。但他的进入显然与公元前 6 世纪的希腊社会状况有关。"那时候，不仅新的观念正在萌发，而且新的需要也正在产生。希腊要求一个能适应人们

1　阿提卡红绘基里克斯陶杯（kylix），年代约为公元前 5 世纪，现藏于大英博物馆（The British Museum）。

2　罗马的酒神叫巴库斯（Bacchus），即雅库斯的音译。

心灵需要的宗教，以便满足人们心灵的渴望。显然，荷马的著作不能担负这一使命，德尔斐神谕冷漠的说教也不能满足这个需求。……于是，希腊出现了一个新的神。"[1]这个"新神"就是狄奥尼索斯。说他"新"，并不意味着他是一个新近产生的神祇，但与那些高贵而又高傲的奥林波斯诸神相比，狄奥尼索斯仿佛是一个"局外神"，"是一位没有进入天庭的地上神"[2]。他与代表希腊主流思想的阿波罗精神恰成鲜明对比。如果说，阿波罗象征着公正、和谐、适度与节制，狄奥尼索斯则是狂欢滥饮、迷乱忘我、激情四溢的化身；换言之，一个代表着理性，另一个代表着激情；一个促使衔接，另一个催生解体。[3]

在《酒神的伴侣》中，他说：

> 我曾在那些地方教人歌舞，建立我的教仪，向凡人显
> 示，我本是一位天神，只不过把形象化作了凡人。现在我
> 首先来到这希腊城市，在希腊的祀拜叫人狂欢作乐，使她
> 们腰缠鹿皮，手执神杖——缠绕着常藤的武器。……
>
> （欧里庇得斯：《酒神的伴侣》20—26）

不过，支撑这种放纵、狂野行为的是一种追求死而复生、灵魂不灭的理念。总之，作为酒神，狄奥尼索斯无论是在公共的庆典活动中还是神秘的秘密仪式里，都会带着他的崇拜者和

1　伊迪丝·汉密尔顿：《希腊方式——通向西方文明的源流》，徐齐平译，浙江人民出版社，1988 年，第 254 页。

2　伊迪丝·汉密尔顿：《希腊方式——通向西方文明的源流》，第 254 页。

3　德国哲学家尼采在《悲剧的诞生》一书中对这两种精神特质做了精彩而又略为夸张的论述，参见《悲剧的诞生——尼采美学文选》，周国平译，生活·读书·新知三联书店，1986 年。

图 3　描绘厄琉西斯秘仪的"尼尼翁陶板"[1]

信徒们又唱又跳，以一种欢快的方式出现。在祭祀狄奥尼索斯的时候，当神剧演出时，他的追随者（主要是女性，即狂女）也会载歌载舞。她们会把动物撕碎并生吃其肉，这是为了再现酒神受难、死亡并复活的过程，表达对植物神死亡的悼念和复活后的狂欢。人们相信在仪式中重现神的经历与体验神的遭遇，可使他们与神沟通并结合在一起，从而窥知植物生长的秘密，明了生命的意义，产生对灵魂不朽的追求。事实上，在对狄奥尼索斯的崇拜活动中，无论是由城邦主办的酒神庆典，还是民间秘仪，这一精神理念始终蕴含其中。而在这种表演里，歌舞占有很重要的位置，希腊悲剧正是来自这种神剧中的歌舞。

　　另一方面，无论是德墨忒耳还是狄奥尼索斯，作为植物神，在对他们的崇拜中，原初之动机都是来自对植物丰产的祈求。

1　这是一块含有厄琉西斯秘仪元素的"尼尼翁陶板"（Ninnion Tablet），现藏于雅典国立考古博物馆（National Archaeological Museum）。

而植物的一枯一荣又暗示着死而复生的秘密，因此他们在秘仪中，也都会教导信徒要对来世怀抱永恒的希望，其主题是死亡与复活。我们往开了说，酒神祭仪中反映出的"死亡—复活"主题其实就是一切古老宗教崇拜的主题。事实上，反映生命的存在与延续，也是一切文明最本质与最核心的东西。这一主题在悲剧主人公身上体现出来，就是承担牺牲的勇气和决心，如普罗米修斯、俄狄浦斯、安提戈涅等，他们明知自己的行为将会导致什么样的结果，但是仍然敢于担当，并勇敢地去承担那种牺牲。悲剧诗人就是从神话故事中找寻英雄人物作为故事的由头，然后加入时代所呈现出来的思想观念、民众习俗，于是，多方面的观念在悲剧中得到表现，如命运观、宗教信仰、民主制度、社会关系、战争与和平、家庭问题、生命与死亡等，而悲剧主人公则是这些观念具体的承载者。当然，在那些大的主题下，具体的剧目因其不同的关注点还会呈现出更为丰富的小的话题。

以上是我们从"山羊之歌"这个具体的词源语境和神话故事出发来讨论希腊悲剧是什么的问题，接下来，我们将从更为学理化的角度来分析希腊悲剧。

二 亚里士多德的解读与公民教育的目的

自古以来，西方学者对希腊戏剧的研究著作可谓汗牛充栋，不胜枚举。历代的思想大师们对于希腊戏剧也情有独钟，从柏拉图、亚里士多德到黑格尔、尼采、马克思、弗洛伊德等，他们从哲学、美学、心理学等方方面面深入地研究了希腊的悲剧，为我们留下了许多精彩的论述。

但我们如何才能抓住最核心的东西呢？从历史的角度来说，要追本溯源，回到最初的表述中。因此，或许我们可以把后世对悲剧的各种理解放一放，先来看一看希腊人自己是如何看待他们发明出来的这个东西的，他们又是如何总结和概括自己对悲剧的理解的。

最早关于悲剧的系统论述来自亚里士多德的《诗学》，他也将悲剧的起源与酒神颂歌（διθύραμβος）联系在一起（《诗学》1149a）。更为关键的是，他还在其中为悲剧下了一个经典性的定义：

> 悲剧是对于一个严肃、完整、有一定长度的行动的摹仿。……借引起怜悯与恐惧来使这种情感得到陶冶。[1]
>
> （亚里士多德：《诗学》1449b）

这段话，前面一句谈的是基本定义，后面一句讲的是悲剧要达成的目的。我们把三个修辞性的定义展开，先提取主干部分。亚里士多德说悲剧是对某种行动的摹仿，既然是摹仿，可以说在他看来，悲剧就是一种再现。事实上，亚里士多德认为，一切艺术（包括史诗、悲喜剧、酒神颂以及音乐等）都是摹仿（μίμησις），只是摹仿所采用的媒介、对象和方式有所不同。而摹仿是人的天性使然，"悲剧是行动的摹仿"（《诗学》1447a—1450a）。在此，亚里士多德对于摹仿的理解与柏拉图有所不同，

---

1 原文为：ἔστιν οὖν τραγῳδία μίμησις πράξεως σπουδαίας καὶ τελείας μέγεθος ἐχούσης…。如无特殊说明，《诗学》一书的译文均来自《罗念生全集》，上海人民出版社，2004 年。此处译文出自《罗念生全集（第一卷）：亚理斯多德〈诗学〉〈修辞学〉·佚名〈喜剧论纲〉》。

柏拉图认为，艺术的摹仿只是对物理现实的复制，不仅是无益的甚至还可能是有害的，因为悲剧中的摹仿会让观众产生有害的情绪反应，对此，城邦应该加以限制（《理想国》3.395d—e，10.606b）。亚里士多德则认为，悲剧是重演，而非简单糟糕的复制，它可以是积极且具有分量的，因为人们本能地摹仿，并通过摹仿来学习（《诗学》1448b），因此，看戏的过程也就具有了教育的意义。

亚里士多德又进一步用三个词来界定和完善悲剧的摹仿。

首先是所谓的"完整"，是指讲述的事情要有头有尾，要把故事讲清楚，条理清晰。用他的话来说：

> 所谓"头"，指事之不必然上承他事，但自然引起他事发生者；所谓"尾"，恰与此相反，指事之按照必然律或常规自然的上承某事者，但无他事继其后；所谓"身"，指事之承前启后者。
>
> （亚里士多德：《诗学》1450a）

其次是需要"一定长度"，这是指什么？其实这只是个技术性的要求。今天的我们看戏多半都是在晚上，在戏院里面。但在古代希腊，悲剧上演的时间是在白天，趁天光尚好的时候演出。一般要在六七个小时内上演三部悲剧，中间休息一下，观众要吃喝放松一会儿，还要来一部滑稽剧调节一下情绪。可以说，每一次都是大规模的全天活动。这样的一个时间段就注定了每一部悲剧既不能太长，也不能太短。通常，一部悲剧大概是在一千五百行左右。这就是对"一定长度"的要求。

再次是"严肃"（σπουδαῖος），如果说对悲剧的完整性及一定长度的要求还比较好理解的话，那么，亚里士多德所说的"严肃"就比较复杂了。何为"严肃"？σπουδαῖος 是指认真追求的人或认真对待的事。个人能量及其成就的概念从一开始就蕴含其中，如果对象是最重要的，σπουδαῖος 就成为"道德上好"的同义词。[1] 具体在悲剧中的使用，需要结合上下文来理解，因为希腊悲剧的内容都是关于神与人或人在神意下的所作所为，而据亚里士多德的解读，悲剧的目的是要使人的情感得到陶冶并使人受到教益。因此所谓"严肃"就一定跟悲剧的目的有关。陈中梅认为，与该词相对立的有两种含义：一是 σπουδαίους—φαύλους（该组对立出现于《诗学》1448a1），前者指注重品行、有责任心和荣誉感、能够认真对待生活（因而也应被认真对待）的君子；后者指能力和品行欠佳、无足轻重的、不值得认真对待的小人。二是 σπουδαῖος 意为"严肃的"（《诗学》1448b34，1449b10，1449b24），与 γέλοιος（"滑稽的"）相对立。[2]

最后，悲剧的目的是要让人的情感得到陶冶，那怎么样才能得到陶冶？可以说，一系列与神意相悖的行动被摹仿出来，并因此受到惩罚后，自然会让人感到恐惧。震惊之后的人，便会有所警醒，由此得到陶冶。这个词直接的含义是"净化"（κάθαρσις），在古希腊语中也有"释放"和"疏导"的意思。可见，其具有在身体上和精神上清洁的意蕴。如果亚里士多德不是暗示观众需要仪式上的净化，但至少通过观看悲剧，观众受到了情绪的刺激和排空。这类似于苦难的艺术表现区别于实际的苦难，观众可以学习剧中人物的痛苦，而不必直接去经历它。

1　Rudolf Schottlaender, "Der aristotelische 'spoudaios'", *Zeitschrift für philosophische Forschung*, Bd. 34, H. 3, 1980, p. 385.

2　亚里士多德：《诗学》，陈中梅译，商务印书馆，2017 年，第 39 页。

只要观众对悲剧中人物的遭遇感到怜悯或恐惧，并且明白发生在主人公身上的事情也可能会发生在他们自己身上，希腊悲剧就达成了想要达成的效果。因此可以说，希腊悲剧的目的就是要让观众在"痛苦中学习"。

总之，在亚里士多德看来，希腊悲剧的要点不在于悲，而重在描写严肃事件。它通过主人公的意外不幸遭遇引起观众怜悯与恐惧的情感，从而起到教化的作用、导致道德的净化。在悲剧的表演中，有关社会生活中的种种伦理关系、道德要求被一一展开、定义，人们通过亲身参与和观看，在自觉或不自觉中复制并确认了那些基本的社会关系以及人们所公认的价值观念，如虔诚敬神、遵守祖训、勇敢进取、节制适度等等。所以，亚里士多德说：

> 悲剧总是摹仿比我们今天的人好的人。
>
> （亚里士多德：《诗学》1448a）

由于希腊的剧场并非是一个纯粹由演员主宰的场所，观众始终是积极的参与者，而不是被动的接受者。作为一种在城邦公共空间展开的活动，从一开始，悲剧就在雅典的公民公共生活中占有重要地位，这使得它能够影响公民气质的形成，并具有教化民众的功能。又由于戏剧表演更具世俗性，因此能够很好地起到寓教于乐的作用，比起单纯的说教更具效力。这也说明了剧场作为古代希腊一种重要的公共场所，悲剧的演出作为对公民进行义务教育的一种重要手段，对于塑造公民气质的价值是私人领域所不可替代的。

从以上的分析可见，在《诗学》中，亚里士多德对悲剧加以定义时，并没有强调故事的悲惨程度，也没说悲剧是对一连串悲惨行动的摹仿，而是用了"严肃"这个词。换言之，悲剧要表现的是非平常的事件，是在生活中发生的比较重要的故事，而不是简单的、平缓的，当然更不会是嬉闹的故事。当重大且不幸的事件意外发生时，震惊、恐惧和怜悯，是人类心灵所产生的最直接反应，在日常生活中自然会让人们觉得凄惨或惨烈。但希腊哲人看重并强调的并不仅仅是惨，而是希望人们能从中学到什么教训，进而思考触发悲剧的原因，并得到道德上的升华，如此悲剧便能达成其教化的功能。换言之，对于亚里士多德以及希腊人而言，悲剧不一定要有一个不愉快的结局才算是成功，只要有可怕的令人震撼的事情发生，就足够了。埃斯库罗斯（Aeschylus）的《俄瑞斯忒亚》（Oresteia）以和谐结束，欧里庇得斯（Euripides）的《伊翁》（Ion）也是大团圆的结局，而《伊菲革涅亚在陶洛人里》（Iphigenia among the Taurians）中的主人公则是由逆境转入顺境。总之，无论怎样的结局，其过程都必须是曲折且惊心动魄的。

从这个角度出发，我们对伯里克利（Pericles）时期的戏剧津贴或许就多了一个理解的视角：伯里克利执政时期，雅典政府在公共节庆上演戏剧的时候向每个来看戏的公民发放两个奥波尔（obolos，古代希腊钱币）的戏剧津贴，以此来鼓励民众看戏。对于这一举措，以往学界强调的多是它表明了当时雅典城邦财政的充裕，同时也显现出民主政治兴盛的景象。然而，如果我们想一想当今中国有什么影片是能够免费向观众提供的，或许就会明白其深层的用意何在。像《开国大典》《建党伟业》等这一类弘扬主旋律的优秀影片，是大中学校、各事业机构组织人们观看的影片，观看这类影片就是在对观众进行爱国、爱党、爱人民的正面教育。政府希望人民能够以影片中的人物为榜样，将其精神运用于各自的社会实践之中。此外，当今世界上几乎所有国家都对儿童实行义务性教育，因为这种教育是为了培养具备基本素质的国家未来公民，是国之根本所在，自然是由国家出钱的。有了这样的理解基础，我们也就懂得了雅典在伯里克利时代之所以发放戏剧津贴，实际上也就是在国力充裕的情况下，通过免费看戏的方式进行义务性的国民教育。只是这种教育的主题是关于神灵的教育，因为希腊戏剧中（特别是悲剧）所展开的都是神与人的关系、神与人的交往，通过看戏，那些神的话语、神的故事、人神相处的原则等都一一生动形象地呈现在希腊人的面前，这就是希腊人所接受的国民素质教育。悲剧演出作为一种教化的手段，它不仅是人们生活中不可或缺的事情，也成为实施公民义务教育的一种方式。

可以说，城邦、悲剧诗人与观众共同将悲剧的演出作为展示道德教诲和神灵警示的一种方式，舞台上那些严肃故事所发展出来的道德反应与审美反应是一致的，且既在共同体的理解中也在个体的感受中得以深化。因此，这种原先只是一个祭祀神灵的活动才会被城邦设定为国家节日。尤其是在雅典，戏剧节与民主政体之间的紧密关系表明，对于希腊人而言，悲剧既是一种个人创作，也可视为一种文化产品。换言之，他们意识到，艺术是带有价值的，或者说是具有意识形态功能的。柏拉图就曾将多数人在城邦政治生活中所占的主导地位称为"剧场政治"（《法律篇》701b）。后世也有学者将戏剧节的程序和民众的活动看作对公民大会、陪审法庭等城邦公共政治活动的准备和预演。[1]但由于这不是本书的讨论主题,因此不做过多展开,仅是提及而已。

三 永恒的主题:人与命运

在希腊悲剧中,我们发现,除了神以外,人还受到另一种超自然的力量即命运的制约和摆布。表面上那些喧闹不已的英雄们好像都是他们自己在决定着自己的行为,但实际上英雄的一切行为和结局都是早已注定的,只不过他们自己浑然不知。这背后的东西并不以人们的意志为转移,也不是舞台上的主人公能够明了的。有人把它说成是自然规律、外在环境,也有人把它看作自然界当中各种各样不可控制的力量,或是事物发展的必然趋势,希腊人则认为——那就是命运。

关于命运的讨论在古代希腊一直是一个很重要的话题,希腊的知识精英们也为我们留下了诸多思考的痕迹。回到最早的文献中,在荷马的史诗《伊利亚特》(*Iliad*)里,就出现了希腊人所不能解释的那种力量——命运。这种力量最主要的作用在于限定人生的长短,比如在提到阿基琉斯(Achilles)时,他的母亲海中女神忒提斯(Thetis)就说他注定短命,她哭诉道:

　　　　我的孩儿啊,不幸的我为什么生下你?

1　相关讨论可参见：Paul Cartledge, "'Deep Plays': Theatre as Process in Greek Civic Life", in P. E. Easterling ed., *The Cambridge Companion to Greek Tragedy*, Cambridge University Press,1997, pp. 3-35; Paula Debnar, "Fifth-Century Athenian History and Tragedy", in Justina Gregory ed., *A Companion to Greek Tragedy*, Blackwell Publishing Ltd., 2005, pp. 3-22 ; 王晓华：《雅典公民政治语境与古希腊悲剧的生成》,《学术月刊》, 2009 年 7 月, 第 112—119 页; 等等。

但愿你能待在船边，不流泪，不忧愁，

因为你的命运短促，活不了很多岁月，

你注定要早死，受苦受难超过众凡人。

（荷马：《伊利亚特》I. 414—417）

希腊人知道，人注定是要死的，这个命运是人类无法逃避的。而不死作为众神的特权，昭示出其神圣性。死亡是人神之间一道不可逾越的鸿沟，哪怕是作为人中豪杰的英雄也不可避免。当英雄死亡时，诗人就说：

是厄运把他引向这个死亡的终点。

（荷马：《伊利亚特》XIII. 602）

紫色的死亡

和强大的命运迅速阖上了他的眼睛。

（荷马：《伊利亚特》XVI. 333—334）

陷入命运的罗网。

（荷马：《伊利亚特》IV. 518）

黑色的死亡和强大的命运降到他眼前。

（荷马：《伊利亚特》V. 83）

据统计，命运在《伊利亚特》中出现了48次，几乎都与死亡相关。死亡是人注定的命运，是一个必经的过程，就如同树叶的催发与枯亡一样：

> 正如树叶的枯荣，人类的世代也如此。
> 秋风将树叶吹落到地上，春天来临，
> 林中又会萌发，长出新的绿叶，
> 人类也是一代出生，一代凋零。
>
> （荷马：《伊利亚特》VI. 146—149）

草木一岁一枯荣，人类新生命的诞生与长者的逝去也是在不断地循环往复之中，而神之神圣性就体现在其对死亡的超越之上。换言之，作为凡人，在出生的那一刻就已经被打上了死亡的烙印，这样的一种命运是无法用其他任何方式改变的，无论是祭祀或者祈祷都不能使人逃脱必死的命运。

请看《伊利亚特》中关于命运的著名悲惨场景，当阿基琉斯的密友帕特罗克洛斯（Patroklos）将要杀死宙斯之子萨尔佩冬（Sarpedon）时，宙斯悲叹道：

> 可怜哪，命定我最亲近的萨尔佩冬将被
> 墨诺提奥斯的儿子帕特罗克洛斯杀死。
> 现在我的心动摇于两个决定之间：
> 是把他活着带出令人悲伤的战场，
> 送往他在辽阔的吕西亚的肥沃故乡，
> 还是让他被墨诺提奥斯之子杀死。
>
> （荷马：《伊利亚特》XVI. 433—438）

可见，作为父亲，宙斯在面对自己儿子即将被杀之时，心生怜悯，想要将其救下。而诗句中似乎也暗示了无所不能的众

神之王宙斯是有能力冲破命运，改变这一切的。但是，宙斯的
这一想法立马遭到了赫拉的坚决反对：

> 一个早就公正注定要死的凡人，
> 你却想要让他免除悲惨的死亡？
> 你这么干吧，其他神明不会同意。
>
> （荷马：《伊利亚特》XVI. 440—443）

这两句话实际上有几层含义，首先是告诉我们，人是必死
的，且这是人神无法跨越的鸿沟；其次她还强调了这是一种"公
正的"命运，即这是宇宙秩序。而秩序的捍卫者正是宙斯本尊，
他却想要破坏这个秩序；最后，在此我们可以猜测，如果一意
孤行，宙斯是可以救出萨尔佩冬的，但是赫拉却威胁他说其他
神明是不会同意的。最后的结果是宙斯被劝阻了，而宙斯被劝
阻的原因当然是出于对宇宙间公义的维护。根据《神谱》中的
说法，因为宙斯取得神界王权后，公平地分配了财富和名誉，
建立了宇宙中的新秩序（《神谱》第 72—74 行），因此他不能打
破他亲手制定的规则，否则其他神灵不仅会产生不满情绪，更
可能起而效仿，如此一来，宙斯的权威性也就消失了，还可能
再次带来神界及人间的混乱。由于可能出现难以预料的结果，
因此宙斯纵使能够却也不敢这么做。

同样地，当宙斯可怜赫克托尔（Hector），想要救他时，也
遭到雅典娜的抗议：

> 掷闪电的父亲，集云之神，你说什么话！
> 一个有死的凡人命运早作限定，

难道你想让他免除可怕的死亡？

你看着办吧，但别希望我们赞赏。

（荷马：《伊利亚特》XXII.178—181）

可见，这么做是会引起众神的反感，会破坏正义的。这样一来，既定的规则就会被打破，由此产生一系列的连锁反应，甚至会破坏宇宙的和谐。因此，宙斯最终还是遵守规则，因为他不想世界再次混乱，也不想众神借机违背秩序（命运）而为所欲为。

可见，在荷马时代，在希腊人看来，命运的力量主要在于限定人生的长度。凡人在出生的那一刻即已带上死亡的阴影，他们一般不能通过祈祷等方式解脱命运的束缚。就连神灵也必须服从这若隐若现然而却是必然的命运。

希腊人在思想和感情上面对着这样一种给定的存在，这不是一种可选择的存在。于是，我们看到，在《伊利亚特》中，阿基琉斯作为希腊联军中的第一大英雄，史诗中也提及他似乎是可以选择的：他要么回到希腊颐养天年，享受儿孙绕膝的幸福，最后有人送终，平稳地度过一生；要么战死沙场，在短暂的生命中获取不朽的荣誉。阿基琉斯选择了后者，因为如果他回到希腊只会老死在床上，而不再是史诗中的大英雄。在《奥德赛》（*Odysseia*）中，奥德修斯（Odysseus）似乎也一直面临多重选择，其中最考验人的选择是在一个遥远的名叫奥古吉埃（Ogygia）的海岛上，有个神女卡吕普索（Kalypsō）喜欢上了他，只要他肯留下来，神女就许他长生不老，这是多么大的诱惑啊！但奥德修斯还是坚决要离开那座岛屿（《奥德赛》VII.245—258），他为什么要那样选择？因为奥德修斯要回去夺回他的财产、他的地位、他的妻子、他的家庭，等等。换言之，只有回到故乡找回他曾经的一切——身份、荣誉、地位和权力，奥德修斯才成其为奥德修斯，而不是一个荒岛上的无名氏，所以他必须回去。总之，他们都是以一种无法选择的选择让自己成为英雄，这就是他们注定的命运。

因此，阿基琉斯选择战死沙场而非颐享天年，奥德修斯选择归返家园而非与神女卡吕普索同住长生不死，凡此种种，绝非我们现代人所理解的自由选择，而是实现自己的给定命运，也可以说是荷马式的英雄迎接自己命运的必然之路，是无法选择的。

那诸神与命运的关系是什么？首先，我们就不能不提及被冠之以"命运女神"的三位神灵：阿刻洛波斯（Atropos）、拉刻西斯（Lachesis）、克罗托（Clotho）三姐妹，她们在普罗米修斯口中被称为"定数的舵手"（《普罗米修斯》第 516 行）。她们如同纺织女工一样，只不过她们编织的是人类生命的长度。其中最小的妹妹编织的生命线，可预示一个人生命的长度；二妹妹负责维护那条线，使之不至于因何意外而中断；大姐的任务则是在人的寿命到达尽头时剪断那条生命之线，仿佛一个人生命的完结就在于老大一剪刀的事情。需要注意的是，后来这三姐妹的形象进入北欧的神话故事之中，且在青少年中广为人知，但此时故事的发展逻辑已与古希腊的神话故事相去甚远了，因此不能将两者混为一谈。

实际上，作为老一代的神灵，在城邦时代，当奥林波斯诸神成为人们主要的崇拜对象之后，她们在希腊人心目中就仅保留了形象，其影响力和作用则早已减弱，更多的只是针对凡人有效力，对于其他神灵特别是对宙斯来说已无多少震慑作用。

换言之，这组古老的神灵虽名为"命运女神"，但在现实世界里，希腊人提及她们的次数并不很多。当以神意来代表命运时，奥林波斯诸神也可以出现并表现出对命运的揭示，而其中最有力量的就是宙斯。当事情发生在神界时，连宙斯都被牵连其中，命运似乎就变成某种超越于神的更高存在。总之，如果是涉及人与命运的关系时，诸神就幻化成命运的化身，神作为高于人的存在，至少能够预见或者部分知晓人的命运，甚至可以说人的命运是由神所给予的。但是当神灵也置身其中的时候，命运似乎就变成某种抽象的观念性存在，那种冥冥中的力量连神也无法干预，不得不服从命运的安排。于是乎，顺服于命运的神灵们，他们本身也成了命运的体现。

人的命运为什么会是这样的？——这个问题一直困扰着希腊人。荷马在史诗中对此并未做太多清楚的说明，而只是描述了英雄们在面临死亡之命运时的表现。但对命运的思考一直在持续，到希腊悲剧产生之时，悲剧诗人们对此进行了更加广泛而深刻的思考。可以说，悲剧诗人仍然是相信命运和命运威力的，诗人们深刻地体察到了人类的各种道德认知和价值冲突的困境，而人所处的各种情境，又激发了人的自我意识和对人的关怀。于是，人的意志与命运的冲突便成为希腊悲剧中一个常见的主题。与史诗不同的是，悲剧诗人给予了剧中的英雄以一种平视的视角，而非俯视的呈现，从而想要抚慰人的情绪。因此，虽然按照古希腊人的观念，首先人是必死的，且在死亡来临之前会遇到怎样的命运也是不可知和不可抗拒的。于是乎，悲剧中充满了两股力量间的张力：一股是对生活热烈的喜爱与渴望，另一股则是对不可变更命运的明确认识。而命运的不可抗拒性既加强了悲剧故事的严肃与悲壮成分，更给予观众以震撼和启发。

　　索福克勒斯（Sophocles）的《俄狄浦斯王》一剧可以说是希腊悲剧中将"命运"这一意象表达得淋漓尽致的经典之作。神意的不可抗拒，不仅表现在俄狄浦斯最终应验了杀父娶母的悲剧，更体现在他无意中知晓了神谕的内容，力图改变命运而离开养父母身边，才真正走上命运的不归路这一悲剧情节中。对此，我们将在后面的章节中具体分析解读这部著名的关于命运的悲剧。

　　古希腊人面对这种给定的命运，终究是低下了头。然而，尽管无保留地承认命运的强大，希腊悲剧却并非只是一场又一场由命运所操纵的木偶剧。事实上，首先，戏剧作为一种文学表达方式，如果没有人物形象的塑造、剧烈的情节冲突，将是没有生命的。换言之，戏剧形式的要求必然是要展现冲突、刻画人物形象的。其次，希腊的悲剧诗人们在对命运的无上威力表示敬畏的同时，又着力表现了主人公在不幸命运下的挣扎、绝望和反抗，从而建构了许多人性的、尊严的形象。这就是我们说的用平视的眼光去看待人，这是一种满怀同情与怜悯的视角，因由这些情绪的产生，观看者才能进一步得到情感的陶冶。

　　于是，我们看到，从埃斯库罗斯笔下的普罗米修斯到俄狄浦斯，再到安提戈涅和美狄亚，在命运的重压之下，他们都没有做出逃避的选择。普罗米修斯宁可被捆缚在高加索的岩壁上，也不向宙斯求饶；俄狄浦斯承担起全部罪孽的责任，自刺双眼实施自我惩罚；安提戈涅敢于违背王令，宁可自我牺牲也要遵循神律；美狄亚的选择则更为大胆，她谴责命运的不公和神灵的不作为，最终以自己的方式进行了报复。他们的种种行为并不一定都是正义的，我们也不是要去评判其做得好与不好、该与不该，而是看到这些做法无疑表现了人在困境中的自我意识及可能的行为，并体现了人的自我价值。

因此，希腊悲剧并不是要让人在命运面前感到彻底的无助和绝望，而是要看到其中所彰显的人性。在希腊悲剧里，虽然命运是不可战胜的，人有旦夕之祸福，许多事情的发生都不在主人公的掌控之中。但是，尽管悲剧中的主人公受到命运和诅咒的影响，他们也表现出对人之意志的行使。的确，命运或许是不可战胜的，它主宰着人的生死祸福，但人在命运笼罩之下的所作所为却是有权自决的，主人公在自己决定担负责任的同时，也使自己成为悲剧英雄。希腊悲剧中的人物都充满激情地忍受着巨大的悲痛，因此他们的生命也就成为充满激情的伟大生命。他们接受降临到他们头上的命运，但这种接受不是默认，不是屈从，也不是消极的服从。可以说，悲剧中的命运概念更多的就是神的意志与人的行为的结合。

诸神与命运，在伦理层面，为人类制造了艰难选择的困境和限制；在艺术层面，他们为悲剧诗人提供了一套能与观众对话的符号。而剧中的主人公作为一种理想化的、充满生命力量的化身，他们总是渴望走出困境或超越困境，观众则正是通过看见英雄们不断奋力冲击困境的痛苦挣扎，体验到了属于人的一切，体验到了作为人的价值。希腊悲剧在舞台上所集中展现的人在处理陷于极限危机的生存困境时所经历的艰难痛苦、自我牺牲和所表现出的人性的自由与坚强——这一切并非全无价值，即便人类终究无法成为神，也可以成为更好的人。总之，希腊悲剧的要义不在于悲，而在于严肃。是否以死亡与毁灭作为结局并非区分悲剧与喜剧的主要依据。希腊悲剧真正要表达的是人面对命运时的挣扎、努力和牺牲，也包括剧中人对自己命运的反思。如此，在人与命运抗争的过程中，呈现出的就不仅仅是命运的力量，还有人的力量。

此外，我们还要看到的是，随着社会的发展，希腊悲剧中的命运观也在发生着变化。我们首先来看埃斯库罗斯，他认为命运支配人的一切，没有任何可商量的余地，就算是神也必须遵守。因此，普罗米修斯说：

> 我既知道定数的力量不可抵抗，就得尽可能忍受这注定的命运。
>
> （埃斯库罗斯：《普罗米修斯》101—104）

于是，在埃斯库罗斯的悲剧中充满了这种对于命运不可违的反复强调，甚至连宙斯：

> 他也逃不了注定的命运。
>
> （埃斯库罗斯：《普罗米修斯》518）

在《阿伽门农》（*Agamemnon*）一剧中，宙斯与命运女神是一致的；在《波斯人》（*Persians*）一剧中，与命运相冲突的凡人终于失败了，埃斯库罗斯认为波斯人之所以失败，是因为他们太过骄傲自大，而且他们所做的事情也是诸神不愿意看到的，故此受到神灵的惩罚。显然，埃斯库罗斯关于命运即"定数"的观念是从荷马的史诗里得来的，"定数"要惩罚那些犯错的人、渎神的人。命运是难逃的，罪人虽可能一时侥幸，但惩罚终将来临。

而在索福克勒斯的价值观中，一方面，无条件屈服于命运之意志是唯一正确和正义的选择，所以俄狄浦斯最终选择了自我放逐，在《埃阿斯》(*Ajax*)和《安提戈涅》中主人公也以自杀告终。这种价值取向无疑带有宿命论的色彩，在索福克勒斯早期和中期的悲剧中，这种命运不可抗的思想占据了主要地位。索福克勒斯认为命运不是具体的神物，而是一种超乎人类之外的抽象观念，是不可抗拒的。但是，另一方面，在他的悲剧中，命运的合理性已经开始受到怀疑。所以，以《俄狄浦斯王》和《安提戈涅》两部悲剧为例，其中的主人公虽然都是屈服于命运的惩罚，但是俄狄浦斯是以无辜之身来抵抗悲剧的；而安提戈涅遵守神律，也没有犯法，但她的结局却是自缢而亡，这样的结局让观众对她表示同情之时也会对命运的合理性有所质疑。可见，诗人的命运观已发生了变化，他想表达的是，敢于与命运抗争的英雄是值得同情和歌颂的，虽然最后只能是一场悲剧。因此，先知才会对克瑞翁 (Creon) 发出警告：

> 我告诉你，你看不见多少天太阳的迅速奔驰了……冥王和众神手下的报仇神们，那三位迟迟而来的毁灭之神，正在暗中等你，要把你陷在同样的灾难中……等不了许久，你家里就会发出男男女女的哭声，所有的邻邦都会由于恨你而激动起来……
>
> （索福克勒斯：《安提戈涅》1064—1081）

最后，到了欧里庇得斯时期，在他的悲剧中，命运仍占有重要的地位，但人的力量也在加强。他已不再对诸神抱有一种纯粹且毫无保留的信仰了，在智者运动的影响下，欧里庇得斯对宿命的观念提出了质疑，对残酷的现实进行了更加直白的揭示。他还将笔触由人的外在行动深入到内心世界，从而使剧中人物的性格丰满、心理真实。亚里士多德告诉我们：

> 正像索福克勒斯所说，他按照人应当有的样子来描写，欧里庇得斯则按照人本来的样子来描写。
>
> （亚里士多德：《诗学》1460b）

在欧里庇得斯的悲剧中，神灵和命运虽然仍然强大，但是在很大程度上已失去了威严，欧里庇得斯认为人的行为在一定程度上也决定了他自己的命运。

在欧里庇得斯的著名悲剧《美狄亚》中，美狄亚叛父杀弟的行为决定了她不是一个普通伦理意义上的英雄或正义角色，但在悲剧命运面前不屈服的反抗却使她表现出人性的尊严。我们在这里最应该注意的是她在不幸既成事实之后的报复行为：先是用计毒死新娘与国王，然后亲手杀死她与伊阿宋（Jason）所生的孩子。在命运的安排下，美狄亚虽无力使伊阿宋回心转意，但她不愿就此忍气吞声的屈服，而是选择了积极的反抗。美狄亚杀子之前，那段复仇热望与亲子之情在内心冲突的独白在戏剧史上极为著名：

> 唉，唉！我的孩子，你们为什么拿这样的眼睛望着我？为什么向着我最后一笑？哎呀！我怎样办呢？朋友们，我如今看见他们这明亮的眼睛，我的心就软了！我决不能够！我得打消我先前的计划，我得把我的孩儿带出去。为什

么要叫他们的父亲受罪，弄得我自己反受到这双倍的痛苦呢？这一定不行，我得打消我的计划。——我到底是怎么了？难道我想饶了我的仇人，反遭受他们的嘲笑吗？我得勇敢一些！我竟自这样脆弱，使我心里发生了这样软弱的思想！

（欧里庇得斯：《美狄亚》1041—1052）

从中，我们可以看到她在绝望中与命运的抗争。正如普拉斯（S. Plath）所说："她就是复仇女神本身……她所犯下的骇人听闻的罪恶，不是针对她负心的男人，而是针对她的命运，或这世界的秩序。"[1] 而复仇是一种原始形式的正义，它触动着观众的道德本能。因此，可以说，我们之所以对美狄亚这一形象寄予同情，并非只是因为她蒙受了不应有的苦难，而是因为我们在她脸上看到了我们自己内心的表情，在她眼睛里看到了人类真实的灵魂，看到了人类对命运不屈的反抗、对正义的渴求。

可见，希腊人的命运观会随着时代及不同思潮的变化而发生变化，于是，悲剧诗人关于人与命运的描写也会发生变化，对此，我们将在之后的解读中具体论及。

最后，总结三点：第一，尽管希腊人的确发明了有关悲剧的某些要素，但实际上这些要素并不完全是被"发明"出来的，而是从传统中继承并改造过来的。其中包含的大量宗教因素，是希腊悲剧区别于现代戏剧的关键所在。第二，希腊悲剧的重点不完全在于表现某个特别悲惨的事件，而在于其结构化的表达方式，以及观众对这种结构的反应和所达成的效果。希腊悲

---

1 S. Plath, *Mirror of Dramatists*, Princeton University Press, 1978, p. 27.

剧更应被称为一种严肃的戏剧，它的关注点不在于是否一定是结局糟糕或悲惨的，而在于是否对民众起到了某种教化的作用。第三，对于命运的揭示是希腊悲剧的核心主题，也是人类永恒的问题，体现了人类心智对此的普遍关注。但在悲剧中，因其主人公所处的困境不同、焦点不一，悲剧诗人的表达方式和最终诉求各异，因而需要具体解读。

第二章

形式抑或实质：希腊悲剧的创作、体裁与结构

从歌唱英雄的宏大史诗到抒发个人情感的短篇抒情诗以及为大众所喜爱的合唱琴歌，再到希腊的戏剧，这是希腊文学留给后世的最辉煌的三大遗产。应该说希腊文学的最高成就体现在戏剧方面。概言之，从整部希腊文学史来看，悲剧在艺术上继承了史诗和抒情诗的传统，是史诗和抒情诗发展的结果。戏剧的成分和抒情的成分是悲剧中两个不可缺少的组成部分，而悲剧的内容和主要情节多是取自神话传说，悲剧的主角则多是英雄。合唱抒情歌大多是颂神的诗歌，它们构成希腊悲剧的重要组成部分——合唱歌的先驱，而且悲剧诗人就是用诗歌来创作悲剧的，悲剧中的许多段落同时也是优秀的抒情诗。不过，作为悲剧另外两个重要组成部分的舞蹈和音乐则是从酒神祭典中演化而来的。

可以说，希腊人对戏剧有着近乎痴迷的热爱，在希腊半岛，古剧场随处可见，"看戏"在希腊人的生活中有着非常重要的地位。希腊人在戏剧方面的成就，在整个古典世界，乃至之后相当长的一段时间，直至近代戏剧产生之前，都堪称无以匹敌。

更加令人惊叹的是，那些将近三千年前的古老剧目，至今还有着旺盛的生命力，一年一度的"国际古希腊戏剧节"就是明证。如今它不仅是希腊人的盛会，还吸引了世界各地的艺术家们前去参加，比如 2007 年 7 月武汉人民艺术剧院的中国艺术家们赴希腊德尔斐参加第 13 届希腊国际戏剧节，演出了阿里斯托芬（Aristophanes）的喜剧《地母节妇女》（*Thesmophoriazusae*）。

所谓"希腊戏剧"，实际上就是指雅典的戏剧，因为其他的希腊城邦基本上没有产生或留下什么杰出的戏剧作品。希腊戏剧的中心在雅典，这与雅典本身在政治、经济、文化上的高度发达密不可分。而所谓的"希腊悲剧"其实也就是雅典悲剧。以下，我们将对这些悲剧的创作、体裁与结构加以讨论。

一　剧场与戏剧节

在古代希腊特别是在雅典，观看戏剧，尤其是悲剧，是一件严肃的事情，不仅属于高尚的精神生活，而且是进行公民教育的一种重要方式，并不是可有可无的娱乐调剂。新剧的上演往往是如同选举官员一样的大事，观众认真地思考和热情地讨论，将成功的剧作家推上荣誉的巅峰。雅典每逢戏剧节便由国家或贵族出钱上演剧本，并组织公民集体观看，此时贵族和平民聚集的剧场就成为重要的社交场所。而观看戏剧表演也是希腊人理解神、接近神的一种方式，同时还是城邦公共生活的重要组成部分。

最初，并无固定的剧场，悲剧的上演是在雅典卫城的南坡上进行。那里有一个酒神狄奥尼索斯的神殿，神殿外有一个环形广场，中央是一个圆形的祭坛。演出就围绕着祭坛展开。之后，随着悲剧上演的常态化，开始出现专门的剧场。

剧场，是希腊人文化生活的一大中心。建造剧场时，建筑师总是巧妙地利用扇形山坡的地势，使呈半月形的石砌台阶逐排升高，这种设立在山坡上的观众看台，就是观众席，或称"观演区"（θέατρον），其间贯穿有放射状的出入通道。表演区是山下位于圆心位置的一块半圆形平地，后面有供化妆、更换服装和面具以及存放道具用的临时帐篷，称之为"斯科尼"（σκηνή）[1]。帐篷之后慢慢固定下来，变成了一间小屋。舞台的上方有一种被称作"麦卡尼"（μηχανή）的装置，或可译作"降神机械"，它类似于一种起重装置，用于某些悲剧剧情结尾处表现神灵的现身或飞升的场景。比如，在欧里庇得斯的《美狄亚》一剧的结尾处，为了表现美狄亚乘龙车逃走，就必须使用这个装置。

　　不过，剧场并不仅仅是娱乐场所，也是供全城自由民集会的地方，因此往往规模巨大。古代希腊最著名的剧场是雅典卫城南面城墙下的酒神剧场（如图1），这也是现存最大的希腊剧

图 1　酒神剧场

1　也有学者泛义上将其称作"舞台建筑"（stage-building）。

场，它建于公元前 330 年，呈扇形展开的剧场坐落在一个自然的山谷中，设有 18 000 个座位，可容纳近 2 万人。

剧场分后台、舞台和观众席三部分。今天，人们仍可看见半圆形的舞台和上面由大理石拼成的几何图案，以及同样由大理石制成的石椅和看台的残迹。剧场最奇妙之处还在于它的音响效果，据信，观众座位的下面埋着能产生共鸣的大缸，这样即使是坐在后排的观众也能听清台上演员的台词。

整个剧场呈开放式，观众不仅可以看到周围的其他观众、演员、歌队，还能看见剧场旁边的风景。再以德尔斐的露天剧场为例，它依山势而建，和其他古代希腊剧场一样也是半圆形格局。德尔斐剧场建于公元前 4 世纪或公元前 3 世纪，后经罗马人修缮，至今仍能看到一个比较好的状态（见图 2）。

在这里，每四年举行一次盛大的祭神活动，同时也常在这

图 2　德尔斐剧场

里举办音乐、诗歌以及戏剧的竞赛。

　　剧场的庞大规模及室外环境，使得演员与观众的距离遥远，这决定了演员的表演也必须是比较夸张和大幅度的，所以为了保证全场的观众都能看到和听到他们的表演，他们要大声地朗诵台词，大幅度地做出各种身体语言，使用大尺寸的道具。换言之，表演的可听性和可视性变得至关重要。反之，演员的面部表情和内心的细微变化则显得不那么重要了，因此夸张的面具、垫高的厚底靴（有时还要戴上色彩艳丽的手套）正好可以满足这样的需要，这与现代电影中所强调的私密性有很大的不同。

　　此外，还需注意的一点，既然是作为祭祀神灵的场所，剧场也被视为圣地，进入剧场也就是进入了圣地。所以，一切流血事件（包括谋杀、自杀、妇女生育等场面）都不得在台上当众表演，暴力行为都必须发生在观众的视线之外，以免玷污圣地，故而希腊悲剧中就多出了报信人或预言家这样的角色，悲剧中的一些高潮部分多由他们代为转述。这种在现代戏剧中纯属多余的角色，在希腊悲剧中却是十分重要的，往往一些最具戏剧性的诗歌片断和故事情节都是由他们说出的，借由其口向观众传递发生在别处的行为。为此，有学者认为"从这个意义上讲，悲剧的诗歌应该是荷马史诗的延续"。[1]因为悲剧诗人与荷马一样，以诗歌的方式讲述着英雄们发生在别处的故事。同时，无处不在的报信人，作为观察暴力的局外人，既向观众传达了信息而不致使之直接面对暴力，又能使他们在情绪上有所反应，从而产生怜悯或恐惧的情感体验。

1　约翰·博德曼、贾斯珀·格里芬、奥斯温·穆瑞编：《牛津古希腊史》，郭小凌、李永斌、魏凤莲译，人民日报出版社，2020年，第209页。

　　雅典每年有三个戏剧节，它们分别是勒奈亚节（Λήναια）、城市/大酒神节（τὰ ἐν ἄστει Διονύσια）和乡村酒神节（τὰ κατ' ἄγρους Διονύσια）。这些戏剧节与希腊的其他节日一样，是为了祭祀神灵而举行的。

　　最重要的悲剧节庆是在春天举办的城市酒神节，这个节日据信是由僭主庇西特拉图（Peisistratus）创建的，之后克里斯提尼（Clisthenes）又对其进行了改造。到了伯里克利时代，甚至发放"观剧津贴"，使戏剧成为人们生活中不可或缺的事情。因此，可以说，因为演戏是祭神的一个重要项目，看戏就成了接受关于神的教育的一种重要方式。出于教化的目的，雅典政府把原来不过是宗教仪式一个组成部分的戏剧演出正式化和法律化，把戏剧演出定位为国家的全民性节日，从经济上资助演出活动，大力兴建剧场，使得观看悲剧成为实施公民义务教育的一种手段。正因为如此，戏剧在雅典发展到了顶峰，每年的酒神节戏剧竞赛则为戏剧的创作和表演提供了一个大舞台。

　　雅典的戏剧竞赛共举行六天。第一天迎神，第二天合唱队进行酒神颂歌比赛，第三天比赛五部喜剧，最后三天进行悲剧竞赛，由三位悲剧作家分别献上三部悲剧（或一个三联剧）与一部滑稽剧（即萨提尔剧，σατυρικὸν δρᾶμα）[1]。竞赛的费用，一部分由政府提供，另一部分则由一些富裕的贵族承担。因此，赛会中的捐助（ἡ χορηγία）成为一项重要的公民义务，是雅典贵族的"公益服务"（λειτουργία）之一。此举既是民主城邦从

---

1 因其背景多放在乡间野外，萨提尔剧时常被人们认为是一种乡村戏剧。在希腊人的想象中，萨提尔是一种忧郁、幽默又无明确道德观念的生物，喜好饮酒且容易迷失自我。现存唯一完整的萨提尔剧是欧里庇得斯的《圆目巨人》（Cyclopes），其长度只有通常一部悲剧的一半，剧情混杂着悲剧与喜剧的内容，带着既淫秽又宗教的因素。总之，这种滑稽剧旨在为人们提供简单的娱乐。

某种程度上均贫富的做法，同时也可让富有的政治家讨取民众的欢心。戏剧节的捐助主要用于承担演员的服装道具，招募合唱队并加以训练，这是一笔不小的开销。对于那些有政治野心的人来说，通常都会利用这个机会来显示自己的财力，并由此给民众留下深刻印象。

戏剧演出原先是在酒神的祭坛附近举行，演出之前做一些临时布置，表演的场地比较简单，甚至可以说是简陋。后来才有了固定的剧场，设备也比较齐全。

与体育竞赛一样，戏剧赛会的获胜者所获得的奖品也都是象征性的，而非物质上的重奖。其中，最重要的奖品就是花环，以圣地上的圣树枝编织而成，代表着神灵的嘉许与喜爱，象征着获奖者的尊严与荣誉。对于希腊人来说，这些都不是财富能够取代的。最后的奖项是颁给悲剧诗人，而非演员的。而裁判员则通过抽签的方式，从雅典的十个地区部落中选出十个人来担当。他们的选择应该能够代表当时大多数雅典民众的喜好，虽然不一定能符合今天的审美标准和艺术品位。

总之，雅典的戏剧节也是它的城市名片，一个亮点节目，其功能在于：对内，在表达对神灵虔敬之情的同时，凝聚民心、娱乐大众；对外，吸引其他城邦的注意力及羡慕之情，并展现雅典的实力与强盛。而作为节日庆典的一部分，一方面，它必然受到仪式化的行为以及宗教化的背景所影响；另一方面，因为戏剧节是由城邦赞助的，所以它也带有某种政治意味，具有之前我们提及的教化功能。这两点是希腊悲剧与现代戏剧作为一种纯粹娱乐形式的明显不同之处。

二　悲剧诗人及其创作

相传，希腊悲剧源于公元前 6 世纪一个名叫泰斯庇斯（Thespis）的诗人，他让合唱队与一个演员对话，以此来推动情节的发展。但他没有任何作品流传下来，所以，后世对公元前 6 世纪的希腊悲剧所知甚少。

直到公元前 5 世纪，才开始出现名字及作品更为确凿的悲剧诗人。之所以将希腊悲剧的创作者称为"诗人"而非剧作家，是因为他们以诗歌的体裁来写作悲剧。亚里士多德认为，悲剧的写作者是"由史诗诗人变悲剧诗人"的（《诗学》1449a）。具体的表现还在于，首先，悲剧中拥有大量的合唱颂歌（στάσιμον），意为"在适当的地方唱的歌曲"，其中不乏直接献给神灵的赞美歌。通常，合唱歌曲的韵律是复杂的，今人对此的了解十分有限。其次，角色间的对话也是以诗歌的形式出现的，其意为"旁支歌曲"（τò ἐπεισόδιον），即两首合唱歌曲之间的对白。与合唱歌曲相比，对话的韵律相对简单许多。由此，悲剧中的人物对话形式先是抛弃了原先史诗中所用的六音步长短短格，然后又从早期的四双音步长短格变为三双音步短长格。按亚里士多德的理解，"因为在各种格律里，短长格最合乎谈话的腔调，证据是我们互相谈话时就多半用短长格的调子"（《诗学》1449a）。甚至变得更为格式化，比如，每个发言者都会轮流说话，称之为"轮流对白"（στιχομυθία），即依次发言。总之，希腊悲剧的形式可以简称为"一种歌唱式的对话"。

悲剧的题材基本上都来自远古的神话故事（现存的希腊悲剧中只有一部可视作取材于现实生活），那些传说中的人物与主要情节为希腊人所熟悉，不过，我们并不用担心素材的雷同会让希腊的观众产生审美疲劳。因为，首先，能够用于悲剧题材的神话故事非常之多，且即使是同一个神话，也拥有多个不同的版本，版本的地方差异给了悲剧诗人广阔的创作空间；其次，哪怕是在处理同一个神话故事中的同一个人物，悲剧诗人仍有不同的侧重点。比如，埃斯库罗斯的《奠酒人》、索福克勒斯的《厄勒克特拉》与欧里庇得斯的同名悲剧《厄勒克特拉》，描述的都是阿伽门农的妻子克吕泰涅斯特拉（Clytemnestra）杀夫之后，他们的一双儿女在报父仇时的言行举止，然而在对女儿厄勒克特拉（Electra）的呈现上，三位诗人的方式各有差异，三个版本中的厄勒克特拉在动机、情感、行为及未来的命运上各不相同。可见，悲剧诗人们自由处理的程度还是比较大的，他们通过自己的理解和重构来改编那些既有的希腊神话，各自的处理方式和最终呈现出来的戏剧状态也都有所不同。

　　至于悲剧的创作者，有西方学者认为，在西方能称得上悲剧大师的人共有四位，除莎士比亚（William Shakespeare）外，其他三位都是希腊人。西方文学史上也只有两个时代是产生伟大悲剧的时代，除英格兰的伊丽莎白时代以外，便是雅典的伯里克利时代了。[1]的确，在希腊古典时代产生了三位伟大的悲剧诗人：埃斯库罗斯、索福克勒斯和欧里庇得斯，他们都是雅典公民，所处的年代也相近，流传至今的 32 部悲剧作品（也有认为是 33 部）都是他们创作的，其剧作也多次在雅典演出并获奖。换言之，我们今天谈论的希腊悲剧，基本上都是指这三大悲剧诗人现存的作品。

1　依迪丝·汉密尔顿：《希腊精神》，葛海滨译，华夏出版社，2019 年，第 164、167 页。

图 3　埃斯库罗斯[1]

　　埃斯库罗斯（Aeschylus，前 525—前 456）被认为是最早有作品流传下来的悲剧诗人，是悲剧体裁的奠基者，被奉为"悲剧之父"。在他之前，希腊的悲剧演出时只有一个演员，埃斯库罗斯为悲剧加入了第二个演员，让剧中人物发生关系，这样才真正使其发展成为戏剧。埃斯库罗斯同时还是演员和剧务负责人。他设计了所有希腊戏剧演员的服装，更新了舞台布景和舞台装置，为雅典的戏剧定下了规矩，使歌队在悲剧中占有中心地位。埃斯库罗斯的悲剧多是三联剧，也只有他留下了完整的三联剧。所谓"三联剧"（τριλογία），即三个故事既各自独立，在剧情上又相互内在地连贯在一起的三部曲。

　　作为一位悲剧诗人，埃斯库罗斯一生共创作了 70 部悲剧（也有人认为他一共写了 90 部悲剧），曾 13 次获奖，但如今只留下 7 部，可以说，这只是他曾创作剧本中的残存部分，不过他失传的作品中也有一些片断保留下来。他完整保留下来的七

1　此件为公元前 30 年左右的埃斯库罗斯半身像，现藏于那不勒斯国家考古博物馆（Museo Archeologico Nazionale），照片拍摄自 2002 年柏林古典主义展览。

部戏是：《乞援人》（*Supplices*，约公元前490年）、《波斯人》（公元前472年，头奖）、《七将攻忒拜》（*Seven against Thebes*，公元前467年，头奖）、《普罗米修斯》（约公元前465年）、《阿伽门农》（公元前458年，头奖）、《奠酒人》（*Choephori*，公元前458年，头奖）、《报仇神》（*Eumenides*，公元前458年，头奖），其中代表性作品是《波斯人》《普罗米修斯》和《阿伽门农》。

《波斯人》是现存希腊悲剧中唯一取材于现实生活的一部作品。埃斯库罗斯是生活于希波战争时期的人，他本人就曾参与过马拉松战役，他也以此为荣，据说他的墓志铭上这样写道：

> 雅典人埃斯库罗斯，欧福里翁的儿子，
> 躺在这里，周围浪漾着革拉的麦浪；
> 马拉松圣地称道他作战英勇无比，
> 长头发的波斯人听了，心里最明白。[1]

《波斯人》让失败者作为主角，以间接的手法描写了萨拉米斯海战的结果。作为希波战争的亲历者，诗人确信那是一场希腊人的伟大胜利，那场胜利鼓舞了人心、收回了制海权。但战争是残酷的，它带来的杀戮令人震惊。悲剧的情节并不复杂，先是剧中波斯的长老们忧心着远征大军的命运，之后报信人带来了坏消息。在与王后的对话中，他讲述了波斯人的失败和希腊人的英勇，最后，战败的波斯国王薛西斯黯然归来。

埃斯库罗斯以失败者的角度来描述战争，但仍掩盖不了诗人饱满的爱国主义激情和对自己城邦及其民主政体的自豪感。

---

1 罗念生：《罗念生全集（第二卷）：埃斯库罗斯悲剧三种》，上海人民出版社，2004年，第4页。

请看波斯王后阿托萨（Atossa）向由波斯长者所组成的歌队询问希腊人的情况时，他们之间的对话：

> 阿托萨：谁是他们的牧人，谁是他们军中的统帅？
> 歌队：他们不做臣民与奴隶。
> 阿托萨：他们怎能够抵御外邦的敌人？
> 歌队：他们尚且毁灭了大流士的精兵良将。
>
> （埃斯库罗斯：《波斯人》241—244）

在此，诗人借歌队之口从反面谴责了波斯的专制制度，赞扬了雅典的民主制度。再看王后与波斯信使之间的对白：

> 阿托萨：雅典城竟不曾毁灭吗？
> 信使：只要她的人民存在，她的城子就可安全。
>
> （埃斯库罗斯：《波斯人》349—350）

通过波斯人之口，诗人的爱国情怀溢于言表。显然，诗人想要表达的是：神圣的正义归希腊人所有，而波斯人的失败正是众神愤怒的结果。

《阿伽门农》是其著名的三联剧《俄瑞斯忒亚》三部曲中的第一部，也是篇幅最长的一部，还是现存三联剧中唯一完整的一部。该剧根据希腊神话改编而成，描写了希腊联军的统帅阿伽门农从特洛伊十年征战回来，却被他的妻子克吕泰涅斯特拉设计杀害。整部悲剧结构简练、抒情优美、人物刻画生动，比如诗人在剧中将克吕泰涅斯特拉描写成一个阴险可怕、敢作敢为的毒辣女人，她甚至无须情夫的大力帮助就将阿伽门农和他带回的女奴卡珊德拉（Cassandra）杀死了。请听她杀死阿伽门农后的自白：

> 这场决战经过我长期考虑，终于进行了，这是旧日争吵的结果。我还是站在我杀人的地点上，我的目的已经达到了。我是这样做的——我不否认——使他无法逃避他的命运：我拿一张没有漏洞的撒网，像网鱼一样把他罩住，这原是一件致命的宝贵的长袍。我刺了他两剑；他哼了两声，手脚就软了。我趁他倒下的时候，又找补第三剑，作为献给地下的宙斯，死者保护神的还原礼物。这么着，他就躺在那里，断了气；他喷出一股汹涌的血，一阵血雨的黑点便落到我身上，我的畅快不亚于麦苗承受天降的甘雨，正当出穗的时节。
>
> （埃斯库罗斯：《阿伽门农》1378—1392）

这段话将她的残忍狠毒暴露无遗。在近年来的国际学术界，也有人因此集中于对剧中女性或两性关系的讨论，认为剧中王后克吕泰涅斯特拉的杀夫行为是一种僭越之行，而对其凶残行为的大幅度刻画，以及之后对其子俄瑞斯特斯弑母之罪的精巧辩护，体现的都是雅典政治思想中对女性的否定。[1]

当然，阿伽门农死亡的场景，与所有希腊悲剧中描述的恐怖场面一样是不能在舞台上直接呈现的。所以，克吕泰涅斯特拉的这段独白既揭示了她的凶狠，也起到了报信人的作用。

总的来说，埃斯库罗斯的作品慷慨激昂，充满爱国热情，

1　Mark Griffith, "Brilliant Dynasts: Power and Politics in the Oresteia", in *Classical Antiquity*, Vol. 14, No.1, 1995, pp. 62-129.

语言华丽庄重。详尽的长篇叙述中，时常有着一些夸张的隐喻和自创的词汇，有时甚至会因过分夸张而晦涩难懂，比如他将干燥的尘土称作"泥土的孪生姐妹"，把宙斯的鹰称作"有翅膀的狗"，等等。与他之后的悲剧诗人相比，他不重视剧情的结构和人物描写，而着重表现个人行为与神灵意志之间的矛盾冲突。在他的剧本中，罪与罚是经常出现的主题，神圣的正义无处不在。因此，他笔下的人物常常是践行某种原则的典型代表。

埃斯库罗斯死后 50 年，喜剧诗人阿里斯托芬在他的《蛙》（*Frogs*）一剧中，还假托酒神狄奥尼索斯之名称赞他，并要将其从冥府迎接回来，因为他完成了诗人的职责——将美德注入人民的心中，并拥有拯救国家所需的智慧。19 世纪以后，在欧洲，埃斯库罗斯的悲剧仍受到广泛重视，影响较大。

图 4　索福克勒斯 [1]

埃斯库罗斯以后的著名悲剧诗人是索福克勒斯（Sophocles，前 496—前 406）。他被称作"戏剧艺术的荷马"，他的风格庄

1　公元 100—120 年罗马帝国时期的索福克勒斯半身像，现藏于大英博物馆。

重和谐、气魄宏伟，叙事抒情都恰到好处，其剧作被认为在艺术上是最为完美的，是介于埃斯库罗斯与欧里庇得斯之间，能够很好地控制激情的一个诗人。德国批评家莱辛和大诗人歌德对他的悲剧都赞赏备至。

索福克勒斯年轻的时候，正是希腊充满希望的时代；他壮年的时候，雅典城遭受战争和党派之争的蹂躏；他老年的时候，和美、宽容以及公平的生活等等，那些曾是雅典赖以扬名的东西，都已经若存若亡了，那种使雅典在马拉松、萨拉米斯湾等战役中获得胜利的人生观也已往事如烟了；在他去世之前，斯巴达人已经兵临城下，雅典更是日薄西山了。总之，索福克勒斯眼中和现实中的生活都是严酷的，因此他剧中的英雄也都是忍受痛苦并与之斗争的人物。他的早期悲剧比较接近埃斯库罗斯的作品，后期作品如《俄狄浦斯王》则更有人情味，更多注意到个人的情感矛盾和复杂心理，并表现出对人类弱点的深切同情。

与埃斯库罗斯一样，索福克勒斯重新组织并编写了那些在古代希腊世界里为人们所熟知的神话故事，但他应该不再写作故事连贯的三部曲了（传说他曾写过三联剧，但并未保留下来），所以每个悲剧的故事都是独立的。他还减少了歌队的重要性，又增加了第三个演员，使悲剧艺术进一步完善，最后完成了希腊悲剧的格式。据说，他对自己的评价是：早期受到埃斯库罗斯的影响，中期开始形成自己的风格，最后阶段的描写则更为柔和，且更加符合人物的性格特征。[1]

索福克勒斯的悲剧题材虽然主要仍是古代的神话和英雄传说，但是他所描写的英雄人物已带有公元前 5 世纪雅典民主政治的理想，天神的意志不再说明一切，人类的苦难也并非全是

---

[1]　参见彼德·列维：《希腊戏剧》，载约翰·博德曼、贾斯珀·格里芬、奥斯温·穆瑞编：《牛津古希腊史》，郭小凌、李永斌、魏凤莲译，北京师范大学出版社，2015 年，第 205 页。

天神惩罚的结果。在 60 年的创作生涯中，他大约写了 130 部悲剧，一共得了 24 次头奖和二等奖，有 7 部完整的悲剧传世，分别是：《埃阿斯》（约公元前 442 年）、《安提戈涅》（约公元前 441 年）、《俄狄浦斯王》（约公元前 431 年）、《厄勒克特拉》（ *Electra*，公元前 419 年—公元前 415 年之间）、《特剌喀斯少女》（ *Trachinian Women*，约公元前 413 年）、《菲罗克忒斯》（ *Philoctetes*，公元前 409 年，头奖）、《俄狄浦斯在科罗诺斯》（ *Oedipus at Colonus*，公元前 401 年，头奖）。

他喜欢展示生死危机与重大困境中拥有超凡力量的英雄形象，笔下的人物带着高贵的尊严，是不屈不挠的孤独者。最孤独的莫过于《俄狄浦斯在科罗诺斯》一剧中的俄狄浦斯，他不仅是一个眼睛双盲、看不到光明的人，还是一个失去祖国、流落他乡的人。他与亲人断绝了关系，也与世隔绝，还在愤怒中诅咒自己那引外敌攻打忒拜（Thebes）的儿子波吕涅刻斯（Polynices），他说：

> 只要那自古闻名的正义之神按照古老的习惯同宙斯坐在一起，我的诅咒便会压倒你的座位和你的王位。
>
> （索福克勒斯：《俄狄浦斯在科罗诺斯》1381—1382）

为此，有人评价说："俄狄浦斯没有为他的孤独而流泪。这种孤独是骄傲的、爱报复的，可以说几乎是咄咄逼人的。……为了获得一种超越人类的孤独，俄狄浦斯经历了孤独所带来的极大苦痛。"[1]

索福克勒斯还喜欢以人物之间的相互对抗来展开剧情，除

---

[1] 雅克利娜·德·罗米伊：《古希腊悲剧研究》，第 109—110 页。

了那些明显的直接对立外，也可以是彼此不见面的对照。比如在《特剌喀斯少女》中，两位主角赫剌克勒斯（Heracles）与他的妻子得阿涅拉（Deianeira）并未同时出场，但他们之间的对比却依然十分强烈。截然不同的两个部分中，赫剌克勒斯非凡强硬的男子气与得阿涅拉优柔顺从但又极度不安的女子气恰成对比，令观众印象深刻。仅从开场和结局中的片言只语中，我们也能看出一二：

> 得阿涅拉：自从我同赫剌克勒斯结合，作了他选定的新娘以来，我总是害怕又害怕，为他担心；一夜带来了忧虑，另一夜的忧虑又把那忧虑轮番赶走。
>
> （索福克勒斯：《特剌喀斯少女》29—32）

> 赫剌克勒斯：儿啊，在这些诺言之外，赶快再给我一件恩惠：趁痉挛或苦痛还没有发作，快把我安放在火葬堆上。喂，你们赶快呀，把我抬起来！这就是我的苦难的尽头，最后的结局。
>
> （索福克勒斯：《特剌喀斯少女》1253—1257）

正是借由对各类悲剧英雄的描写，诗人既让观众切身体会到作为凡人的脆弱，也歌颂了人在命运面前的奋勇反抗。索福克勒斯最伟大且最生动的两部作品《俄狄浦斯王》和《安提戈涅》就是这方面的典型代表，我们将在后文具体分析，此处先按下不表。

诗人死于公元前406年，当时，雅典与斯巴达之间的战事仍在继续。当斯巴达人听到诗人的死讯后，专门下令停战，以便雅典人能从容而合乎礼仪地将他安葬。据说，索福克勒斯的坟上立着一个善于歌唱的人头鸟的雕像。

图 5　欧里庇得斯[1]

　　欧里庇得斯（Euripides，约前 480—前 406）是古代希腊三大悲剧诗人中的最后一个，他被称作"舞台上的哲学家"。

　　欧里庇得斯虽然只比索福克勒斯晚生了十几年，却仿佛属于另外一个时代。他的青壮年时期正是智者运动盛行的时期，智者们质疑一切，对各种旧学说提出了新的不同主张，许多传统的观念和价值都受到怀疑甚至是批评。而那场耗时长久的伯罗奔尼撒战争，让整个希腊世界都陷入了灾难之中，尤其是雅典，内部的党争、瘟疫以及民主制的崩塌，都使其昔日的风光不再。欧里庇得斯笔下人物挣扎于其中的混乱与无序，应该也是他自己所处时代的写照。这种时代的印迹表现在欧里庇得斯的创作中，就是他的悲剧虽然仍以古代神话和英雄传说为题材，却已被赋予了新的内容，事实上他的主要兴趣已转向当时诸多的社

1　公元前 400 年的欧里庇得斯半身像，现藏于剑桥大学古典考古博物馆（Museum of Classical Archaeology at the University of Cambridge）。

第二章 形式抑或实质：希腊悲剧的创作、体裁与结构 | *63*

会问题，反映了许多新思想。在心理描写方面，欧里庇得斯的作品也更合乎现代人的口味，表现得更加复杂且富有激情，他对激情（甚至可能是毁灭性的激情）的描写（比如《美狄亚》《希波吕托斯》［*Hippolytus*］等）远超过前两位悲剧诗人，这也成为欧里庇得斯剧作的典型风格，由此他的作品对后代文学的影响力也比两位前辈诗人更大。

欧里庇得斯一生大概写作了 92 出剧，今天我们知道剧名的就有 81 出，流传至今的有 18 部：《阿尔刻提斯》（*Alcestis*，公元前 438 年，次奖）、《美狄亚》（公元前 431 年）、《希波吕托斯》（公元前 428 年，头奖）、《赫剌克勒斯的儿女》（*Heraclidae*）、《安德洛玛刻》（*Andromache*）、《赫卡柏》（*Hecuba*，约公元前 423 年）、《请愿的妇女》（*Suppliant woman*）、《特洛伊妇女》（*The Trojan Women*，公元前 415 年，次奖）、《伊菲革涅亚在陶洛人里》（约公元前 420 年—公元前 412 年间）、《海伦》（*Helen*，公元前 412 年）、《俄瑞斯忒斯》（*Orestes*，公元前 408 年）、《疯狂的赫剌克勒斯》（*Heracles*）、《伊翁》（*Ion*）、《厄勒克特拉》（*Electra*）、《腓尼基妇女》（*Phoenician Women*，次奖）、《伊菲革涅亚在奥利斯》（*Iphigenia at Aulis*，头奖）、《酒神的伴侣》（*Bacchae*，头奖）和萨提尔剧《圆目巨人》（*Cyclops*）。最著名的作品是《美狄亚》《特洛伊妇女》和《酒神的伴侣》。

与埃斯库罗斯和索福克勒斯相比，欧里庇得斯特别注重写实与激情，善于处理意想不到的情节，他对人物心理矛盾的刻画至深，戏剧冲突的开展也非常激烈，因此他的悲剧更能震撼人的心灵。他笔下的悲剧主角不再是神灵或高大上的英雄人物，而多是带有些沮丧色彩的英雄，他们几乎全都是受困于现实窘境或世俗事务的凡间人物。他甚至表现出对妇女和奴隶的同情与关注，这体现了欧里庇得斯悲剧题材和思想的超前性。在他流传至今的 18 部悲剧中，以女性为主要人物的就有 12 部，可见欧里庇得斯对女性题材的偏爱，而且他也确实很善于描绘妇女的心理，因此有人说，他"首先在希腊文学的领域里发现了女人"[1]。当代女权主义理论的兴起，使人们更加关注古代的妇女和奴隶，于是，有更多的人对欧里庇得斯笔下的悲剧表示出更高的兴趣。但是我们也要清醒地意识到，欧里庇得斯时代的希腊社会是以男性为主导的社会，他不可能完全打破时代的限制，因此欧里庇得斯虽然赞成、同情妇女的反抗（如《安德洛玛刻》《美狄亚》），却又要求妇女拥有美德（如《阿尔刻提斯》）。应该说，欧里庇得斯以女性为题材，关注、同情妇女，这的确使他走在了时代的前面，但他的创作目的恐怕更主要的是利用女性柔弱无助的特点，将女性命运作为载体，来反映他反对战争和强权的思想内涵，而非女权主义的思想在古代的体现。

欧里庇得斯看到了那些现实存在的问题，并通过悲剧的表现在对问题的认识上走在了时代的前面，这使得他的作品更为现代人喜爱，以至于有人将欧里庇得斯称作"现代的思想者"。他在两千多年前写下的作品中，对苦难的同情以及对个人价值的追求，同样是当今世界中的一大主旋律。然而，欧里庇得斯在他的有生之年并不是很受时人欢迎，他只有 4 部戏获得了最高奖，只是在死后他才获得了大多数人的赏识。也许这正印证了这句话吧——"真正的思想者是从来都不会受到他所处时代的广泛赞赏的"。

欧里庇得斯对女性问题揭示并展现得最令人震撼的悲剧无

---

1 罗念生：《罗念生全集（第三卷）：欧里庇得斯悲剧六种》，上海人民出版社，2004 年，第 8 页。

疑是《美狄亚》，我们对此将单独加以解读。而另一部著名悲剧
是《特洛伊妇女》。

　　诗人的青壮年时期正值雅典和斯巴达之间战事不断之际。
雅典在战争初期获得了胜利，但是雅典迅速扩张的势头没有
迷惑欧里庇得斯的眼睛，他注视着战争的发展，并从光荣的
假象中看到了背后隐藏的罪恶。[1] 因此，在他的悲剧中，他将
希腊人记忆中那次最伟大的胜利——特洛伊战争——视作希腊
人实际上最大的耻辱。剧幕刚刚拉开，诗人就借海神波塞冬
（Poseidon）之口谴责雅典人：

> 　　你们这凡间的人真愚蠢，你们毁了别人的都城，神的
> 庙宇和死者安眠的坟墓：你们种下了荒凉，日后收获的也
> 就是毁灭啊！
>
> （欧里庇得斯：《特洛伊妇女》95—97）

　　可以说，特洛伊城的陷落在希腊历史上是关于战争诗歌中
最辉煌的主题，然而在《特洛亚妇女》中，悲剧的效果却十分

---

1 有不少学者认为，该剧体现了欧里庇得斯对当时伯罗奔尼撒战争中弥罗斯事件或西
西里远征等具体事件的关注和暗喻，也就是说，他们认为历史事件与戏剧内容之间
有着直接的关联。当然，也有学者反对这种强行预设的学术假想。相关讨论可参见：
E. M. Blaiklock, *The Male Characters of Euripides: A Study in Realism*, New Zealand
University Press, 1952; Philip Vellacott, *Ironic Drama: A Study of Euripides' Method and
Meaning*, Cambridge University Press, 1975; P. G. Maxwell-Stuart, "The Dramatic Poets
and the Expedition to Sicily", in *Historia: Zeitschrift für Alte Geschichte*, 1973; Keith
Sidwell, "Melos and the *Trojan Women*", in David Stuttard and Tamsin Shasha, eds.,
Essays on Trojan Women, Aod Publications, 2001, pp. 41-43; Albin Lesky, *Greek Tragic
Poetry*, trans. Matthew Dillon, Yale University Press, 1983; Neil T. Croally, *Euripidean
Polemic: The Trojan Women and the Function of Tragedy*, Cambridge University Press,
1994。

显著，剧中的情节不是由顺境转入逆境，而是由逆境转入更坏的逆境。[1] 一开始，特洛伊城中所有妇人，不管年老的还是年轻的、无论已婚的或是未婚的，都被聚集到特洛伊城郊外的空地上，等待希腊人将她们分配给各个希腊国王或是将领做奴隶。最后的结尾更是悲惨：一个肝肠寸断的老妇人坐在地上，怀里抱着一个死去的孩子。请听特洛伊国后赫卡柏（Hekabe）与歌队间最后的绝唱：

> **歌队**：特洛伊[2]城在坍塌！
>
> **赫卡柏**：这震动，这震动会倾陷全城！哎呀，这战栗的、战栗的腿啊，快支持我步行，引导我去过奴隶生活。
>
> **歌队**：永别了，不幸的都城啊！（**向赫卡柏**）快迈着你的脚步，去到阿开俄斯人的船上！
>
> （欧里庇得斯：《特洛伊妇女》1328—1332）

难怪亚里士多德说：

> 欧里庇得斯实不愧为最能产生悲剧效果的诗人。
>
> （亚里士多德：《诗学》1453a）

关于欧里庇得斯悲剧作品在古代世界的广为流传，也有多个传说。据说，亚历山大大帝能够背诵欧里庇得斯戏剧中的全

1　也有学者结合当时智者学派对雅典社会的影响，从修辞的角度来讨论这部悲剧，参见王瑞雪：《重审雅典的"启蒙时代"：欧里庇得斯〈特洛伊妇女〉中的修辞实验》，《外国文学评论》，2021年第4期，第5—25页。

2　罗念生原译为"特洛亚"。为与本书其他地方表述统一，均改为"特洛伊"，下不赘述。

部演讲词；普鲁塔克（Plutarchus）也曾提及，雅典人在西西里失败被俘后，有人通过背诵欧里庇得斯悲剧中的片断获得了自由（普鲁塔克：《希腊罗马名人传·尼基亚斯传》29）。可见，即便他的作品获奖的次数不多，但在民间仍是为民众所喜爱的。

三　人物、情节与歌队

既然是戏剧就必然会包含人物和情节，希腊悲剧也不例外。只是作为早期的戏剧形式，希腊悲剧与近代以来产生的戏剧还是有所区别的，它除了人物和情节外，还有一支歌队，且对人物与情节的理解与安排也有所不同。

我们首先来看看构成戏剧的重要元素：人物。在希腊悲剧出现的早期，或者可以说是在埃斯库罗斯之前，希腊悲剧中似乎只有一个人在表演。换言之，最初的悲剧是一个叙述者面对歌队，并与之互动，一唱一答，形成一种对话式的关系。然而，从严格意义上讲，这并不是真正的戏剧，因为只有一个角色是无法构成情节的，虽然演员可以通过更换面具来代表不同的角色，但这毕竟是刻板且无趣的，关键是这种方式难以产生真正意义上的戏剧性互动。

变化自埃斯库罗斯始。据亚里士多德说，正是埃斯库罗斯"把演员的数目由一个增至两个，并减削了合唱歌，使对话成为主要部分"（《诗学》1449a）。这短短的一句话，其实就概括出了"希腊悲剧"这个体裁的产生。之后，索福克勒斯将演员增加到三个人，由此完成了希腊悲剧作为一种戏剧的形式，并固定下来。有学者认为，埃斯库罗斯在后期的悲剧创作中也采用了三人表演的方式，这表明他的作品既"概括了悲剧最古老的形式，又反映出为摆脱这些形式的束缚并对之进行革新而作出的最大努力"。[1]

埃斯库罗斯笔下的人物性格通常都比较单一，人物间的关系也一目了然。他还会通过情节预测事件的发展、人物的最终结局。总之，埃斯库罗斯的悲剧，结构比较简单，情节连贯的三部曲基本上可视为一个整体。而到了索福克勒斯和欧里庇得斯的时代，希腊悲剧中则经常会出现一些难以预料或意想不到的情节，使得人物的性格更加复杂，彼此间的关系更加交错，情节也显得更为生动和丰富起来。他们不再使用三部曲的形式，每部悲剧中的情节都有了更为充分的展开，人物的形象也更加饱满。人物成为观众关注的焦点，并被赋予了前所未有的重要性。两位悲剧诗人笔下的人物，要么开始发表自己对于事件的看法，要么进行长篇的自我辩解，甚至是自言自语，让观众对他们的心理状态更加明了。索福克勒斯采用对比和考验的方式来揭示理想生活与现实困境之间的差距，以此来说明角色的人格力量；欧里庇得斯则在剧中大量使用心理描写及自我辩护的方式，表露人物的内心感觉及想法，以此加深观众对主人公行为的理解。

事实上，这些在人物塑造上的变化，很大程度上得益于演员人数的增加。因为舞台上人数的增加，使得角色之间形成某种或对立或同盟的关系，从而带来更多的互动和张力，由此加深戏剧表演的生动和细腻度，人物形象也愈加鲜活。但需要提醒大家的是，希腊悲剧从来都不是一种现代意义上的心理剧，"只有在悲剧不得不随着情节的发展而给心理活动留下更多的空间时，心理描述和分析才会得到强调"。[2]

1　雅克利娜·德·罗米伊：《古希腊悲剧研究》，第 29 页。
2　雅克利娜·德·罗米伊：《古希腊悲剧研究》，第 39 页。

　　除了对话外，希腊悲剧中的人物在表演时，并不是通过我们今天熟悉的面部表情、细微的肢体语言来塑造角色。因为，哪怕舞台上有了三个演员，仍是不足以表现戏剧发展过程中的复杂性和参与者的多样性，由此就需要一人扮演多个角色。为了完成多个角色扮演，希腊人采用了不同的面具（προσωπεῖον）[1] 来达成这一目标。

　　作为一种古老的戏剧表现手法，面具在希腊悲剧中的作用，首先是可以由三个演员轮流扮演剧中的多个人物，这样可以解决演员人数不够的困难。由于悲剧舞台上的演员永远不会超过三个，而且都是男性，因此，女性角色也由男演员通过戴面具和易装的方式来扮演，且不使用假嗓。歌队成员一般不戴面具。其次，由于面具都具有非常鲜明的特点，所以观众可以迅速记住角色。换言之，在希腊人看来，强有力的声音比细微的人物面部表情更为重要，因此，可以用面具来遮挡面部，但声音要放出来。最后，面具的运用也可克服希腊庞大剧场的局限，使观众能在容纳近万人的露天剧场中清楚地辨认出演员的形象，这与中国戏曲中的脸谱有相似之处。[2] 总之，透过面具的表演，希腊悲剧强调的是角色而不是个人性格。

　　可惜的是，因为当时悲剧演员实际使用的面具多是以亚麻或软木制成，故而没能保留至今。所幸，有一些陶制的面具保留下来，可以让我们知道那些面具的形状和样式。与喜剧中使用的面具呈微笑或滑稽的表情相反，悲剧面具多是痛苦或哀悼

1　在古希腊语中，πρόσωπον 本意上是"看到的东西"（that which one looks at），引申为"脸，面具，门面"，后直接指代舞台上的人物，而 προσωπεῖον 意为"属于脸的"（belonging to the face），则成为舞台上"面具"的专有名词。

2　至于面具在仪式研究理论中所具有的象征性意义，因为不在我们的讨论范畴中，故在此不做过多展开。

的表情。面具一般都比较大，演员在表演时，可用它遮住整个面部，包括头发在内。面具下方中空的嘴部则有利于声音的扩散。演员（ὑποκριτής）一词在希腊文中是"回应者"的意思，也就是说，演员要通过行动来回答合唱团的问题，或者解释神话故事。

希腊悲剧中的人物通常都是社会地位比较高的，比如国王、王后或是带有某种特殊身份的人。这使得他们的英雄色彩更为浓厚，其行为所产生的后果也更为重大。这不像现代文学中的无名小卒，他们的遭遇和生死不能对社会产生重大影响。这些位高权重的悲剧人物，他们的一举一动，其影响都超出了个人生活的领域，不仅会对整个家族，还会对整个社会和国家造成大的冲击，产生不容忽视的后果。

此外，这些人物都不是悲剧诗人凭空创造出来的，而是源自远古的神话故事，即一些对当时的希腊人来说早已是熟悉的角色。只不过在这些角色的范围内，诗人还是有创作空间的。首先是因为许多神话故事有着不同的版本，悲剧诗人可以根据自己的需要加以选择；其次，悲剧诗人们还能够对神话故事进行修改，于是哪怕是对同一个神话故事中的人物，在同一个悲剧诗人不同的剧作中都可能会有不同的形象及性格塑造。比如，海伦——这个在荷马史诗中就出现的人物，在欧里庇得斯的笔下也会根据不同的剧情需要而有着不同的特点和表现。在《特洛伊妇女》中，她虽是一个风流女子，但抛弃丈夫与家庭的责任却在于爱神阿佛洛狄忒，是她使得海伦迷上帕里斯并随他远走他乡的；而在欧里庇得斯的另一部悲剧《海伦》中，悲剧诗人不仅让海伦从未踏足特洛伊，甚至连那一场著名的战争也成了一场幻觉。总之，这些细节上的差异体现了悲剧诗人在创作上的自由度。据此，或许我们可以说，远古神话中的人物原型只不过是悲剧诗人创作时借用的一个名称而已，剧中的人物与之相比已发生了很大的变化。剧中人物更像是诗人根据剧情的需要创造出来的角色，只不过披着一层传统的外衣。

　　除人物外，情节是构成文学作品的重要元素之一，它是作品中表现人物之间相互关系的一系列生活事件的发展过程，由一系列具体事件构成。亚里士多德在《诗学》中提到，悲剧中有六大元素，分别是情节（μῦθος）、性格（ἦθος）、言词（λέξις）、思想（διάνοια）、形象（ὄψις）与歌曲（μελοποιία）。[1] 其中"最重要的是情节，即事件的安排"（《诗学》1450a）。

　　在悲剧中，诗人以人物为中心，由一组以上能显示人与人、人与诸神、人与环境之间关系的具体事件和矛盾冲突的情节来推动故事的发展，一般包括开端、发展、高潮、结局等部分。当然，悲剧中的情节安排并不是固定不变的。情节是一个动态的概念，不同的逻辑组合决定了故事的发展方向、人物的性格及最终的结局，主人公与环境、他人乃至自我的冲突则构成了情节的基本要素，丰富了情节的艺术表现力和感染力。换言之，推动情节发展的是剧情需要。比如，《普罗米修斯》的剧情需要是普罗米修斯违背宙斯的意志时，必须体现出宙斯对于宇宙间秩序的维护和对不义行为的惩罚；《俄狄浦斯王》的剧情需要是找出杀死国王的凶手和瘟疫的原因；《安提戈涅》的剧情需要是葬与不葬的原则冲突；《美狄亚》的剧情需要则是在被抛弃后的复仇，等等。

　　悲剧诗人在剧中通过巧妙的安排，将那些支离破碎的信息、复杂的人物关系编织在一起，以"突转"（περιπέτεια）或"发

1　由于其他五个要素主要涉及文学欣赏的范畴，本书在此就不展开了。

现"（ἀναγνώρισις）的方式（《诗学》1452a），推动剧情的发展，激发观众的兴趣。按亚里士多德的解释，所谓"突转"，是指行动按我们所说的原则转向相反的方面；而"发现"则是指从不知到知的转变。这两种手法使情节充满张力，也因其出其不意的效果而紧紧抓住观众，使之随着剧情的发展而心情起伏。

这在《俄狄浦斯王》一剧中表现得最为明显。亚里士多德在《诗学》中论及悲剧创作的艺术时曾以该剧为例，他说：

> 情节的安排，务求人们只听事件的发展，不必看表演，也能因那些事件的结果而惊心动魄，发生怜悯之情；任何人听见《俄狄浦斯王》的情节，都会这样受感动。
>
> （亚里士多德：《诗学》1453b）

可见，观众在观看表演时，随着情节的推进，人们对剧中人物的遭遇寄予同情或怜悯，同时还担心类似的命运是否会降临到自己身上。在真实生活中，如果不付出重大代价，这种情绪体验是无法体会得到的，而悲剧却让观众在紧张的同时，又让他们毫发未伤地感受到了，由此达至亚里士多德所说的"使情感得以陶冶"。

而为了达至这样的效果，希腊悲剧往往会将情节设置为一些极端的行为，比如子弑母、妻弑夫、母杀子、兄弟相杀、各自自杀，等等，一切能够让人感到惊心动魄、匪夷所思、荒诞不经、凶残无耻的极端情感体验及其行为模式都可能出现在希腊的悲剧作品中。由此，希腊悲剧才能产生一种强大的净化作用。

不过，古代希腊的悲剧是不分幕的，因而情节的展开只能通过若干的插曲来进行区分，这一任务就交由歌队来完成了。

　　从结构上说，希腊悲剧通常由四个部分组成：首先是序幕；接着是进场歌（πάροδος），即歌队入场；然后是插曲，插曲的数目为二到五个，根据剧情的不同而不同；最后是退场歌（ἔξοδος），即歌队退场。可见，在这中间，歌队起着重要的连缀全场的作用。

　　事实上，歌队是希腊悲剧中一个独特的元素。[1] 在早期的酒神颂歌中，只有个人与歌队之间的对话。而在悲剧中，歌队通常由歌队长与合唱队组成，除了演唱一些对诸神的赞美颂歌以外，还会交代悲剧发生的背景、原因及结果等，歌队长还不时与剧中的角色对话，以推动情节的发展。

　　古代希腊的剧场除舞台外，还有一个专门为歌队准备的场地，称为"奥克斯特拉"（ὀρχήστρα），意为"歌队表演的空间"。它位于舞台的正前方，是一个圆形的广场（如图 6）。广场中央是一个为酒神准备的祭台，广场与舞台之间有台阶相连，但彼此间区分明显。表演过程中，歌队成员从不会走上舞台，演员也不会加入歌队之中。可以说，不仅仅从空间位置上，且在实际行动中，歌队都是独立于故事情节之外的。歌队虽然会与演员对话，给予其鼓励、支持、建议或同情，但始终独自待在一边，并不参与到剧情中来。歌队成员多由老人或妇女组成，而这也直观地表达了他们所处的角色定位：既关心事情的发展，又不能在其中发挥任何作用，只能是一个最知情、最关注结局却又无能为力的存在。

1　有趣的是，曾有学者从比较的角度，将希腊悲剧中的歌队与川剧中的帮腔加以对比，认为二者在叙事、抒情、达意等方面都具有相同的功能和作用，从而具有艺术间的共性。参见马友平、钟志雯：《川剧"帮腔"与古希腊悲剧"歌队"功能探析》，《四川戏剧》，2021 年第 10 期，第 138—141 页。

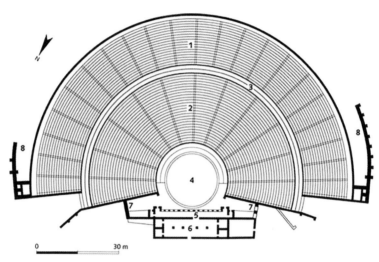

1. 后排观众席　2. 年长观众席　3. 过道　4. 歌队表演的空间（ὀρχήστρα）
5. 演员的舞台（προσκήνιον）　6. 舞台建筑（σκηνή）　7. 侧入口　8. 墙壁

图 6　公元前 4 世纪下半叶的埃皮达罗斯剧院（平面图）

　　因悲剧源于酒神颂歌，所以歌队是希腊悲剧最重要的组成
部分。每当戏剧节来临之时，出资组织赛会的贵族便会拣选 12
至 15 名歌队成员，对他们进行排练。从这个意义上来说，歌队
的组成宣告着悲剧演出的即将开始。

　　在正式的演出中，我们也会发现，悲剧中有大量的合唱歌
曲是由歌队来完成的，歌队长还会与剧中的人物对话。可见，
歌队虽独立于舞台之外，但他们绝不是与剧情毫无关联的。情
节往往会通过歌队的演唱，交代故事前情、剧情发展，表达同情、
愤怒、悲伤、忧愁、喜悦等情绪，情节发展的不同阶段也随着
歌队表达的不同情感而得以区分。

　　在现存的三位悲剧诗人的剧作中，埃斯库罗斯的悲剧使用
歌队最为频繁、歌队地位相对也是最重要的。《俄瑞斯忒亚》主
要就是合唱，而其他埃斯库罗斯悲剧也把合唱作为中心。比如，

在《奠酒人》中，有超过三分之一的篇幅属于歌队。这样长时间的歌唱，其内容十分丰富庞杂，配合埃斯库罗斯宏大的悲剧主题，的确能给人一种雄浑庄严之感。但同时，演员则可能不得不长时间地保持沉默，没有机会说话。

这种情况在索福克勒斯和欧里庇得斯时期有所改变。两位诗人不再采用多首抒情歌曲连唱的方式，歌队的演唱也变得越来越短，大致不超过整部悲剧的六分之一，也就是 200 行左右的诗句，歌队与情节的联系变得越来越松散。歌唱的比重在降低的同时，演员之间的对话则在增加，情节也得到了充实。特别是欧里庇得斯，他对悲剧做了不少风格上的创新。在他的剧作中，合唱的颂词与悲剧的整体意义往往已没有那么紧密的联系了。不过，歌队并未因此而被彻底取消，它依旧是希腊悲剧中的一个重要组成部分，仍然配合着情节的展开，或回忆过去或提醒当下，或展现教训或为主人公辩护。而且，在每部悲剧中，合唱团都有自己的个性和立场，并在行动中发挥着某种作用，尽管它们在不同的悲剧中的重要性有所不同。比如，在埃斯库罗斯的《阿伽门农》中，有一个由长者组成的合唱团。观众可以看出来，由于其年长的缘故，他们拥有丰富的知识，并能将行动与重要的文化主题联系起来，但同时，他们也被描绘成无能的老人，无法干预更不能阻止国王被谋杀。总之，可以说在希腊悲剧中，歌队始终有着多种多样的功能，这也是希腊悲剧区别于现代戏剧的重要部分之一。

综上，在古代希腊的悲剧中，人物、情节和歌队三者缺一不可，它们共同组成了希腊悲剧的三大要素。

第三章

《普罗米修斯》：神界的戏剧

　　《普罗米修斯》由《被缚的普罗米修斯》《解放了的普罗米修斯》和《带火的普罗米修斯》三部悲剧构成，是典型的三联剧。这有点类似于电视连续剧，每一部都可以单独成立、有自己的情节，但每部剧之间又有一定连续性，且主人公只有一个，即普罗米修斯。按照事情发展的逻辑，应该是先"带火"，然后是"被缚"，最后是"解放了"，但悲剧诗人在写作的过程中是否有着这样的先后顺序，今天已不得而知了。甚至有不少人认为，依据古代注释者的注释来看，《带火的普罗米修斯》可能并非第一部，而是最后一部。

　　剧中，原先在希腊神话中一个并不十分起眼的古老的提坦神（Τιτάν）——普罗米修斯被诗人塑造成为一个反抗神界暴君宙斯、为人类谋福利的大英雄。马克思说，希腊众神在《普罗米修斯》中"受到了一次致命伤"，恩格斯也因此将埃斯库罗斯称作"有强烈倾向的诗人"。[1]换言之，普罗米修斯的这一形象是经悲剧诗人的塑造才得以实现的。那么，在最早的希腊文本中，普罗米修斯是一个怎样的形象呢？他又为什么要盗火？盗火的后果如何？与之相关联的故事还有哪些？这些故事在最早的文本中是如何呈现的？

为了解决这些问题，我们需要以互文印证的方式来加以解读。有关普罗米修斯盗火的神话最早见于赫西俄德（Hesiodus）的两部诗作《工作与时日》（*Erga kai Hemerai*）和《神谱》（*Theogonia*）。作为古代希腊第一位有真实姓名的个人作家，赫西俄德在《神谱》中描绘了众神的谱系以及神界王权更替的神话。该诗篇继承了荷马史诗的传统，并进一步对古代希腊人眼中的宇宙起源、诸神谱系进行了系统的叙述。赫西俄德的梳理对之后整个希腊世界的宗教信仰及其实践活动都产生了直接的影响，对希腊哲学的影响也非常深远，甚至其对于后世西方思想界的影响都无法忽视。其中关于宙斯夺权及建立宇宙（包括神界和神人之间的关系）新秩序的故事占据了全诗的主体，而宇宙从无序到有序的转变即是以宙斯的统治为象征的。在这一系列的事件中，有关普罗米修斯与宙斯之间明争暗夺的几个故事寓意深长，尤其是他盗火的故事更是广为流传，这些神话故事既为当时希腊人的信仰体系打下了基础，也为后世西方思想界的进一步发挥提供了灵感和源泉。

以下，我们将在悲剧文本梳理的基础上对普罗米修斯与宙斯之间斗智的过程及其衍生的结果加以释读和分析。

1　中共中央马克思恩格斯列宁斯大林著作编译局：《马克思恩格斯选集》（第四卷），人民出版社，1972 年，第 454 页。

一　前情回顾与奠基神话

悲剧描述的是一部在众神之间展开的故事，其情节非常简单：普罗米修斯盗火被发现后，宙斯将其锁在高加索的悬崖峭壁之上，使鹰鹫啄食他每天新生长出来的肝脏。因为神是不死的，所以普罗米修斯的内脏被啄食后，第二天又会重新长出来，而食肉的鹰也会日复一日地到来。在希腊人的理解中，众神虽然是不死的，却也是会受伤、会感觉疼痛的，普罗米修斯当然也不例外。换言之，宙斯施加在普罗米修斯身上的实际上是一种无尽的折磨，普罗米修斯每天都要重复经历一遍这样的折磨。

图 1　阿特拉斯（Atlas）和普罗米修斯 [1]

---

[1] 约公元前 560—前 550 年的黑绘基里克斯陶杯（kylix），现藏于梵蒂冈博物馆（The Vatican Museum）。

但他为什么会遭受这样的折磨？这需要从普罗米修斯盗火前的事情开始说起，而与之相关的前情故事，我们可以从赫西俄德的《神谱》中找到，其中有关普罗米修斯的故事有三个，我们将这三个神话故事称为"奠基神话"。

所谓"奠基神话"（Foundation Myth），意指那些为后世的某种思想或观念建立基础的早期神话传说。一般说来，那些具有奠基意义的事件均发生在历史的转折关头，或者其本身就意味着时代的转折。它们标志着一个旧时代的结束、新时代的来临。这样的事件既具有里程碑式的意义，同时又是通向未来的指南，还会成为一种文化或一个民族的精神资源，并对其未来发展的方向带来规定性的指引。而这些事件在流传中，原先故事中的原型角色往往超越了他们的具体作为和言论，成为代表着某种概括性或具有普遍意义的精神类型。对这类人物言行的不断充实和改写，和对人物寓意的不断挖掘和阐释，其形象变得更加丰厚、多样。

《神谱》中有关普罗米修斯的几个故事之所以被认为是奠基神话，是因为对希腊人而言，普罗米修斯的故事是关于确立神人关系的最初的神话，处于建立神界秩序与人间秩序之关系的连接点上。按照当代宗教思想家伊利亚德（Mircea Eliade）的解释，这类神话无论是归类为起源神话还是典范神话，都为人类创造了一个行为的范例。伊利亚德在讨论神话的内涵时指出："我们可以说，神话乃是作为一个整体实在的表达的先例。'我们必须做诸神在起初所做的'；'诸神怎样做，人类也怎样做'。这类声明绝妙地暗示了原始人的行为，但是它们未必穷尽了神话的内容和功能；实际上，记载诸神的神话人物从前的所作所为的一系列神话揭示了一种超越任何经验或理性层面的实在。"[1]继而又在论及作为"历史典范"的神话时进一步说："每一个神话，不管其本质如何，都讲述了一个发生在从前的事件，因而为以后一切重复那个事件的行为和'处境'构成了一个先例和范型。"[2]

以下我们来详细讨论一下这三个故事。第一个是关于祭祀活动的起源神话，在《神谱》的第535—555行：

> 当初神灵与凡人在墨科涅发生争执，普罗米修斯出来宰杀了一头大牛，分成几份摆在他们面前。为想蒙骗宙斯的心，他把牛肉和肥壮的内脏堆在牛皮上，放在其他人面前，上面罩以牛的瘤胃，而在宙斯面前摆了一堆白骨，巧妙堆放之后蒙上一层发亮的脂肪。……宙斯双手捧起白色脂肪时，看到了巧妙布置用以欺骗他的白骨，不由地大怒起来——正是由于这次事件，以后大地上的凡人遂在芳香的圣坛上焚烧白骨献祭神灵。[3]

这是普罗米修斯与宙斯之间的第一次互动，讲述的是如何处理人与神之间的关系。在古时，为了达成人神之间的沟通与交流，人与神发生关系最主要的场合就是祭祀神灵。第一次时是如何祭祀神灵的呢？首先是宰杀一头牛，之后便是讨论该如何在神人间分配的问题。哪部分由神享用？哪部分由人分食？

1　米尔恰·伊利亚德：《神圣的存在——比较宗教的范型》，晏可佳、姚蓓琴译，广西师范大学出版社，2008年，第390页。
2　米尔恰·伊利亚德：《神圣的存在——比较宗教的范型》，第401页。
3　赫西俄德：《工作与时日·神谱》，第42—43页。

这是一种仪式化行为，与神共食即是分享神性。该如何选择？选择的权力当然在于神。只是在这第一次的分食中，普罗米修斯做了手脚，欺骗了宙斯。

普罗米修斯让宙斯来选，"智慧无穷的宙斯"自然是没有问题的。但"狡猾的普罗米修斯"一开始就没有忘记设下圈套，哪怕是在担心被宙斯识破之时仍能微微一笑保持镇定。最后，宙斯似乎还是被骗了，选择了那一堆不能吃的东西。不过，宙斯既被认为是"智慧无穷的"，又如何能被蒙骗？这似乎是一个悖论。那宙斯究竟是真的未能识破普罗米修斯的诡计还是别有打算？我们在此且不必急于下结论。但作为最早一次祭祀神灵的结果，这第一次的人神分食便形成了一个定式，决定了以后人与神相处的模式：之后，人们每次祭礼神灵时，便都将不能吃的骨头和内脏等以脂肪点燃焚烧给神，而自己则留下可食用的部分，再以与神共食的名义饱餐一顿。这对于古人来说，既是一次非常难得的能够吃到肉食的机会，又是以与神共餐的名义进行的神圣活动，这样的好事谁会不愿意呢？

在这个故事里，在第一次的人神分食之中，普罗米修斯表面上把选择的权力给了众神之王宙斯，却在其中使用了欺骗的伎俩。"智慧无穷的"宙斯，第一局就输给了"狡猾的"普罗米修斯。当然，两位神灵间的斗法才刚刚开始，远未结束。而这一奠基神话的意义则在于，对于希腊人来说，就是在人类历史上第一次祭祀时，普罗米修斯的诡计决定了神人分配食物的方式和份额："他（普罗米修斯）组织了首次祭祀，因而确定了永久的适合人类尊崇诸神的模式。"[1]

第二个故事是关于火的起源神话，即是关于普罗米修斯盗火的故事，在《神谱》第 562—569 行：

> 他（宙斯）时刻谨防受骗，不愿把不灭的火种授予居住在地上的墨利亚的会死的人类。但伊珀阿托斯的高贵儿子瞒过了他，用一根空茴香杆偷走了远处即可看见的不灭火种。高处打雷的宙斯看到人类中有了远处可见的火光，精神受到刺激，内心感到愤怒。[2]

在这一段描述中，我们看到，宙斯在第一次被骗后似乎得了紧张焦虑的毛病，他时刻提防着以免再次被骗。但任由他再怎么提防，还是又一次被"狡猾的"普罗米修斯骗过了，被偷走了属于神界的圣火。普罗米修斯盗火时用的是什么工具？是后世画家笔下高举的火把吗？（参见图 2）当然不是，他用的是一根空的茴香杆。因为既然是偷，就不可能高举着火把，堂而皇之地走出去，他必是把所盗之物藏在某个物件里的。那就是空的茴香杆，至于这个东西会不会燃烧起来，那是现代人务实的担心，在古代希腊人的神话思维中这并不重要，重要的是它起到了一种欺瞒的作用。

---

1 让-皮埃尔·韦尔南：《古希腊的神话与宗教》，杜小真译，生活·读书·新知三联书店，2001 年，第 59 页。

2 赫西俄德：《工作与时日·神谱》，第 43 页。

图 2　普罗米修斯盗火 [1]

　　接下来我们再看，此处对火的描述是"不灭的火种"，形成对照的是"会死的人类"，这表明火本是属于神界的神圣之物，不是凡人所应该拥有的。

　　从人类发展的历史而言，火是文明的起点，学会使用火是人类文明发展的重要一步，因此火的价值是无法低估的。从实证的角度来看，最初，人类可能并不知道火是如何来的，他们只是看到了自然界的火所具有的威力和后果，即火可以用来防身熟食。在其他动物害怕火焰、不敢靠近时，人类却发现，被大火烧过的肉类更易于咀嚼、更容易消化，也更滋养人的身体。于是，人类在这个过程中学会了使用火。但火不仅仅具有物质

---

[1]　该画的作者是德国画家海因里希·弗里德里希·费格尔（Heinrich Friedrich Füger，1751—1818）。

上的价值，对古人而言还具有精神上的象征意义，它成为生命的象征。每家每户在房屋的中央都会有一盆火，并要保证其昼夜燃烧，永不熄灭。一旦熄灭，就意味着这个家庭可能会遭受灾难，人口减损，财产损失，甚至有灭族之忧。在古代希腊，每个城邦守护神祭坛上的圣火也是由专人看护，昼夜不息，这代表着城邦的兴盛乃至生命的不息。圣火一旦熄灭，会被认为是灾难来临的象征。而一个新的城邦在建立之时，最重要的也是找到一个精通建城礼仪的人，要他带着从母邦守护神祭坛上取来的火种，点燃新邦祭坛的圣火。这表明，希腊人在先为神灵安家之后，才开始安排人类的各种生活及生产活动。可见，火在希腊人生活中的重要性。

对于火的来源，希腊人的解释当然不是钻木取火或森林火灾这样的客观描述或推测，他们会用一种神话思维的方式来解决这个问题。他们一定要讲一个故事，故事中肯定有着某种高于人的存在——某位仁慈的天神——来完成这样一件了不起的事情。于是，普罗米修斯的故事便产生了，是他出于仁慈或怜悯将火种从天上盗取下来。而这属于诸神所有的上界的火，从上到下的转移暗示着不仅是物理空间的转移，也带有精神上的意义——蕴含着某种权力的让渡，即能够使用火的权力从神部分地转移给了人。在希腊人对火之起源的这个解释中，是普罗米修斯做下了此事，这看起来似乎是他为人类带来了巨大的利益。因此，在后人的解读中，他的形象就应该是光辉且伟大的，如图 2 所表现的那样。只不过，在悲剧《盗火的普罗米修斯》中，他出场的形象却是一副鬼鬼祟祟、偷偷摸摸的样子：他用茴香杆装着火种，既不能让火烧得太大又不能让它熄灭。总之，这种偷盗的行为多少显得有点猥琐。

以上普罗米修斯所做的这两件事情都让宙斯很是恼火。第一次祭祀时，因为他的诡计，宙斯没有吃到东西，之后诸神都不能获得美味的祭祀，只能闻闻味道而已。第二件事情又是他将上界属于神的东西给了人，而且是以偷盗的方式。由此，宙斯决定采取行动加以反制，他命令诸神制造一个祸害来报复普罗米修斯以及人类。这个祸害是一个名叫"潘多拉"（Pandora）的女人，所以，第三个故事就是关于女人的起源神话，在《神谱》第 566—589 行：

> 高处打雷的宙斯看到人类中有了远处可见的火光，精神受到刺激，内心感到愤怒。他立即给人类制造了一个祸害，作为获得火种的代价。按照克洛诺斯之子的愿望，著名跛足神用泥土塑造了一位腼腆的少女形象，……匠神既已创造了这个漂亮的灾星报复人类获得火种，待他满意于伟大父亲的明眸女儿给这少女的装扮后，便把她送到别的神灵和人类所在的地方。虽然这完全是个圈套，但不朽的神灵和会死的凡人见到她时都不由地惊奇，凡人更不能抵挡这个尤物的诱惑。……[1]

这段描写很有意思。首先，漂亮的潘多拉是由工匠神也是火神的赫淮斯托斯（Hephaestus）用泥土制造出来的，而不是自然生长出来的；其次，被制造出来以后，奥林波斯山上的其他神灵还各显神通为其精心打扮、装饰,赋予她各种美妙的特质,比如：

1　赫西俄德：《工作与时日·神谱》，第 43—45 页。

图 3 制造潘多拉 [1]

　　明眸雅典娜给她穿上银白色的衣服，亲手把一条漂亮的刺绣面纱罩在她的头上〔帕拉斯·雅典娜还把用刚开的鲜花编成的美丽花环套在她头颈上。〕，还用一条金带为她束发，这是著名跛足神为讨好其父而亲手制作的礼物。这发带是一件非常稀罕的工艺品，看上去美极了。因为这位匠神把陆地上和海洋里生长的大部分动物都镂在上面，妙极了，好像都是活的，能叫出声音，还闪烁着灿烂的光彩。[2]

（赫西俄德：《神谱》第 574—584 行）

　　在赫西俄德的《工作与时日》中也提到，除了雅典娜之外还有其他神灵来为潘多拉打扮（《工作与时日》60—84），换言

----

1 约公元前 470—前 460 年阿提卡红绘酒杯，现藏于大英博物馆。
2 赫西俄德：《工作与时日·神谱》，第 44 页。

之，就是几乎所有的神灵都参与了这一过程。然而，这样一个美丽的尤物却是为惩罚人类而制作出来的灾星，这样一个阴谋还进行了精心的装饰。换言之，她的出现完全就是一个圈套！起因看起来是宙斯连着犯了两个错误：先是他自己选择了一堆不能吃的东西，之后又没有识破普罗米修斯用空的茴香杆偷走了火种。但最后，宙斯却因此要惩罚人类，这似乎有点说不过去。但无论如何，这个故事说的是女人的起源，或者是作为起源的女人，由此带来的男女结合又产生了婚姻，使得人类能够自我繁衍。这的确具有奠基的意义，因为在希腊人的理解中，除了神灵的帮助，只有两性的结合才能使人类繁衍。之前，从黄金种族、白银种族、青铜种族、英雄种族再到黑铁种族，他们都是由奥林波斯山上的诸神所创造出来的（《工作与时日》110—176），他们之间并无血缘的纽带。现在有了潘多拉这个女子，她可以和男人结合产生后代，于是人类才有了非神助的自我繁衍能力，人类的代与代之间也有了血缘的关系。

二　神的世界及其对人的关注

由于普罗米修斯的故事在希腊世界几乎尽人皆知，所以埃斯库罗斯在悲剧中对前情的交代就只是间接且非时间顺序的。所以我们看到，剧幕一拉开就是一幕酷刑的场景：两个低级别的神灵——威力神（Kratos）和暴力神（Bia）——将普罗米修斯直接拖了上来，火神赫淮斯托斯紧随其后，手持铁锤上场。请听他们之间的对话：

> **威力神**：我们总算到了大地边缘，斯库提亚这没有人

烟的荒凉地带。啊，赫淮斯托斯，你要遵照父亲给你的命令，拿牢靠的铜镣铐把这个坏东西锁起来，绑在悬岩上；因为他把你值得夸耀的东西，助长一切技艺的火焰，偷了来送给人类；他有罪，应当受众神惩罚，接受教训，从此服从宙斯统治，不再爱护人类。

赫淮斯托斯：啊，威力神，暴力神，宙斯的命令你们是执行完了，没有事了；我却不忍心把同族的神强行绑在寒风凛冽的峡谷边上。可是我又不得不打起精神作这件事；因为漠视了父亲的命令是要受惩罚的。……你自己是一位神，不怕众神发怒，竟把那宝贵的东西送给了人类，那不是他们应得之物。由于这缘故，你将站在这凄凉的石头上守望，睡不能睡，坐不能坐，你将发出无数的悲叹，无益的呻吟；因为宙斯的心是冷酷无情的；每一位新得势的神都是很严厉的。

（埃斯库罗斯：《普罗米修斯》1—35）

威力神和暴力神出场的时间很短暂，火神出场的时间也不长，但他们之间的对话，将普罗米修斯盗火的故事背景简单交代了出来，他们也按照宙斯的命令将其捆在高加索的悬崖峭壁上。其情形，据赫西俄德所说就是：

宙斯用挣脱不了的绳索和无情的锁链捆绑着足智多谋的普罗米修斯，用一支长矛剖开他的胸膛，派一只长翅膀的大鹰停在他身上，不断啄食他那不死的肝脏。虽然长翅膀的大鹰整个白天啄食他的肝脏，但夜晚肝脏又恢复到原来那么大。

（赫西俄德：《神谱》520—525）

而在悲剧中，火神赫淮斯托斯干完活并没有走人，而是与两位施暴的神灵以及被他们具体施加惩罚的普罗米修斯进行了长篇对话：他先是表达同情，说自己不忍心对同族的神明做这样的事，但同时表明自己不得不这样做。为什么呢？原因就在于：漠视宙斯的命令是必然要受到惩罚的。随后，他又埋怨普罗米修斯先前做了不该做的事情，让众神不满，也由此受到宙斯的惩罚。

从这开场的片断中可见，宙斯和普罗米修斯是剧中的两个重要角色，两者之间的博弈与对垒构成了这部神界的戏剧。

随后，普罗米修斯在歌队长的请求下，讲述了事情的起因：

> 当初神们动怒，起了内讧：有的想把克洛诺斯推下宝座，让宙斯为王；有的竭力反对，不让宙斯统治众神。我当时曾向提坦们，天和地的儿女，提出最好的意见，但是劝不动他们；良谋巧计他们不听；他们仗恃自己强大，以为可以靠武力轻易取胜。我母亲忒弥斯——又叫该亚，一身兼有许多名称——时常把未来的事预先告诉我，她说这次不是靠膂力或者暴力就可以取胜，而是靠阴谋诡计。我曾把这话向他们详细解释，他们却认为全然不值得一顾。我当时最好的办法，似乎只好和我母亲联合起来，一同帮助宙斯，我自己愿意，也受欢迎。由于我的策略，老克洛诺斯和他的战友们全都被囚在塔耳塔洛斯的幽深的牢里。天上这个暴君曾经从我手里得到这样大的帮助，却拿这样重

的惩罚来报答我。不相信朋友是暴君的通病。

（埃斯库罗斯：《普罗米修斯》199—225）

普罗米修斯此处的讲述与赫西俄德在《神谱》中对宙斯夺取神界王权的描述一致。自此，整部悲剧以缓慢的节奏讲述了一系列可怕的事情，主题是关于宙斯的正义和其他神的本质。说它节奏缓慢，是因为这里面几乎没有什么动作：剧中的普罗米修斯是固定不动的，其他角色的动作也很少，情节的变化不大，普罗米修斯与他人的对话构成了全剧的内容。而谈到其主题，虽然宙斯在剧中从未正式出场，但他所代表的宇宙秩序与正义却是全剧讨论的核心。正如有学者指出的："在埃斯库罗斯的世界里，众神无处不在，而神圣的正义同样也无处不在。"[1]这在《普罗米修斯》中表现得尤为明显，因此我们将其称为"神界的戏剧"。只不过剧中众神共同关心的对象是凡人，对待人类的态度成为神正义与否的晴雨表。我们看到，在普罗米修斯简短描述神界的权力纷争之后，话题就转到了人类上面：

普罗米修斯：……他一登上他父亲的宝座，立即把各种权利送给了众神，把权力也分配了；但是对于可怜的人类他不但不关心，反而想把他们的种族完全毁灭，另行创造新的。除了我，谁也不挺身出来反对；只有我有胆量拯救人类，使他们不至于完全被毁灭……

歌队长：此外，你没有犯别的过错吧？

普罗米修斯：我使人类不再预料着死亡。

1　雅克利娜·德·罗米伊：《古希腊悲剧研究》，第57页。

> **歌队长**：你找到了什么药来治这个病呢？
>
> **普罗米修斯**：我把盲目的希望放在他们心里。
>
> **歌队长**：你给了人类多么大的恩惠啊！
>
> **普罗米修斯**：此外，我把火也给了他们。
>
> **歌队长**：怎么？朝生暮死的人类也有了熊熊的火了吗？
>
> **普罗米修斯**：是啊；他们可以用火学会许多技艺。
>
> **歌队长**：是不是为了这样的罪，宙斯才——
>
> **普罗米修斯**：才迫害我，不让我摆脱苦难。

（埃斯库罗斯：《普罗米修斯》226—253）

在此，普罗米修斯不仅表明只有他有胆量拯救人类，还具体提及他"使人类不再预料着死亡"。这句话非常关键，我们在前面说过，在希腊人的头脑中，人是必死的，而神才是不朽的，神因不死而彰显其神性。但是，虽然普罗米修斯不能使人类永生，但能够让人类不再想到死亡的来临。歌队长认为这实在是太神奇了，所以问他："你找到了什么药来治这个病呢？"普罗米修斯回答说："我把盲目的希望放在他们心里。"对此，歌队长认为是给了人类巨大的恩惠。但这还不算完，普罗米修斯又说："我把火也给了他们。"这下，歌队长被吓着了，他表示不能相信，反问道："怎么？朝生暮死的人类也有了熊熊的火了吗？"普罗米修斯淡定地回答："是啊；他们可以用火学会许多技艺。"——歌队长终于明白了："是不是为了这样的罪，宙斯才——"骄傲的普罗米修斯接过歌队长的话，承认了他的所作所为："才迫害我，不让我摆脱苦难。"在此，歌队的态度一方面是怜悯普罗米修斯的境遇，另一方面又因其傲慢的话语而对他稍有责备。

从这一段对话中，我们看到，正是普罗米修斯给了人类希望又带给他们火种，而人类原先是看不见也听不见的，有了希望和火之后才觉悟了，人的境况也跟以前不一样了（《普罗米修斯》446—468）。那么，普罗米修斯提到的希望是什么？其居心又何在？究竟是良苦还是险恶？

悲剧中对"希望"是什么没有更多的解释。从字面上看，普罗米修斯将其定义为"盲目的希望"。这可以理解为他在心中明知人是必死的，他只是让其不再随时想到死亡的来临而已，而并未真的使凡人如神灵般不朽。不过，赫西俄德的《神谱》对此却有着另一番解读：在潘多拉带到人间的那个盒子（其实在古希腊语中的意思是"罐子"）里，宙斯除了放进去瘟疫、嫉妒、仇恨等一系列的灾难以外，还在盒子最底部留下了希望。然而，对于这个最终被封存在盒子中的希望究竟是什么，赫西俄德也并未言明，留给后世一个巨大谜团。

后世学者对此津津乐道，反复讨论又各有主张。关注点主要集中在两处：一是"希望"究竟指什么？二是"希望最终被关在了盒子里"是什么意思？在此，我们还想知道的是，这个宙斯精心为人类准备的"希望"，与悲剧里普罗米修斯说的"盲目的希望"是不是同样的东西？若不是，它们之间又是什么关系？

归纳起来，我们可以给出几种可能性：第一，希望是人身处恶劣环境之中时对于美好的一种渴望——这是最常见的一种猜想。无论是自然环境中的恶劣，还是人类社会条件下的恶劣，如果怀抱美好且积极的希望，那种"希望"都已成为一种慰藉。第二，当希望无法成为现实时，它就可能只是一种幻想甚至是欺骗。第三，如果把希望看作一个中性的概念，那么它就是对于未来的某种想法或等待，它可能是幸福也可能是不幸。

由此，希望就具有可能是积极的也可能是消极的两种潜在面向。第四，还可以假设希望具有善恶混合的双重性，而非纯粹只具有好的一面，等等。

在此，要提醒大家的是古代文本所具有的含糊性（也可称作不确定性、双重性或多重性）及其所带来的影响。一方面，古代文本中的内容往往是模棱两可、含糊不清的，我们时常无法从古代的文本中得到确凿的信息。这使得我们如果想要对古代文本做出某种合理性的说明，那么在拆解其神话的结构时，就必须以这样或那样的方式对其重新解释，而各种莫衷一是的理解又必然使歧义因此产生。另一方面，正因为古代文本叙述的含糊性，让各种解释都有可能成立。甚至可以说，古代文本中的内容越带有含糊性，就越会给后世学者留下各种诠释的空间，由此发展出各种理论和观点。简言之，古代文本中普遍存在的巨大的不确定性和含糊性给后世的解读带来了诸多可能性。只是当种种猜想变成学术预设时，学者们需要逻辑地证明它，而对学术预设而言，只要逻辑自洽就能成立。具体到《普罗米修斯》这里，对于"希望"所具有的象征性意义，人们可以从不同的角度进行解读。对此，我们并不想给出一个标准答案，人人都可以根据文本上下文的依据自行诠释，学界因此所衍生出的思想路径也会是多重的。

具体在有关普罗米修斯的故事中，叙述方式与礼物本身的含糊性互相呼应。首先是神的行为：对于宙斯的行为与普罗米修斯的行为，我们都可做善意或恶意的猜测。其次是火进入人间：它既滋养生命又使自身衰竭，火种善意外表下的劳苦不容忽视。再次是女人的产生：她们既像大地一样孕育繁衍，又耗费男人从田地里的勤苦所得，潘多拉美貌外表下的不幸也不能视而不见。又次是希望，对它的理解既可以是中立的，也可以是善恶两分的，或是兼而有之的。最后是那个在剧中第三场出现的唯一的非神灵形象，即伊俄（Io）：她被宙斯变为母牛，又被赫拉所派遣的牛虻四处追逐。对于她在剧中的出现，我们也可做多重解读：1. 剧中宙斯对伊俄的莫名惩罚，可显示宙斯暴政的特征；2. 剧中的伊俄想从普罗米修斯处获得预言，这表明了普罗米修斯具有某种力量；3. 伊俄的出现预示着之后会发生的事情，这也在某种程度上肯定了普罗米修斯行为的正当性。但有趣的是，以上提及的诸点均缺失"现在"部分，即要么是对过去已发生之事的证实，要么是对未来可能发生之事的预言。或者说，它们更重要的是指向了未来的某个节点或某件事情。

三 神也无法更改的命运

那个未来的节点就是，宙斯与普罗米修斯各自的命运归宿。在剧中，普罗米修斯从一开始就清晰地知晓自己的命运——被束缚在高加索山上忍受秃鹰的啄食，直到英雄赫剌克勒斯来拯救他。因此，在面对这看似没有尽头的折磨时，他除了对宙斯的行为表现不满之外，并没有要通过自己的力量去打破命运的想法，即使是河神俄刻阿诺斯（Oceanus）想为他向宙斯求情，普罗米修斯也只是淡淡地说：

> 快保全你自己吧，你知道怎么办；我却要把这眼前的命运忍受到底，直到宙斯心中息怒的时候为止。
>
> （埃斯库罗斯：《普罗米修斯》373—376）

他还说：

> 我既知道定数的力量不可抵抗，就得尽可能忍受这注
> 定的命运。

（埃斯库罗斯：《普罗米修斯》104—106）

这表明他对自己会遭受怎样的惩罚早已心中有数，且已准
备好承受。同时，他还暗指宙斯：

> 他也逃不了注定的命运。

（埃斯库罗斯：《普罗米修斯》518）

普罗米修斯在分别与歌队长和伊俄的对话中都不断提及他
与宙斯命运的关联性：

> **歌队长**：宙斯不是命中注定永远为王吗？
> ……
> **普罗米修斯**：这还不是道破的时机，我得好好保守秘
> 密；因为只有这样，才能摆脱这些有伤我体面的镣铐和苦难。
> （埃斯库罗斯：《普罗米修斯》519—525）

> **伊俄**：是谁会来夺去他的王权呢？
> ……
> **普罗米修斯**：他会被她推下宝座；因为她会生一个儿
> 子，儿子比父亲强大。
> **伊俄**：他逃不过这厄运吗？

普罗米修斯：逃不过，除非他使我摆脱了镣铐。

伊俄：谁来违反宙斯的意思把你放了呢？

普罗米修斯：你的后代子孙。

（埃斯库罗斯：《普罗米修斯》761—772）

对此，赫西俄德在《神谱》里明确地说：

美踝的阿尔克墨涅的勇敢之子赫刺克勒斯杀死了这只
大鹰，让这位伊阿珀托斯之子摆脱了它的折磨，解除了痛
苦——这里不无奥林波斯之王宙斯的愿望。

（赫西俄德：《神谱》525—530）

可见，在这部表现不死众神的戏剧中，两位神灵间的斗法
大戏此消彼长，但也各有其命，各自的命运也都早已注定，不
可避免。因为宇宙间神圣的正义要求无论神或人都必须为自己
的行为负责。所以，普罗米修斯必须被囚禁在那高山的悬崖之上，
宙斯也可能会被自己的后代所取代。

据此，我们可以推测，普罗米修斯在"被缚"后必将"被
解放"——这既出自英雄之手，也最终来自最高神灵的意愿。
换言之，两者应该是达成了某种程度上的妥协或是交易，由此
中断了那原先以为无法破解的命运之链。只不过，在那最后的
妥协之前，普罗米修斯仍要长时间地忍受那种巨大的折磨，而
宙斯也要承受可能会重蹈之前神界王权更替之覆辙的心理压力。

由此，虽然在现存的悲剧中我们只看到，普罗米修斯被捆
绑在高加索的悬崖峭壁上，任由一只大鹰每天啄食其内脏，周
而复始地忍受痛苦。但如前所述，他自己对未来的解脱早就有

所预计:

> 要等我忍受了许多苦难之后,才能摆脱镣铐;因为技艺总是胜不过定数。

（埃斯库罗斯:《普罗米修斯》513—514）

可见,普罗米修斯对于他与宙斯之间在将来能够达成某种协议的确是有着心理准备。同时,对于他与宙斯之间的高下,普罗米修斯也有着明确的认知,即命运的力量高于计谋。

那么,连神明都无法避免的命运究竟是什么呢?关于古代希腊人对于命运的看法,我们在之前的章节中已有所提及,之后在《俄狄浦斯王》中还会再次详细讨论人与命运的关系,而此处涉及的则是神与命运的关系。我们从《神谱》和悲剧中看到的是,宙斯对普罗米修斯的惩罚代表着不可违背的宇宙秩序和正义,而宙斯对普罗米修斯所隐藏秘密的忌惮也表明,哪怕他作为众神之王也并非万能,他也会被某种力量所制约。这才是宇宙间最高正义的体现,即万事万物应各尽其职,以此来达成相互的制衡。

具体而言,作为永生且不朽的神明,与凡人不同,死亡并不能成为威胁他们的武器。他们的命运表现在其各自所拥有的权力和必须承担的责任上(也包括应受的惩罚),于是,普罗米修斯虽能预见他人和自己的命运,却无力将其改变;宙斯虽有权处罚违反神界规定的普罗米修斯,也仍在担心着自身王位的稳固。换言之,他们两位都受到既定秩序的约束,只有维护和遵守这种恒常的宇宙秩序,才能修复已被破坏的公义与秩序,从而化解危机。剧中虽并未明确提及普罗米修斯是如何与宙斯达成和解的，但他们双方肯定是彼此让步了，所以诗人才会暗示，问题最后的解决是出于"宙斯的愿望"（《普罗米修斯》530）。

由于两位神灵的几番争斗均涉及凡人，我们合理推演，其中的法则已经延伸到人间。因此，我们可以将普罗米修斯的行为看作人类欲望的投射：第一个祭祀神话中透露出人类对于食物有着不可抑制的欲望，这也意味着人类的力量会因为对食物的摄取程度和能力减弱而逐渐地衰退，直至死亡。与之相反，诸神则可能只满足于气味和烟雾，"这说明他们属于其本质与人类完全相异的种族。他们是不死者，永远活着，永远年轻。他们的存在不包含任何可变为腐朽的东西，与易变质的领域没有任何关联"。[1] 而且，"牛的分配不公揭开了新时代的序幕——以后凡人在祭坛上用礼仪重复普罗米修斯的傲慢"。[2] 第二个盗火的故事透露出，作为神界"圣物"的火一旦到了人间，也就不再具有神奇的力量，而只能用于人们的日常生活之中。其性质发生了变化，其神圣性也就被降解了。更关键的是，盗火和使用被盗之火的行为意味着，人想要和神分享某种权利，并力图争夺某种力量。所以，这个看似简单的行为背后却隐藏着险恶的用心，会带来人神之间的严重危机。而宙斯所代表的秩序与正义则从根本上规定了人类的命运，因此人类的行为必须以此为准则，否则就要遭受惩罚。至此，我们也就明白了为什么在这两件事情发生之后，宙斯要以潘多拉来惩罚人类。显然，这并非是发自两位神灵之间个人恩怨的报复，而是出于正义的惩罚。

---

1 让-皮埃尔·韦尔南：《古希腊的神话与宗教》，第60—61页。
2 裘利亚·西萨、马塞尔·德蒂安：《古希腊众神的生活》，郑元华译，上海人民出版社，2008年，第72页。

于是，在这样一部有关神界的戏剧之中，命运再一次在埃斯库罗斯的笔下强大到连神都无法更改。

四　解读奠基神话

为了更好地理解普罗米修斯与宙斯之间的关系，现在我们有必要再次回到之前的三个奠基神话上来。可以说，以上三个故事是一个紧跟着另一个的：先是祭祀神话中的欺瞒行为，既让宙斯怀恨在心想要报复，又使得普罗米修斯自以为得计，大胆地走出了第二步盗火；而盗取圣火，则最终令宙斯忍无可忍，于是立即制造了一个祸害潘多拉，要让人类为获得火种付出代价。如果我们把这三个有关祭祀、火种及女人起源的奠基神话连在一起看，就会发现它们引发了一个严重的后果，即神与人的分裂。与之相伴随的，是人类生存状态开始变得不幸福。

第一个祭祀神话，是要把东西在人神之间加以分配，这在一开始就意味着人和神是不一样的。但在最初之时，人对自己与神灵的不同可能还是懵懂的，后来才慢慢变成了有意识的。这是因为普罗米修斯采用自以为聪明的方式让人拿到了他们能吃的部分，而把不能吃的给了神。自此，人与神的分裂就变成了有意识的："在意于把神与人连结起来的仪式中，祭祀给出的是由此把二者分离的不可逾越的距离。"[1]

第二个关于火的故事，是人类使用了原本不为他们所拥有的东西，且是通过违反神界的条律才拥有了这禁忌之物。这让人对人与神的分裂变得更加有意识。换言之，这已是一种有意

1　让-皮埃尔·韦尔南：《古希腊的神话与宗教》，第63页。

识而不是无意识的分裂了。普罗米修斯盗走的这个火种，成了人类随时可以取用的财富。原本只有神明才能拥有的圣火，也为人类所拥有了，于是人可以不再依附于神的赐予。也就是说，普罗米修斯将火种从神界盗取到了人间之后，在某种程度上，人类似乎不再需要神了，他们获得了一种原先不属于人的财富，也就获得了某种独立的力量。而它所带来的直接结果就是，神灵很生气，后果很严重。

于是，第三个故事便是，作为祸害的女人被制造出来了。潘多拉作为女人，她会与必死的凡人结合，和他们生活在一起，带来婚姻。这样就能繁殖后代，而不再需要神的帮助，由此人类就能生生不息地延续下去——这是好的一方面。但婚姻也有另一方面，它会耗费男人从田地里的勤苦所得，并给男人带来无尽的烦恼。如果男人想要逃避女人所引起的痛苦，就要独身。男人这样做的结果则是到了晚年没有人供养他，从而陷入晚景凄凉的窘境之中。总之，无论如何，潘多拉既是这些不幸的起源也是不幸本身。

这三个故事虽然来自赫西俄德的《神谱》，在索福克勒斯的悲剧中并无完整的交代，但可以相信，古代希腊的观众们对此是了然于心的。从这三个奠基神话中，我们看到，普罗米修斯仿佛是在试图帮助人类，但不仅没能让人类更幸福，反而使之更加"不幸"。就结果来看，我们可以说，普罗米修斯并不是人类的解放者，食物的分配、盗火的行为也都没有解决人类生存的根本问题，反而使其生活更加艰难。

那么，同样作为神界一员的普罗米修斯为什么要先使诈后盗火，从而一而再再而三地破坏神界的律法、挑战宙斯的权威呢？

悲剧对此并无解释，但我们可以从《神谱》中找到三种解释：1. 宙斯的意愿："这里不无奥林波斯之王宙斯的愿望。"（《神谱》530）2. 宙斯为其子赫剌克勒斯成就伟业而设计的："宙斯考虑到这给他那卓越儿子带来的荣誉，尽管对普罗米修斯仍然很气愤，但还是捐弃了前嫌。"（《神谱》532—533）3. 普罗米修斯想与宙斯比赛智慧："普罗米修斯竟与他这位克洛诺斯的万能之子比赛智慧。"（《神谱》535）

从以上文本提供的几种可能性来看，宙斯都是其中的关键点。按照第一种解释来理解就会明白，为什么"智慧无穷的"宙斯明知道事情会发生，却任由它发生——这本身就是他的意愿。而且，很有可能后面的一系列事件都是他默许的，甚至就是他的阴谋。

关于第二种解释，文本给了我们进一步的依据。因为宙斯考虑到，这样的设计可以给他卓越的儿子赫剌克勒斯带来荣誉。赫剌克勒斯——这位希腊的第一大英雄，传说中他成就了十二项伟业，其中一项就是解救被缚的普罗米修斯。作为父亲的宙斯，为了让儿子能够成就这一伟业，刻意设计了一些环节。貌似自己被骗了，实则是为了赫剌克勒斯今后能完成他人不能够完成的艰难伟业。由此，这一切就都可解释为宙斯的有意为之。

至于第三种解释，普罗米修斯——一个在神界已丧失其强势和地位的古老之神，竟然敢与克洛诺斯之子、众神之王的宙斯比试智慧？！那宙斯就接下了他的挑战书，先是示弱，再假装没看见，最终却抛出一个重大的灾难，以定胜负，并再次确定其主导地位。

那么，宙斯的意愿究竟是什么？作为众神之王的宙斯，他对待普罗米修斯和人类的做法看上去残忍且毫无人性，完全如同一个暴君！但请注意，当我们在如此评判宙斯时，其实是在用人的标准去衡量一个神灵，而宙斯根本就不是一个人！那么，如果我们从宙斯在希腊神话中是正义之神，是他创立了神界的秩序来看：

> 宙斯用武力推翻了自己的父亲克洛诺斯后，那时正统治着天宇。他自己拥有闪电和霹雳，公平地给众神分配了财富，宣布了荣誉。
>
> （赫西俄德：《神谱》71—74）

那他最重要的职责就是要维护宇宙秩序，何况宙斯还是一位刚刚登上权力宝座的"新得势的神""新的君王"（《普罗米修斯》35、310）。当我们从这样一个角度去理解时，或许就可以明白，宙斯所站的角度根本就不是人类的角度，他所秉承的道义则可能是一种神界的道义。于是，无论我们以人的方式怎样揣度，都只可能是其中一个不完整的面向。

不过，我们还是可以试着借助一些标准来猜测一下：首先，文本中讲到普罗米修斯的欺骗及偷盗行为，无论是在神界还是人间都是一种罪，且他欺骗偷盗的对象是神，更是罪莫大焉。其次，当智慧无穷的宙斯责备他时，他还狡猾地笑了一下，"没有忘却诡诈的圈套"（《神谱》546），可见他一意孤行，且傲慢而固执。德尔斐的阿波罗神庙上那一句"认识你自己"及另一句希腊谚语"凡事勿过度"，表明希腊人对人神关系的认识和不敢僭越的心态。换言之，一个人不可以太过坚持自己，否则便会在傲慢中试图与神媲美。哪怕是一个神，也不可挑战既定的秩序，普罗米修斯正是犯了这一禁忌。再次，他的偷盗行为是将神界象征力量和权力的火给予人类，这样人便不再依附于神。

普罗米修斯这样的行为更是将他的傲慢加诸人的身上。最后也是最关键的是，普罗米修斯的这一切作为都是力图通过自己的机巧设计去解决问题。这表明他认为自己具有理智思考的能力，于是他在自身理性的支持和怂恿下干出了一系列的事情。请看在悲剧中，他先是吹嘘只有他敢于反抗宙斯的威权：

> 除了我，谁也不挺身出来反对；只有我有胆量拯救人类……
>
> （埃斯库罗斯：《普罗米修斯》229—230）

继而又自夸其对人类怀抱的好意：

> 且听人类所受的苦难，且听他们先前多么愚蠢，我怎样使他们变聪明，使他们有理智。我说这话，并不是责备人类忘恩负义，只不过表明一下我厚赐他们的那番好意。
>
> （埃斯库罗斯：《普罗米修斯》442—446）

这样自我夸耀之后，普罗米修斯还嫌不够，他又以华丽的辞藻——详列他为人类所做的好事：

> 后来，我才教他们观察那不易辨认的星象的升沉。我为他们发明了数学，最高的科学；还创造了字母的组合来记载一切事情，那是工艺的主妇，文艺的母亲。我最先把野兽驾在轭下，给它们搭上护肩和驮鞍，使它们替凡人担任最重的劳动；我更把马儿驾在车前，使它们服从缰绳，成为富贵豪华的排场。那为水手们制造有麻布翅膀的车来

航海的也正是我，不是别的神。

（埃斯库罗斯：《普罗米修斯》457—468）

　　等你听见了其余的话，知道我发明了一些什么技艺和方术，你会更称赞我呢……至于地下埋藏的对人类有益的宝藏，金银铜铁，谁能说是他在我之前发现的？谁也不能说——我知道得很清楚——除非他信口胡说。请听我一句话总结：人类的一切技艺都是普罗米修斯传授的。

（埃斯库罗斯：《普罗米修斯》476—506）

普罗米修斯自以为是地为人类做下了这一系列的"好事"，[1]心中充满了自豪与傲慢之情，但这既是对众神权力的践踏，也为人类树立了不虔敬的榜样。其结果则是，由于他的不虔诚与缺乏节制造成了自身悲惨的结果：

　　普罗米修斯：我为人类发明了这样的技艺，我自己，唉，反而没有巧计摆脱这眼前的苦难。
　　歌队长：你忍受着屈辱和灾难；你失去了智慧，想不出办法，像一个庸碌的医生害了病，想不出药来医治自己，精神很颓丧。

（埃斯库罗斯：《普罗米修斯》470—475）

　　的确，如果我们把普罗米修斯与宙斯之间的较量看作一场

1　有文章从结构、修辞和义理方面解读普罗米修斯关于技艺与命运的关系，参见罗晓颖：《"技艺胜不过定数"——埃斯库罗斯〈被缚的普罗米修斯〉第436—525行解读》，《国外文学》，2008年第2期，第54—61页。

智慧的比赛，那"智慧无穷的宙斯"与"狡猾的普罗米修斯"之间的力量对比根本就是不对等的。因为，在希腊人心目中，宙斯不仅是权力和力量之神，更是秩序与正义之神，普罗米修斯的智慧则是来自心机和诡计，他的深谋远虑只是为了策划那一场场的骗局。因此，他的机巧也最终使自己成了受害者。可以说，当我们把普罗米修斯还原成一个神来看待时，就会发现他身上的缺点：他对人类抱有一个神灵所不应有的情绪，是他"过度敏感"了。这一点连歌队长也提醒他：

> 不要太爱护人类而不管自身受苦。
>
> （埃斯库罗斯：《普罗米修斯》507）

正是他的"不具有完全神性"的特点、他的过于同情，使得宙斯所施加的惩罚具有了正当性。因为只有确认了神界的秩序，人间的秩序才会找到其源头并由此得以保障。普罗米修斯的所作所为恰好是违背了此项基本原则。所以，受到惩罚是他必然的归宿。

由此，当我们试图以宙斯的眼光和角度去看待普罗米修斯的行为时，宙斯所施加在他及人类身上的灾难就不仅仅是出于个人恩怨，而是为了捍卫宇宙秩序的原则所给出的惩罚。换言之，普罗米修斯的所作所为是有罪的。在剧中，他自己也承认了这一点，他说：

> 我有罪，我完全知道；我是自愿的，自愿地犯罪的。
>
> （埃斯库罗斯：《普罗米修斯》264）

　　对此，宙斯给出的惩罚是无限期的。反过来看，这样的惩罚也正意味着他犯下的罪的严重性。希腊人认为人不能够试图与神同等，对于他们来说，最严重的罪就是渎神，而普罗米修斯正是犯了此罪。换言之，他过于相信自己的智慧和机巧，以为能凭借此战胜宙斯。这是大不敬，是极端的不虔诚，因而才会遭遇如此的不幸和如此大的惩罚。

　　然而，从悲剧诗人对普罗米修斯所抱有的态度和描述的语气中，我们看出，他似乎在这个问题上迟疑了，为什么会这样？这是因为，无论是普罗米修斯的欺骗还是偷盗，进而表现出来的傲慢、一意孤行以及渎神和不敬，其受惠者都是人类，于是人们便可能忽略了行为本身的问题，代之以实利的判断标准，从而认为普罗米修斯的行为是功德无量的。也就是说，从人的角度而言，普罗米修斯就成为第一个博爱主义者，是他首先主动的施予，让人类分享到了原先只是为神所拥有的东西，无论是食物还是火种。作为帮助人类的英雄，他给予了人类本来没有的东西。之后人类又因他的遭遇而对其加以同情和怜悯，换言之，正是普罗米修斯教会了人类怜悯。由此，普罗米修斯最大的优点就是他所具有的同情心和怜悯心。

　　同时，诗人也让观众看到了，有一股强大的力量在人类的背后发挥着作用，这力量优于人类，也控制着人类。因此，在神与人（包括同情人类的神灵）的较量中，人类注定是会失败的，普罗米修斯也注定会受到惩罚。而观众则在这种引发同情与怜悯的情绪中，在普罗米修斯遭受惩罚的震撼中，受到了教益，得到了精神上的升华，而悲剧也就达至了其自身的目的。

五 普罗米修斯形象的演变及其问题

从以上解读中，我们可以清楚地看到，无论是在赫西俄德的《神谱》还是在埃斯库罗斯的《普罗米修斯》中，有关普罗米修斯故事描述的都是神人分离的开端。宙斯与普罗米修斯之间的冲突都是围绕这种分离的加剧而展开的，一系列的奠基神话更是在叙述诸神间的行为和互动中，为人神之间的关系和秩序确立一种范式。并不存在所谓普罗米修斯的大无畏牺牲与革命性胜利，宙斯才是真正的胜利者，也是正义和秩序的维护者。

但是，在后世的历次解读之中，普罗米修斯却变成了人类的解放者，而宙斯则成为暴君的典型。这一转变是如何完成的呢？

应该说，对于普罗米修斯文学形象的最早改编，就是在埃斯库罗斯的三联剧《普罗米修斯》之中。虽然其中完整保留于世的只有《被缚的普罗米修斯》，但其他两部《盗火的普罗米修斯》和《解放了的普罗米修斯》也有残篇留传下来。从中我们看到：一方面是宙斯的形象从独断暴戾到开明宽容，这表明他从一个自然神向社会神的转变；另一方面普罗米修斯则表现得更加勇敢、不屈服于宙斯，因此被一直挂在高加索山的悬崖之上，于是他的形象开始被定格在"受难者"的英雄形象上。有学者总结："埃斯库罗斯以进步的主题取代远古黄金时代的神话，他认为普罗米修斯是教化人类的最伟大的英雄。"[1]

近代以来，对普罗米修斯文学形象的再塑造则主要归功于歌德、拜伦和雪莱三位诗人。

---

1 米尔恰·伊利亚德：《宗教思想史（第一卷）：从石器时代到厄琉西斯秘仪》，吴晓群译，上海社会科学院出版社，2011年，第218页。

歌德曾创作过《普罗米修斯》一剧，虽未能完成，但在流传下来的片段中，我们看到普罗米修斯被塑造成一个人类的伟大创造者形象。在剧中，普罗米修斯这样对万神之主宙斯说：

> 我就坐在这里，请按照
> 我的模样造人吧，造出
> 一个跟我一模一样的种族，
> 去受苦，去哭泣，
> 去享受，去取乐——
> 而且不尊重你，
> 也像我！[1]

拜伦早年曾翻译过埃斯库罗斯的悲剧《被缚的普罗米修斯》的片段。在他各个时期的诗篇中，普罗米修斯的名字先后出现过 17 次。1816 年他创作了短诗《普罗米修斯》，在其中，普罗米修斯是一个敢于抗争，并最终打破枷锁的英雄。拜伦在诗中写道：

> 你的悲悯，什么酬答？
> 是无声而又酷烈的刑罚：
> 巉岩，兀鹰，锁链的束缚，
> 高傲者身受的百般痛楚；
> 强忍而毫不外露的苦情，
> 令人窒息的艰危逆境

---

[1] 歌德：《歌德文集》（第 8 卷），关惠文译，人民文学出版社，1999 年，第 79 页。

> ……
>
> 你是个象征，是个证据，
>
> 昭示了人类的力量和运命
>
> ……
>
> 敢抗争才会有捷报佳音，
>
> 死神呵，会变成胜利女神！[1]

而最为知名的应当是 1819 年雪莱在长诗《解放了的普罗米修斯》中所创作的主人公形象。这个普罗米修斯因盗天火给人类而被绑缚在山崖之上，过了 3000 年才重获自由。于是一个新的宇宙诞生，而普罗米修斯则成为一位敢于推翻神界暴君的浪漫主义英雄。在诗歌的一开始，普罗米修斯就表现出了坚贞不屈的形象，他说：

> 啊，你这威猛的天帝！
>
> 你可不是万能，因为我不肯低头
>
> 来分担你那凶暴统治的罪孽，
>
> 宁愿吊了起来钉在这飞鸟难越的
>
> 万丈悬崖上，四处是黑暗、寒冷和死静。[2]

最后当胜利终于到来时，冥王向众人宣布：

> 今天日子到了，玄冥中响起一阵呼声，
>
> 要用人间的法宝去打倒天上的暴君，

1　拜伦：《拜伦诗选》，杨德豫译，广西师范大学出版社，2009 年，第 90—92 页。

2　雪莱：《解放了的普罗密修斯》，邵洵美译，人民文学出版社，1957 年，第 3 页。

那位"征服者"就被拖进了无底的幽窟，

……

打倒那种俨然是无所不能的"权威"；

全心地爱，别怕困难；不要放弃希望，

"希望"自会在艰难中实现它的梦想。[1]

不过，对普罗米修斯形象进行近代式释读，最具冲击力的是两位大思想家。一位是马克思，他宣称埃斯库罗斯的《普罗米修斯》是自己最喜爱的希腊悲剧，每年都会重读一遍，并在其博士论文序言的最后一句话中将普罗米修斯称为"哲学日历中最高尚的圣者和殉道者"。[2]自此，普罗米修斯完成了从一个微不足道的小神上升为一个崇高的殉道者的转变过程。另一位是尼采，他在《悲剧的诞生》中论及普罗米修斯这一形象。在尼采看来，普罗米修斯是一个集日神精神与酒神精神于一身的人物，他还进一步将普罗米修斯的故事与《圣经》的原罪故事对立起来，视其为雅利安族的精神财产。[3]由此，在西方思想史上，普罗米修斯的形象就彻底转变成了一个以智慧来为人类谋求美好事物的文化英雄，然而又由于他不节制的智慧和过度的同情，导致了其本身的受困——为追求美好事物而主动犯罪、因伟大而毁灭。

可见，从古代到现代，故事在流传之中，不仅是普罗米修斯的形象、性格和命运被不断重塑，而且普罗米修斯神话的内涵和意义更是发生了重大变化。其中，文学性的流变还不是重点，

---

1 雪莱：《解放了的普罗密修斯》，第 121—122 页。

2 马克思：《博士论文》，贺麟译，人民出版社，1961 年，第 3 页。

3 尼采：《悲剧的诞生——尼采美学文选》，第 37—40 页。

关键在于对普罗米修斯故事的哲学式重讲和阐释，及其折射出的普罗米修斯精神原型的象征意义。换言之，数千年后，普罗米修斯的叛逆行为已随着时光的流逝而逐渐被人遗忘，众神之王对他的惩罚也变成了成就其伟大的途径。普罗米修斯的形象越来越摆脱神话的语境，而成为某种类型的人和典范的代表。如果说赫西俄德的神话是为了从根本上确立神与人的分离，最初文本中的普罗米修斯必须要有以宙斯为代表的制约原则来加以限制以达到平衡的话，那么，现代人思想中的普罗米修斯意象则更纯粹地变成了一个反抗暴君、具有民主精神的古代英雄，宙斯则仅仅是一个起衬托作用的反派人物。

自此，对普罗米修斯神话的不同解读渐成西方神话学的一个热门话题，为此各种神话理论及方法层出不穷。关于普罗米修斯形象的嬗变，在中文学术界中也有不少研究，专题论文就有相当数量，但总体看来，阐发意义的多，分析文本的少，[1] 由此也就呈现出了不同的论述逻辑和解读结论。这是由不同的学术述求、问题意识以及方法论所决定的，没有高下之别。

后世对普罗米修斯神话的重新诠释和理解表明，神话中的某些意义和影响在渐渐消失，甚至有时可能会被遮蔽或者覆盖。这是因为随着近代工业社会的发展，实用、理性和科学几乎成为衡量一切事物的标准，人类改变了早期的世界观，与之相伴随的是神话的失落以及神性的衰微。但对此的反思也从未

---

[1] 在这些众多的研究成果中，近年来在紧扣文本基础上进行意义阐发的研究者尤以吴雅凌引人注目，她著有《神谱笺释》（华夏出版社，2010 年）。她还发表了多篇释读赫西俄德文本中不同对象的论文，如：《潘多拉与诗人——赫西俄德笔下的女人神话》，《国外文学》，2010 年第 1 期；《赫西俄德〈神谱〉中的提坦神族》，《思想战线》，2009 年第 4 期；等等。不过，这些论著与本书的研究对象有所不同，故不在讨论的范围之中。

间断过，早在 20 世纪中期，古典学家马丁·尼尔森（Martin P. Nilsson）针对文艺复兴以来的众多神话理论评说道："没有任何理论能像关于神话的诸多理论那么快地过时。"[1] 英国当代著名作家凯伦·阿姆斯特朗（Karen Armstrong）敏锐地指出，当现代学者试图以理性去诠释神话时，往往会得出令人难以置信的结论。[2] 美国宗教学家伊万·斯特伦斯基（Ivan Strenski）则直接将各种不同的神话理论统统归纳为"20 世纪的人为产物"，并略带调侃地断言："关于神话的著作将会不断此消彼长地从一种时尚跳向另外一种时尚，激起无穷无尽令人难以恭维的辩论。"[3] 面对这种不断变化的学术时尚，我们应该如此选择？或许直接面对古代的文本并加以梳理和分析不失为一种谨慎且可行的办法。

也有学者针对西方的种种后世解读，给出了另一种理解的角度："这剧本在现代这样时髦，这样有人读，其原因无疑是由于这悲剧含有基督教的精神，表现一个牺牲自己、拯救人类的天神。那些天神看见普罗米修斯被钉在石头上很像耶稣被钉在十字架上，他们很是惊讶，因此把埃斯库罗斯看得很高。只有时候我们许会觉得他把自己看得太高了，他的幻想不一定可靠。"[4] 从西方思想史发展的脉络来看，这一见解不无道理，基督

---

1 Martin P. Nilsson, *A History of Greek Religion*, 2nd ed., Translated from the Swedish by F. J. Fielden, Oxford University Press, 1952, p. 313, note 42.

2 她说："现代科学家、评论家和哲学家试图以理性诠释神话，反而将它变成了令人难以置信的'神话'了。"参见凯伦·阿姆斯特朗：《神话简史》，胡亚豳译，重庆出版社，2005 年，第 131—159 页。

3 伊万·斯特伦斯基：《二十世纪的四种神话理论：卡西尔、伊利亚德、列维-斯特劳斯与马林诺夫斯基》，李创同、张经纬译，生活·读书·新知三联书店，2012 年，第 10 页。

4 罗念生：《罗念生全集（第二卷）：埃斯库罗斯悲剧三种》，第 168 页。

教兴起后，人们将基督教的理解模式套用在古代希腊神话故事以及悲剧作品上，这种"视域融合"的理解观使后世西方学者将普罗米修斯解读成了一个如耶稣般拯救人类的大英雄，在一定程度上误读了埃斯库罗斯的真实用意。因为，虽然这部几乎是普罗米修斯单方面叙述的悲剧充分表现了他那种不屈不挠的精神，但在其字里行间也表露出普罗米修斯的自大和狂妄，而宙斯对其施加的惩罚并不轻，且被歌队及其他神灵证明为合理合法，甚至普罗米修斯自己也承认他是罪有应得。这就表明悲剧诗人也无意要为普罗米修斯开脱，不至于使宙斯在普罗米修斯面前变成一个简单的暴君形象。因此，那些关于宙斯言行的负面理解可能都是误解了作者的本意，那些描写只不过是诗人所采用的一种戏剧手法。因为只有那样才合乎剧情的需要，让人们感觉宙斯是一位很严厉的神，借由观众对宙斯的厌恶来增加我们对于受难者的同情。这种用心既能增强戏剧的效果，更达至了悲剧演出时要获得的既震撼又净化人心的目的。

第四章

《俄狄浦斯王》：命运的必然
与人为的可能

　　《俄狄浦斯王》是索福克勒斯最著名的作品。亚里士多德认为这部悲剧是希腊悲剧的典范，在其《诗学》中曾 8 次提及这部作品。该剧结构复杂，布局严谨巧妙，环环相扣，将人的意志与命运的冲突表现得淋漓尽致。它通常被认为是悲剧情节步步推进的范例——一个好人因其骄傲而最终从高处跌落。亚里士多德在《诗学》中论及悲剧情节的安排时就曾以该剧为例，他说：

　　　　情节的安排，务求人们只听事件的发展，不必看表演，也能因那些事件的结果而惊心动魄，发生怜悯之情；任何人听见《俄狄浦斯王》的情节，都会这样受感动。

　　　　　　　　　　　　　　　　　（亚里士多德：《诗学》1453b）

一 前情回顾与剧情梗概

《俄狄浦斯王》同样取材于希腊神话，诗人在剧中运用动机与效果相反的手法，一层层解开了俄狄浦斯杀父娶母的疑团：俄狄浦斯自认为已经逃出了命运的安排，然而实际上命运一直操控着他。

刚出场时，俄狄浦斯是一个受人民爱戴并且富有责任心的国王。[1]当灾难来临时，他秉承正大光明的原则，要求将神示公开，并表现出对凶手的仇视和追查到底的态度，这表明他完全没有意识到自己即是凶手的事实。当一切真相大白于天下时，俄狄浦斯的母亲——也就是他的王后——自尽而死，而他自己则在百感交集中刺瞎了双眼。然后俄狄浦斯自我放逐，继续等待神谕。

为什么看似无辜的俄狄浦斯身上会发生这么倒霉的事情？读过悲剧的读者都知道，在悲剧中，俄狄浦斯并不知道他失手杀死的和为解谜成功而迎娶的竟会是他的亲生父母，他是处在一种无辜、无知的状态下犯下这些罪行的。那为什么他会不知道？神灵又为什么要把这些惩罚降予他？

引发这个悲剧的不幸之源，需要追溯到俄狄浦斯之父拉伊俄斯（Laius）那里。早年他落难流亡到伯罗奔尼撒时，当时的斯巴达国王珀罗普斯（Pelops）好心收容了他，但是他不仅不感恩反而诱拐了国王的儿子克律西波斯（Chrysippus），最后导

---

[1] 在此，我将剧中的俄狄浦斯视为一个普通的国王，但也有学者根据俄狄浦斯的行为，从政治哲学的角度来讨论他究竟是不是一个僭主的问题，参见叶然：《俄狄浦斯是僭主吗——索福克勒斯〈俄狄浦斯国王〉中城邦的自然》，《学术月刊》，2016年第5期，第13—20页。

致这个年轻人自杀身亡。此事激起了诸神的愤怒。换言之，拉伊俄斯所做的这件事情不仅意味着对人类价值观的破坏，也是对神灵的冒犯，是渎神的。由此事必会引发来自神灵的惩罚。但这种惩罚不是直接针对拉伊俄斯的——神的诅咒落在了他的家族身上，且具体说是落在了拉伊俄斯之子俄狄浦斯身上：神谕说他将杀父娶母，以此来抵偿当年拉伊俄斯所犯下的不义之罪。这便注定了俄狄浦斯家族世代不幸的命运。

实际上，因为"诅咒在希腊文化中是一个常数"，[1]因此，这种以神的诅咒而施加的报复在古典文献中也时有出现，比如在希罗多德的《历史》中，阿尔克麦翁家族（Alcmeonids）因杀死了请求神殿庇护的库隆（Cylon）被称为"因渎神而受到咒诅的人"（《历史》Ⅴ.70—71）。这表明对于仍具有神话思维方式的希腊人来说，其实所谓神的报复就体现为对人间秩序的维护，是对处事适度的一种提醒。也就是说，这是人借神之口来表达人类社会共同生活所应该遵守的规则，也即所谓的祖制圣规。而悲剧诗人正是充分利用了诅咒以及对诅咒的家族继承等传统观念，从而建构起一条人与神的行动之间的因果链条，由此推动剧情的发展，最终获取观众同情，引发情感共鸣，起到教化民众的作用。

总之，古代希腊人往往会将某个人所遭遇的不幸与其之前做下的事情联系在一起，认为此人是受到了神的报复。那么，这个报复是什么呢？很可能就是神下了一个诅咒，这个诅咒并不是对犯下不义之罪之人的现世报，而是施加在他家族及其后代身上。也就是说，这个惩罚不只是针对一个人的，而是针对

---

1 多佛等：《古希腊文学常谈》，陈国强译，华夏出版社，2012年，第82页。

整个家族的。在《俄狄浦斯王》一剧中，推动故事情节发展的要素就是诅咒。这就解释了俄狄浦斯会以无辜且无知之身遭受这种惩罚的原因。从根本上讲，或许不是他本人做错了什么，也或者是他虽有错但不至于受此重罚，但是他的父辈做错了事情，犯下了不可饶恕的罪过，而他不幸地作为后代就要去承受这来自神灵的惩罚和报复。

在这整个故事中有三条线索：一是拉伊俄斯得知自己会被儿子杀死的命运后，做出来送子的行为；二是俄狄浦斯得知身世后，离开养父母，逃往外地；三是瘟疫发生后，俄狄浦斯决心找寻凶手。这三条线索形成了一个以诅咒为核心的因果链条的闭环，最后导致了主人公的必然悲剧结局。实际上，这个结局也非最终的结果，我们这里讲的是俄狄浦斯所遭受的诅咒，后一部悲剧（《安提戈涅》）还会讲俄狄浦斯的子女又是如何遭受诅咒的。也就是说，这两部悲剧除了都是出于同个悲剧诗人之手外，它们之间还有一条内在的逻辑线索。由此，当我们在下一章讲到《安提戈涅》时，读者诸君就会更明白安提戈涅口中的那些并未说得十分明白的话意味着什么。更重要的是，希腊悲剧中的故事及其中的诅咒都是当时的观众们所知晓的，这更加重了悲剧演出时观众与台上主人公之间的张力，渲染了戏剧所需要的紧张气氛。

此外，我们再来看一下"俄狄浦斯"这个名字中可能包含的意蕴。Οἰδίπους 即是 οἰδέω（肿）+πούς（脚），多数神话以俄狄浦斯的脚踝解释这个名字，[1] 即"肿脚者"（swollen-foot）。这个名字不断地提醒着观众关于他脚上的缺陷，这是他在被遗

1　Sophocles, *The Oedipus Tyrannus*, 1032ff.; Euripides, *Phoenissae*, 26f.; Pseudo-Apollodorus, *Bibliotheca*, 3.5.7.

图 1 俄狄浦斯与斯芬克斯[1]

弃过程中受伤所致，也可被视作人之不完美的表征。另外，俄狄浦斯的名字在英语中，也被比喻为"善于猜测谜语的人"，因为他回答了那个著名的斯芬克斯之谜，那也是关于人的。

在此，我们简单介绍了故事的前情与梗概，也提示了后面会用什么方式来对这部悲剧做进一步的解读。

二 人与命运的抗争

命定的存在与人类的选择之间的平衡是我们解读这部悲剧的关键所在。

上文曾经提及，希腊人认为，凡人是没办法对命运做出一种真正意义上的抗争的，因为人类最终必然是会死亡的，无人能改变这一事实。当然，有意思的是，虽然人们知道，人间无法避免的最大问题就是死亡，但同时也发现，人类历史上，不

1 黑色彩绘陶罐，现藏于大英博物馆。

同的民族、不同文化中都有关于人类渴求永生的故事。比如,《吉尔伽美什》(*Gilgamesh*)里的主人公因为好友的死亡激发了他要找寻到长生不死之神物的想法,而且历经艰辛终于得到了那颗能使人不死的仙草,却在河边休息时,被河里的水蛇偷吃了仙草,吉尔伽美什因此彻底丧失了获得永生的机会。在荷马史诗《奥德赛》中,奥德修斯在无名岛上被仙女所喜爱,由此许诺他永生。只要奥德修斯能永不下岛,就可以和仙女一直生活下去。但是,奥德修斯似乎放不下人间功名,为了世俗的名利、地位,竟毅然弃仙女而去。秦始皇派人寻找蓬莱仙境的努力,最后也未能达成。我们还看到,哪怕是《西游记》中的各路妖怪们也想要长生不死,它们总是有各种办法抓到唐僧,却似乎总是在多此一举地考虑采用哪种烹饪方式时功亏一篑,最后谁也没能吃到唐僧的肉,没有达成永生的目的。

这些故事都是非常有意思的,可以说是人类文学史上的瑰宝。同时,我们也可从中读出不同的层面,得出不同的理解。比如对奥德修斯的选择,既可以说他是为了世间的功名而舍弃仙界的,也可以说他是要找回自己作为人的身份、地位、荣誉和家庭等,所以放弃了永生的可能。但无论是何种理解,在此,我们看到的都是人对于其所面临困境的一种抗争,而人类生存的意义或许就在各种抗争之中呈现。哪怕最后都没能成功,但一定有故事流传,也一定会对后世有所启发或激励。

回到《俄狄浦斯王》剧中,我们来看看他对自己初次听到神谕时的反应:

俄狄浦斯:他说我命中注定要玷污我母亲的床榻,生出一些使人不忍看的儿女,而且会成为杀死我的生身父亲的凶手。

　　我听了这些话，就逃到外地去，免得看见那个会实现神示所说的耻辱地方……

　　　　　　　　　（索福克勒斯：《俄狄浦斯王》786—795）

　　以上是俄狄浦斯的两句话。我们怎么看？首先是第一句话，这是他对自己可能会杀父娶母[1]所产生后果的看法，可以讨论的有三点：首先，他重点强调的是如果他在不知情的情况下娶母，那将是一种污染；其次，由此生下来的孩子也是让人不忍卒视的；最后，点明他将杀死的还是自己的亲生父亲。这三点向我们揭示了那个时代的观念：首先，母子结合并生子已被视为一种乱伦行为，不仅不能明知故犯，哪怕是在不了解真相的情况下发生了，也会被认为是一件极其糟糕的事情。这表明在当时人的思想观念中，已经发展出了在直系亲属之间不应该出现这种事的想法。而杀父的指控则是一种很严重的罪行，这让我们联想到另一个希腊神话故事，也是埃斯库罗斯的三联剧《阿伽门农》中关于雅典娜的出场：阿伽门农之子是为了替父报仇而杀死了自己的亲生母亲，由此遭到古老的复仇女神的追杀，在最后的审判中，雅典娜以立法者的身份为阿伽门农之子投下了无罪的关键一票，由此确立了之后希腊社会普遍以父权为主的法律制度。在这种基本律法确定之后，关于俄狄浦斯所犯之事的判断就更清楚了，因为他不仅会杀父还会娶母，这样的罪行太严重了。所以，他才会被吓得逃走了。

---

[1]　国内有学者从俄狄浦斯行为中所表现出来的种种悖论（身份悖论、伦理悖论等）这一角度来理解该剧，参见吴斯佳：《〈俄狄浦斯王〉的悖论特征及其生成的悖论语境》，《外国文学研究》，2018年第6期，第144—152页。

　　第二句话表明俄狄浦斯为避免乱伦和杀父行为的发生，决定离开他长大的地方。正是因为他决心逃往外地，才有之后的故事。而逃往别处，这一行为本身也可视作一种抗争，是他不希望神谕实现的表现。那么，神谕是什么？它对希腊人意味着什么？简单说来，神谕（*oracle*，又译作神示或神托）就是神灵对于未来可能发生之事的判断和预告。在古代希腊，无论是国家大事还是个人的生活问题，希腊人都喜欢求得神的旨意，以便能在神的名义下进行，并取得成功。神灵对人们所求问之事的回答就是所谓的"神谕"，这有点类似于古代中国人的求签。签抽到后会有多种解释，希腊的神谕也具有模糊性，需要人们根据具体的人和事加以解释和判断。在古代希腊世界，德尔斐的阿波罗神谕是最具有权威性的，希腊人事无巨细都要去祈求他的引导，无论是城邦在遇到重大的政治或军事问题时，还是个人在碰到人生大事时都少不了神谕的指点。

　　具体到这部悲剧中，落在俄狄浦斯头上的神谕是在他出生之前就已出现的。在前情回顾中，我们提及，拉伊俄斯引发神怒，但神的报复并不是立马出现的，而是在他家族身上降下了一道诅咒，与诅咒同时出现的还有一道神谕，告诉他国后即将诞下的孩子长大后会杀父娶母。拉伊俄斯为了避免这一悲剧的发生，在妻子生下孩子后立即让仆人把这个孩子丢弃。但仆人心有不忍，遂将孩子交给了一个荒野中的牧羊人，牧羊人也不忍心杀死这个孩子，又将其交给了邻国无子的国王夫妻，最后是他们把这个小孩养大成人。他就是俄狄浦斯。然而，在俄狄浦斯长大后却听闻了这样一个关于他的神谕：他将杀父娶母。他不知道养育他的并非是他的亲生父母，在一知半解的情况下，为了避免自己处于疯狂的状态下真的会杀父娶母，他能想到的办法只能是逃走。

但这个行为本身却使他来到了命运的"三岔路口"，让他迎着命运而去。在一个狭窄的山口，迎面一辆急驰而来的马车。或许是因为驶者和车上长者的态度过于倨傲，也或者是逃亡中的俄狄浦斯年轻气盛，总之，狭路相逢，言语不和，他们发生了冲突。冲动之下，俄狄浦斯失手打死了那位老者，他当然不知道那就是他的亲生父亲。随后，他继续逃亡，来到了忒拜的辖区内，在此，他遭遇了他命中注定且是彻底让其实现命运的事件：他遇到了一个妖怪，就是斯芬克斯（Sphinx）。[1]据说此怪盘踞此地，为害多年。不过，它作恶的方式比较奇特，甚至堪称文雅。它总是给过往的行人出一道谜语，并表示如果解开谜题就可放行，而没有解开谜底的人就会被它吃掉。由于该谜语始终无人能够破解，又有多人被吃，因此无人敢来。但没人前来，斯芬克斯便要求忒拜城进献童男童女。总之，这个妖怪就靠这样一个谜语为害一方，使得民不聊生。而刚失去国王的忒拜，在无人主持大局的情况下，由长老会议出面颁布了一个告示，宣布谁能为他们除害就拥戴谁为国王，并且还会把风韵尚存的王后嫁予他为妻。

---

1 有关斯芬克斯的神话传说，最早来自古代埃及：斯芬克斯是一种狮身人面的巨兽，通常为雄性，是法老威权的象征。与埃及的不同，古希腊的斯芬克斯通常表现为雌性，她有着女人的头颅、兽类的身体和鸟类的翅膀。这两个斯芬克斯之间有何关系，已无可靠的文献流传至今。或许是文化传播中的一种相互借鉴，也有可能是误传。不过，无论是在古埃及还是古希腊，斯芬克斯都被认为是守卫者：在古埃及，它经常与法老的陵墓和宗教庙宇等大型建筑联系在一起；在古希腊，这个出现在有关俄狄浦斯的神话和悲剧中的斯芬克斯则是一道千古谜题的守护者。

图 2　斯芬克斯双耳陶瓶（neck-amphora）[1]

　　那么，我们来看看这个妖怪的谜语是什么？它问的是：有一种东西早上的时候是四条腿走路，中午的时候两条腿走路，傍晚的时候三条腿走路。俄狄浦斯回答说，那就是人，因为人在婴儿期只能四肢着地爬行，长大之后是两条腿走路，但到了晚年，行走时又需要依靠拐杖助行。于是，这个之前所有人都解答不了的问题终于迎刃而解了。这是俄狄浦斯成为英雄的决定性胜利，而谜底解开后斯芬克斯因羞愧，跳崖而死。至此，俄狄浦斯凭借自己的聪明智慧破解了谜题，获得了荣誉、敬仰与爱戴。[2]因此，他也就顺理成章进了城，成为国王，并且娶了王后为妻。然而，这些命运的馈赠却暗中标注了价格，那便是让他最终迎娶了生母，实现了预言。

―――――――――

1　现藏于大英博物馆。

2　有关斯芬克斯与俄狄浦斯之间的关系，以及前者对后者的形象产生了怎样的影响，可参见刘淳：《斯芬克斯与俄狄浦斯王的"智慧"》，《外国文学》，2014 年第 1 期，第 88—95 页。

在这一过程中，有两个意象是耐人寻味的。首先，从神谕得到验证的过程来看，神谕本身具有一定的含糊性，如同命运一般琢磨不定，但它引发了人一系列"自主的"行为。俄狄浦斯基于自主的思考，采取了自己认为可行的方案，诸如"逃走"和"解谜"，但人性的弱点和有限的理性使得这样的行为制造出一系列的巧合，宛如纷杂的丝线，最终穿合成了严丝合缝的罗网，身处其中的人越是想要挣脱，被命运束缚得越紧。正如歌队所唱的：

> 他像公牛一样凶猛，在荒林中、石穴里流浪，凄凄惨惨地独自前进，想避开大地中央发出的神示，那神示永远灵验，永远在他头上盘旋。
>
> （索福克勒斯：《俄狄浦斯王》477—482）

其次，俄狄浦斯的解谜者形象也是值得深思的。他虽然给出了谜底——"人"，破解了那富有哲学意味的谜题，已可谓人中富有智慧的佼佼者，却又未能真正勘破关于"人"的命题，没有真正认识清楚何为凡人，即没有认识到人类作为必朽的生物，是具有有限性的，无法与无限的神灵相抗衡。这似乎在暗示着，因为人类理性的有限性，俄狄浦斯用尽一生去抗争的命运本身也就是一个"谜"，人唯一可知的便是：面对命运时，自己是无知的。但人类在命运面前的探寻、挣扎，或许就是意义本身。

所谓"命运"（μοῖρα）这个词，[1] 在古希腊语中的基本含义

1　王焕生译本中的"命运"多处对应的古希腊语是"神"（δαίμων），如第 1194 行、第 1311 行均有明确表述。

是份额，也有合适与正确的意思。由此可知，在希腊人的眼中，每个人所分得的一份是注定了的。他为逃脱命运做出了不懈的努力，而正是这努力使得他一步步踏入命运的罗网。雅斯贝尔斯说："只有通过自己的行动，人才会进入到必定要毁灭他的悲剧困境。"[1] 按今天的理解或可表述为，命运是希腊人处于人类童年时期的一种想象和假设，用来解释人类与一种更高存在（神）的根本区别：必死与不朽。它的最主要作用是限制人生命的长短，而对于只拥有短暂生命的人类来说，幸福和运气自然也是短暂的。凡人由于寿命和理智的有限性决定了其认识的有限性，也导致了其在短暂的一生中，无可挽回地犯下许多无知的罪，而命运则在人类这种无知的状态中得以实现，将"无知"制造的偶然综合成必然，将人导向给定的结局。（《俄狄浦斯王》1528—1530）

　　故事发展到这个阶段，俄狄浦斯似乎一路走来都很顺利，他杀死了挡路人，除掉了妖怪，成了国王，并在之后还生下来四个子女。但是，十多年后，忒拜又出现了新的问题，即瘟疫不断——这是《俄狄浦斯王》这部悲剧正式发生的具体背景，我们的悲剧英雄会如何应对这一新的局面呢？他的自主行为和命定之间的张力是如何在剧中表现的？

三　自主与命定

　　以上提及的那一切都发生在过去。而在剧中，忒拜遭受了一场瘟疫，植物枯萎、动物死亡、妇女流产、家园荒凉（《俄狄

1　卡尔·雅斯贝尔斯：《悲剧的超越》，亦春译，中国工人出版社，1988 年，第 27 页。

浦斯王》27—30）。人们因此向阿波罗神乞求帮助，德尔斐的神谕告诉忒拜人，他们必须找到杀死拉伊俄斯的凶手并加以严惩，因为他就是造成城邦瘟疫的罪魁祸首。

何谓"瘟疫"（νόσος/πήματος）[1]？概言之，在古代世界中，"瘟疫"一词泛指一切不以人力为转移的、影响较大的群体性灾难，比如洪灾、旱灾、地震、粮食歉收等等，同时也包括大规模的流行性传染性疾病。一旦有瘟疫发生，因其影响的范围广、损失大，所以统治者必须要给出某种解释并尽力加以解决。这正是悲剧一开始时的场景，请看：

> **俄狄浦斯**：老人家，你说吧，你年高德劭，正应当替他们说话。你们有什么心事，为什么坐在这里？你们有什么忧虑，有什么心愿？我愿意尽力帮助你们。
>
> （索福克勒斯：《俄狄浦斯王》10—12）

然而，在对大自然和疾病缺乏科学认知的古代社会里，许多灾疫的发生是得不到合理解释的，古人也不可能像今天一样给出一个科学的说法，于是他们便会猜测并认定，这是个征兆，是上天在示警。那些重大的天灾人祸必都是来自神灵对某一种人类行为的不满，由此施加的惩罚。要平息这种天灾和瘟疫就一定要找到那个触发神怒、犯下了渎神之罪的人，并对之加以

1　在《俄狄浦斯王》第 150 行、第 303 行均有明确表述，通常译作"瘟疫"。有时中译文中也会把 πῆμα（"痛苦，灾难"）翻译成"瘟疫"，例如王焕生译本 166 行中的"瘟疫"，原文对应的是 πήματος，原型为 πῆμα。

惩罚，由此才能平息诸神的愤怒和避免可能导致的严重后果。[1]
而此时那个人可能还处于某种隐蔽的状态或不自知的情形之中，
这时就需要求助于神灵的帮助。所以，我们看到，剧中的俄狄
浦斯要求将神谕公开，并相信对此事的追究一定会得到神灵的
帮助，他说：

> 说给大家听吧！我是为大家担忧，不单为我自己。
>
> ……
>
> 我要彻底追究，凭了天神帮助，我们一定成功。
>
> ……
>
> （索福克勒斯：《俄狄浦斯王》93，146—147）

他还进一步地发誓、诅咒：

> 我诅咒那没有被发现的凶手，不论他是单独行动，还
> 是另有同谋，他这坏人定将过着悲惨不幸的生活。我发誓，

1　在现实世界里，那些类似于天灾的瘟疫自然是找不到具体肇事者的，于是每个城邦
都会供养一些人，平日里，他们不需要从事任何工作，由城邦出资供他们吃喝。然而，
一旦出现找不到元凶的重大瘟疫或渎神案件时，他们就会被推出来当替罪羊。人们
会先为该人打扮一番，并奉上美食，然后，城邦的全体公民抬着他，在城里游行一
圈，最后送到卫城上，由祭司作法禀告诸神，将所有的罪责都放在这个人身上。礼
毕之后，众人将他推下城墙，用石头将其砸死。这种推出替罪羊的净化仪式，一方
面是向神明禀告，人类已知罪了，请求原谅；另一方面，更是希望那些替罪羊能够
代替所有人承担罪过，由此平息瘟疫，还城邦以安宁。这种人不能是外邦人也不能
是奴隶，通常必须是本城邦的公民，且出于自愿（可能有各种原因，比如心存侥幸、
好逸恶劳等），这样他们才能有资格在必要时替全体公民承担过错。当然，在最终
推出替罪羊之前，要尽力找寻凶手，剧中俄狄浦斯正是这样做的。这种对瘟疫的处
理方式不仅在古代希腊世界较为常见，在整个古代世界中都是存在的。这种现象尤
为人类学所关注，在弗雷泽的《金枝》中多有描写。参见 J. G. 弗雷泽：《金枝——
巫术与宗教之研究》，王培基、徐育新、张泽石译，商务印书馆，2019 年。

假如他是我家里的人，我愿忍受我刚才加在别人身上的诅咒。

（索福克勒斯：《俄狄浦斯王》246—251）

以上的这些话语都是俄狄浦斯作为一国之主所表现出来的责任心和坚决的态度，他一定要为全体人民找出凶手，并施加惩罚。这个时候的俄狄浦斯王表现出一副年富力强、雄心勃勃、勇于担当的正面形象。事实上，悲剧诗人也从未在文本中向我们提供任何俄狄浦斯可能骄奢淫逸的证据。恰好相反，在剧中，他是个爱民如子、体恤民间痛苦的好国王（《俄狄浦斯王》1—13，76）。而他对那个尚未被发现的罪人所发出的严重诅咒甚至涉及他的家人，这也表明了他公正的姿态。当然这也表现出，俄狄浦斯对自己的权力和能力充满信心。

这一段话是剧中首次提及诅咒，而我们刚才已经讲到古代希腊人对于诅咒可能应验的笃信。不同于今天的人们并不将此当回事，希腊人认为，诅咒一旦发出，就可能会变成一个非常重要的惩罚，尤其是以神的名义发出的诅咒，都是会应验的，且必须应验。其次，诅咒在希腊悲剧里还是推动情节发展的一个非常重要的因素。在前情提示中，我们也已提及，俄狄浦斯的父亲拉伊俄斯因犯下渎神的行为而遭受了神的诅咒。在此，俄狄浦斯的诅咒再一次成为推进故事发展的力量。作为忒拜的国王，他必须表现出责任心和坚决的态度，他也的确想要帮人民解决出现的问题。这也可以说是我们在剧中看到的俄狄浦斯的自我形象塑造。

然而，这一形象在悲剧快结束时发生了巨大的转变。请看俄狄浦斯和克瑞翁之间的对话。

俄狄浦斯：他的神示早就明白地宣布了，要把那杀父的，那不洁的人毁了，我自己就是那人哩。

克瑞翁：神示虽然这么说，但是在目前的情况下，最好还是去问问怎样办。

（索福克勒斯：《俄狄浦斯王》1441—1443）

之前俄狄浦斯的形象是正面且积极的，但他确在无意之中犯下了杀父娶母之罪，此时他自己也终于明白了。对此，克瑞翁心有不忍，仍想找寻某种缓和的方式来应对。我们可以对比这组对话与前面那段话的态度和语气上的变化。明显可见，是俄狄浦斯先承认了自己的问题，而在克瑞翁表示应再次求取神谕，以明确具体做法后，他的语气更软了——

俄狄浦斯：你愿去为我这么样不幸的人问问吗？

克瑞翁：我愿意去；你现在要相信神的话。

俄狄浦斯：是的……

（索福克勒斯：《俄狄浦斯王》1444—1446）

我们曾在悲剧的前半部分中看到，俄狄浦斯对命运并不是完全相信的，在瞎眼的预言家出现时，他还带着一种明确的嘲讽和不信任的态度，并试图靠自己的能力来解决瘟疫的问题。而此时，与之前的自信与坚决相比，他的态度发生了变化，不仅仅是软化了，而且妥协了，认识到命运无法逃脱。克瑞翁也再次提醒他要相信神谕。俄狄浦斯终于低下了他曾经高傲的头颅，他的语气缓和下来，气势也不再那么盛了。

从以上几段对话中我们看到，作为国王，俄狄浦斯想为民做主，他觉得他能够做到他想做之事。他也曾展示出必要的决心和勇气，显示出公正和不姑息的态度，这是一种自主。而当他明白事情的真相，其态度的妥协则表明他已意识到命运是注定的、无法逃脱的，于是姿态发生转变。我们从文本中明显地看到这样的一个过程，即先是逃走以躲避命运的实现，这样的抗争行为似乎取得了暂时的胜利。进入忒拜后，民众因其破解斯芬克斯之谜所表现出来的智慧，而对原先的神谕产生了不信任，更多地把希望寄托在了俄狄浦斯身上。但是，之后又出现了全城瘟疫。此时，俄狄浦斯作为国王，他认为自己有能力，可以通过自己的办法去解决问题。处于国王这个位置上的人的确应该是信心满满的，然而，当终于发现自己身上背负着注定不可逃脱的命运时，俄狄浦斯开始在自主与命定之间动摇。最后，是命运彻底的实现。

在前期，他想自主地对待命运，始终希望用自己行动的介入和凡人的智慧来把握命运，并在暂时的胜利和由此而来的安稳生活中越发相信自主的力量。但当自主最终转向命定时，俄狄浦斯的言行越认真，就越显得可怜。剧中有一条线索，可视作其"智慧"的证伪：俄狄浦斯破解了斯芬克斯的谜题，显示了作为人的智慧。之后，他便以凡人的智慧平视命运的启示，表现出对阿波罗神的蔑视（《俄狄浦斯王》132）。而他不完全的智慧也影响了城邦中的其他人，甚而读者可以从他对预言家的"你几时证明过你是个先知"（《俄狄浦斯王》391）中看出，他可能从未动用过先知的力量，虽然他叫来了先知忒瑞西阿斯（Tiresias），但他并不真正信任这位先知，一旦忒瑞西阿斯表现出不愿意说话的姿态，俄狄浦斯就怀疑有什么针对他的政治阴谋。可见，他始终依靠的都是凡人的世俗力量，然而人的智慧终究是有局限的，不可能真正掌握命运。换言之，即使不将俄狄浦斯置于其家族的诅咒之中，其个人行为仍展示出有限性。

而在希腊观众的眼中，他们是一开始就知道剧中主人公的结局的，也就是说，他们在来到剧场之前就已经知道了故事的梗概。他们也知道人是有限的，凡人的智慧与诸神无法等同，当凡人妄想与之比肩时，就必然是一种不敬神的表现。在戏剧术语中，"戏剧反讽"（dramatic irony）指的就是这种台上演员的表演和台词与实际剧情走向有很大的反差，而剧中主人公仿佛对此一无所知，从而在观众眼中造成一种戏剧的张力。在《俄狄浦斯王》这部剧里面，戏剧反讽就表现得非常突出，所以其所具有的艺术效果也十分惊人。

四 命运的实现

在剧中，诅咒一直是推动情节往前一步发展的关键所在。真相大白后，俄狄浦斯也终于明白了诅咒的威力：

> 俄狄浦斯：这诅咒不是别人加在我身上的，而是我自己。
>
> （索福克勒斯：《俄狄浦斯王》820—821）

悲剧接近尾声时，观众听报信人说道：

> 我们随即看见王后在里面吊着，脖子缠在那摆动的绳子上，国王看见了，发出可怕的喊声，多么可怜！他随即

解开那活套。等那不幸的人躺在地上时，我们看见那可怕的景象：国王从她袍子上摘下两只她佩带着的金别针，举起来朝着自己的眼珠刺去，并且这样嚷道："你们再也看不见我所受的灾难，我所造成的罪恶了！你们看够了你们不应当看的人，不认识我想认识的人；你们从此黑暗无光！"

（索福克勒斯：《俄狄浦斯王》1263—1275）

我们把这一段分成两个部分来解读：一是观念上的，二是结果的呈现。

首先，我们发现，报信人所描述的这一幕场景并非是由悲剧主人公亲自在舞台上表演的，而是以旁观者的身份转述的。为什么不将这一悲剧的高潮部分直接呈现在观众面前？现在的影视作品、戏剧等，都会对剧中的高潮做浓墨重彩的描绘，用长焦距、大特写将鲜红的血色、悲怆的面部表情和非常态的身份语言直白地表现出来，从而显得惊险刺激、凌厉暴烈、酣畅淋漓，当然效果也是非常惊艳。但是，希腊悲剧里为什么对这样的高潮不充分展示，反而是让别人来转述呢？这样的效果显然不如今天的表现手法给我们的印象深刻和刺激，然而，对于古代希腊而言，这样的处理方式并非出于技术性的考虑，更不是文学手法的不成熟，而是出于一种神圣的宗教情感和严肃的态度：我们之前讲过，希腊悲剧源于祭祀酒神的仪式化活动，最初的舞台不过就是祭坛旁边空旷之处。既然是祭神的场域，当然就是圣地，圣地是不容被杀戮、血污等行为所污染的，否则就会是渎神的行为，将引发神怒，招致神灵的报复。

换言之，在希腊人心目中，舞台也是圣地，不能被各种不洁的行为所污染，有可能发生渎神的所有忌讳活动也都不能在舞台上展现。因此，希腊悲剧上演时，原则上不允许类似行为发生在舞台上。于是，才会出现报信官或各种身份的转述人——那些我们今天认为是纯属多余的人——来交代剧情的发展走向。

所以，《俄狄浦斯王》剧末出现的上吊而死、自刺双眼等行为都是会产生血污的，也就会对神圣之地产生污染，因而不能在舞台上表演。谈及于此，读者会再一次发现，在今天的人们看来是非常世俗性的活动，在古代希腊那里却都并非是纯粹世俗性的，当然，这会为我们的理解带来一些困难。但当我们了解了其背后的支撑性观念后，就会慢慢体会如何能够不以自我和当代的角度去评判他人和古代。所以，我们也会发现所谓的"读懂"，就是要去理解古代希腊人的思想观念，特别是支撑他们诸多现实行为背后的宗教观念。如果不明白这些观念上的考量，就不能理解希腊人为什么要这么设计场景，更可能会由今推古，产生古人文学技法不如今天的可笑想法。

其实，如果我们不是要先入为主地去评判他人，不是以今必胜于古的立场去代入，哪怕只是从审美的角度而言，希腊悲剧中的这种设计，不说是充满腔调、韵味十足的，至少也可以说是"有着起码的品位与时代的审美"。

明白了今天觉得最精彩的部分是绝不能出现在古代希腊的悲剧舞台上的这一点，也就会明白，在埃斯库罗斯的三部曲《阿伽门农》中，阿伽门农之死不能出现在舞台上的原因了。悲剧描写阿伽门农十年征战，胜利后返回故乡，但迎接他的不是凯旋的庆典，而是被已背叛的妻子杀死。这应该是剧中的高潮部分，但并未直接呈现在舞台上，而是由杀夫之后的克吕泰涅斯特拉来转述整个过程的，她面对观众，语气坚定地说道：

我拿一张没有漏洞的撒网，像网鱼一样把他罩住，这原是一件致命的宝贵长袍。我刺了他两剑；他哼了两声，手脚就软了。我趁他倒下的时候，又找补第三剑，作为献给地下的宙斯，死者保护神的还愿礼物。这么着，他就躺在那里，断了气；他喷出一股汹涌的血，一阵血雨的黑点便落到我身上，我的畅快不亚于麦苗承受天降的甘雨，正当出穗的时节。

（埃斯库罗斯：《阿伽门农》1382—1392）

悲剧中的这一幕是如此震撼，却没有在舞台上演出。这样的描写，是悲剧诗人在向我们展示，她是一个多么恶毒的女子吗？或许有这样的意图，因为能做出杀夫这种事情的妻子肯定是个狠人。但应该也不全是为了表现她的狠毒，而是同样出于舞台作为圣地不可被污染的观念，否则直接呈现妻子杀夫的场景岂不是显得更为惨烈吗？

其次，即使并非直接的呈现，这段转述的话语也很让人震惊，报信人说的话极具画面感，能让我们脑补出一连串鲜活的场景，同时更让我们看到了命运最后的实现。神谕中提到的三个人，父亲之死被证实是儿子所为，母亲得知自己后来的丈夫竟是亲生儿子后，羞愧万分自缢而亡，俄狄浦斯则自刺双眼，表明自己既无颜见地下的父母，也无法面对世间的儿女，只能让自己永坠黑暗之中。当然，由此我们也看到，最后俄狄浦斯不再逃避，而是直面并承担起了他注定的命运。因为，作为杀父娶母的人，他必须要受到惩罚，这便是他自己对自己实施的惩罚。

从俄狄浦斯家族面对命运的过程来看，其中充满了反抗与服从的矛盾与统一。剧中，一方面展现了希腊人面对命运时所做的斗争与反抗：国王夫妇为躲避神谕的应验将刚出生的孩子丢弃在深山，成年后的俄狄浦斯得知神谕后远走他乡。这都展现了对于命运的不服和抗争。俄狄浦斯甚至由此发出这样的质疑："这似灵不灵的神示……"（《俄狄浦斯王》970）但尽管他展现出了一定的抗争性，最后还是无奈地服从了命运的安排，俄狄浦斯最后哀叹道：

> 我的命运要到哪里，就让它到哪里吧。
>
> （索福克勒斯：《俄狄浦斯王》1458）

在这反抗与服从的矛盾中，又可将俄狄浦斯的行为具体归纳为：逃离、发现与自我救赎。以下，我们分别来讨论一下这三种行为在剧中是如何展开的。

逃离：作为一个凡人，面对不可违逆的神明设定的命运，俄狄浦斯没有选择屈从，也没有选择精神上的自欺和逃避，而是凭借自己理性的勇气，将逃离"故国"作为违抗命运与神意的计划。这是对个人力量的自信，可以说从始至终，俄狄浦斯一直都在反抗，想要凭自己的力量摆脱命运的束缚，想要以凡人理性的有限对抗神之意志的无限。从人的理性的角度而言，他的逻辑似乎是完备的——远离故国，避开父亲和母亲，就能避免犯下杀父娶母的可怕罪行。这是他信命却又不认命的表现。因而，此时的俄狄浦斯心存一点自负和侥幸，想要谋一丝逆势翻盘的可能。

然而，相较于神，人的理性毕竟是有限的。俄狄浦斯的逃离，看似出于个人意志，实则受到神谕的扭曲；貌似个人的选择，实际是命运的推动：剧中有一个细节值得注意，俄狄浦斯的命运正是阿波罗有意告知他的（《俄狄浦斯王》790—793）。试想，如果他知道自己并非科林斯国王的亲生子，悲剧是否还会发生？之后，俄狄浦斯离开科林斯，成为忒拜国王，为解决瘟疫问题，要寻找杀死先王的凶手……这一切似乎都是他自己做出的决定，却又都契合神谕，或者说，正是神谕中所预示的命运推动他做出了这样的选择。同时，作为有限的凡人，理性的缺陷不仅注定了他的失败，更是直接将其推向了命运的深渊。

发现：最后，与其说是他发现了命运的真相，莫如说命运早已在不经意间悄然降临。剧中，俄狄浦斯对命运的态度是矛盾的：一方面，他相信命运，所以才会向阿波罗询问自己的身世；在瘟疫发生时，也第一时间向神求助，以获得解决方法。但另一方面，他又想逃离于自己不利的命运，反映出个人意志的执着和对于神灵与命运之敬畏的消退。这是对个人的极度自信，也是其无知的表现。然而，正是通过对一系列偶然事件的追查，他发现了自己犯下的可怕罪行，发现了命运的注定和反抗的徒劳。至此，神意与个人意志的冲突达到了高潮，而结局是神意的实现和个人意志的毁灭。事实上，剧中并没有任何人逼迫他将多年前的那桩无头公案追查到底，反而是得知实情的人都一再劝阻他的追问。先知忒瑞西阿斯说："你答应我，你容易对付过去，我也容易对付过去。"（《俄狄浦斯王》320）王后伊俄卡斯忒（Jocasta）也曾恳求俄狄浦斯不要在寻找自我了解方面走得太远（《俄狄浦斯王》647，709，722，981—984），而在察觉真相时又进一步劝说："看在天神面上，如果你关心自己的性命，就不要再追问了。"（《俄狄浦斯王》1061—1062）但俄狄浦斯已公开对城邦的罪人发出诅咒，自那一刻起，在不断"发现"的过程中，通过"发现"，他的出身、他的婚姻、他的声誉都成为不可饶恕的罪行的一部分。终于，受人尊敬的国王俄狄浦斯"死"了，只有罪人俄狄浦斯苟活在世上。这个发现的过程，实际上也是俄狄浦斯找寻与被找寻、攻击与被攻击的过程。

自我救赎："发现"的结果是将俄狄浦斯推向了毁灭的边缘。但如果俄狄浦斯的故事以其自杀为结束，就只是流于对凡人卑微生命的叹息，不足以展现人的尊严和勇气。悲剧的结尾是俄狄浦斯通过自我审判、自残和放逐的方式，按照阿波罗的神谕"把那杀父的，那不洁的人毁了"（《俄狄浦斯王》1440），清洗了自己的罪孽，拯救了城邦和人民。也就是说，作为一介凡夫，俄狄浦斯在看似满盘皆输的情况下，最终决定承受所有的痛苦，带着人的尊严活下去。在这个意义上，悲剧的结局让人感受到了人之为人的价值，人的自主性也得到了一定程度的实现，进而使有缺陷的人性在与命运的抗争中实现了自我的救赎。

索福克勒斯生活的时代，正是雅典民主的鼎盛时期。社会发展的同时，公民的自我意识与理性精神也在不断觉醒与增强。这一时期，希腊人依旧相信命运，认为命运不可违抗、不可改变，但随着自我意识的觉醒，他们开始认识到"人"本身的力量，对命运的合理性有所质疑。悲剧诗人或许就是想借剧中俄狄浦斯的表现，一方面反映时代与社会的进步，同时也提醒希腊人，要正确认识自己，不能"沾染傲慢自大的恶习"，人只有在一定限度内善用理性，理性才能将人导向幸福。也就是说，俄狄浦斯对命运的追问或许给了人们与命运相处的两条教训：一是从人生的痛苦中感知人生的残酷，在苦难中保持坚韧，而这正是命运的本质。二是对理性的运用与节制。当人面对命运，在运用理性时一定要慎而又慎，人只有在一定限度内使用理性，理性才有可能将人导向幸福。俄狄浦斯正是在与命运的相处中，过度展现了 hubris（骄横、冒犯）。这种个人英雄主义是一把双刃剑，它既化解了人类在命运前的平庸，又最终指向了凡人必有弱点的结局。

但这出命运悲剧并不是要使观众陷入"宿命论"的悲观之中。俄狄浦斯最终走向了自我惩罚的结局，但这并不妨碍他的伟大。人犯错是必然的，重点是作为有限的人之尊严：在找寻凶手的过程中，几乎每个步骤，俄狄浦斯都明确表现出对他人阻挠其决心的反对；在命运实现之后，歌队称死亡为"痛苦的解脱"（《俄狄浦斯王》1531）时，他也没有选择死亡，而是自我惩罚。可见，俄狄浦斯在命运的重压下没有逃避，这彰显了人性的可能。在有限性的桎梏中，他依旧表现了自己的勇气和信念，表现了自己的意志和抗争，他承受着命运带来的巨大苦痛，担负着"人类生存困境中不可避免的牺牲"，因此也成就为悲剧英雄，成就为充满激情而伟大的生命。

总之，《俄狄浦斯王》是一个关于命运与人的故事，命运在故事中依旧具有必然性和确定性，命定的结局永远无法更改。然而，这种无法改变的结局是通过人自主的选择造成的，是人自己的行为造成了命运的被实现。或者说，人的行为、人的自主选择也不过只是既定命运中的一环罢了。但它不是要让我们认命，而是让我们明白，这个世界包括人类本身并不完美。悲剧以世界本来的面目，接受了本来的俄狄浦斯。对于观众而言，发现它、感受它，认识到自己虽不完美，却如俄狄浦斯一样也是独一无二的，有其存在的价值。朱光潜在《悲剧心理学》中说：

"悲剧往往是以疑问和探求告终。"[1]俄狄浦斯的言行，正体现了人类对生存意义的不停思考，正是在这些思考中，人类确立了自我的锚点。

五　两对概念及其隐含的意涵

以上是这个悲剧故事的过程及结尾，但其中除"命运"这个主题外，还有两对概念值得单独拿出来深入讨论一下，以便更恰切地理解这部命运悲剧。

（一）"无知"与"无辜"

首先是"无知"与"无辜"的问题，也可称之为主动受苦与被动作恶的关系问题。

从剧中可见，俄狄浦斯本无意为恶，只是接受苦难，但其最大的问题在于无知。首先，俄狄浦斯并不知道那对年迈的国王夫妻并非他的亲生父母；其次，他不知道在狭窄山隘处遇到的长者是他的父亲，他也不是非要杀死那位长者不可；再次，在为一方除害后，他不知道寡居的王后就是他的生母，故而才随从民意，娶其为后；最后，在成为一方国王后，他也并非作恶多端、十恶不赦免之人。总之，悲剧诗人向观众呈现的俄狄浦斯形象，似乎一直处在一种无知且无辜的状态中，至少可以说，他本无意为恶。换言之，在主观道德上，他对降临在自己身上的灾难是没有责任的。

然而，当命运在无意之中实现的时候，或者说俄狄浦斯在

1　朱光潜：《悲剧心理学——各种悲剧快感理论的批判研究》，张隆溪译，人民文学出版社，1983年，第260—261页。

无知的情况下，以无辜之身犯下杀父娶母之罪时，哪怕他并不是有意作恶，他也必须去承担责任并由此而受到惩罚。有人会想，这就如同过失杀人一般，按照律法，这样的罪犯刑期应该比故意杀人的要短许多，可见，量刑中带有一种伦理道德的意味。不过，这种轻重只是在具体的量刑上体现，而对于俄狄浦斯内心所要承受的痛苦而言，并没有丝毫的减弱，因为他终于知道了他失手杀死的是自己的亲生父亲，还在无意中娶了母亲为妻，又与她生下了孩子——这样的罪孽任何人都难以承受。换言之，虽然他在不知情的情况下犯下了这种种罪过，我们或许想为他开脱，想证明这些不算是最大的罪恶。但是，对俄狄浦斯本人而言，这仍是一种巨大的痛苦，即便不是他主动而为的，这种痛苦也并不会由此降低。因此，他的被动受罚也是在情理之中的。

从他身上所背负的家族命运来看，悲剧的不幸之源最初可追溯到俄狄浦斯之父拉伊俄斯那里。也就是说，拉伊俄斯的以怨报德种下了因，俄狄浦斯的杀父娶母乃是在报拉伊俄斯之果，这其中的因果关系表现得非常清晰。这一清晰线索中的一连串行为里，有着明显的"亏欠"与"偿付"的逻辑。具体亏的是拉伊俄斯，他所做的事亏欠了厚待他的斯巴达国王，之后的偿付则由他的儿子替他完成，即子杀父。而又由于神意的加入和神灵所下之诅咒的惩罚，使得这种"欠"与"偿"成了神人之间的一种交往叙事：凡人对于神灵具有根本性的"欠"，即因无知而不能准确地认识自己，从而犯下罪过。

图 3　俄狄浦斯与安提戈涅

　　大家回想一下，在《普罗米修斯》一剧中，也存在这种因无知而把虚妄的希望寄托在自己身上的事情：普罗米修斯以为能以机巧的设计和行为斗过诸神之王宙斯——这就是他对自己不正确的认识——由此犯下欺骗之罪。回到《俄狄浦斯王》这部悲剧中，或许神灵所下的诅咒只是链条中的一环。既然无论俄狄浦斯做什么都无助于问题的解决，那么，戏剧的张力何在？俄狄浦斯王真的就是完全无辜的吗？

　　韦尔南曾说："悲剧不在于俄狄浦斯是否有过失，而在于这是人类的生存困境中不可避免的牺牲。"[1]命运在悲剧中表现为一种印象，一种事实，而导致这种印象和事实出现的还有更深的

<hr />

1　让 - 皮埃尔·威尔南（韦尔南）：《〈俄狄浦斯王〉谜语结构的双重含义和"逆转"模式》，载陈洪文、水建馥选编：《古希腊三大悲剧家研究》，中国社会科学出版社，1986 年，第 522 页。

原因。在《俄狄浦斯王》中，命运在主人公诞生之前就已经出现，并通过神谕成为一种预期性的存在。神谕的意义就在于把生命中许许多多的偶然性综合为一种必然性，从而使命运表现为一个自在的实体，如同某种具象的存在。由此，这种命运形象才能在观众心中引发恐惧和敬畏，因为没有人会把"偶然"看作一个可怕的敌人，但当一连串偶发的事件联系在一起，最后导致一个必然的结果时，就会让人感到恐惧，并产生敬畏。正如亚里士多德说：

> 悲剧所摹仿的行动，不但要完整，而且要能引起恐惧与怜悯之情。如果一桩桩事件是意外的发生而彼此间又有因果关系，那就最能产生这样的效果。
>
> （亚里士多德：《诗学》1452a）

在剧中，我们看到一系列貌似"偶然"的事件发生：从俄狄浦斯出生时因杀父娶母的神谕被遗弃，到他被科林斯国王收养并长大成人，再到为躲避神谕的发生前往忒拜，来到他真正的故乡，最终在未知的情况下杀害生父并迎娶生母。这一连串的事件看似偶然，是单纯在外界事物的影响下所做出的行为，但种种事情联系在一起又导致了一个必然实现的结果。因为正是他的无知为这一系列偶然事件的发生提供了可能，这些貌似巧合的事件正是使预言得以实现并揭示其意义的重要因素。由此，剧中的人物就在这种种的偶然中最终走向了命运的必然。

的确，当人们将一连串的偶然事件串在一起时，就会感觉它们不再只是偶发事件，而是彼此之间有关联的，且终将导向某个必然的结果。古代希腊人就是这样将自己的事情与宇宙的框架、诸神的世界结合在一起，使得整个宇宙的秩序都在这样一个环环相扣的逻辑中发展变化。俄狄浦斯的个人行为貌似具有自主性，这与命运本身所具有的预定性之间形成张力和矛盾，也就是目的与结果的矛盾，这构成了悲剧的核心。于是，悲剧主人公的行为表现为，似乎他有着想怎么做就怎么做的自由；而观众在观看的时候，则明白其实这自由是不存在的，他们早已知道故事的结局，却眼睁睁地看着俄狄浦斯一步步地走向深渊。可想而知，观众的内心会有怎样的纠结和紧绷，这就是我们之前所提及的"戏剧反讽"。有学者指出："悲剧似乎要求一个封闭的世界，一个英雄不能（或不会）逃避的世界，一个以选择和命运来命名同一个行动的两面从而限定于一点的世界。"[1]

谈了这么多，我们不是要对俄狄浦斯做一个罪与罚的判决，我们也无权做这样的判决。事实上，正如韦尔南所言，在俄狄浦斯所遭遇的灾祸中可能并不存在他个人的恶意，而只是"人类的生存困境中不可避免的牺牲"——作为必朽的凡人，人的存在带有明显的有限性，以人类有限的知识和智慧做出的决定和行为必然会带来不可避免的牺牲，而这种必不可免的"无知"又会导致我们在无意之中犯下莫名的错误。阿波罗神庙中刻着"认识你自己"的箴言，就是要让人认识到自己的有限性，由此或许还可能少犯一些错误。当然，某种意义上这样的认识也给了我们犯错误的理由：因为我们是凡人，凡人就是有限的，所以必然会犯错。而在犯错的过程中，彰显出来的也是人在那种环境中可能做的事情，是人之为人的必然反应。

所以，当我们说，俄狄浦斯是因无知而造成其无辜的过失

1　J. N. Cox, *In the Shadows of Romance*, Ohio University Press, 1987, p. 1.

时，就会发现悲剧的主人公还在想用其有限的"知"去抗争神更高的智慧。那么，这就表明他的所作所为中蕴藏着新的过失。试想，俄狄浦斯杀父娶母的罪行在十几年前就已犯下，为何神谕当时没有立马兑现，经过若干年之后，惩罚才姗姗到来？究其所以然，很有可能是因为他又犯下了新的罪：对神的怀疑与不虔诚。

从剧中，我们可以看到，俄狄浦斯的傲慢与骄狂是一步步积累起来的：首先，当他得知神谕对其命运的预示时，他选择了"逃到外地去"（《俄狄浦斯王》794），这是他试图通过自己的力量逃离命运，以为他不在那个地方就不可能犯下那样的错误。这是对命运的不服从，是对通过自己的行为可能改变神谕的妄想。通过逃走的方式，俄狄浦斯似乎获得了暂时的安稳。之后，作为国王，他先是表现出对于阿波罗神谕的质疑，认为那可能是"不准确的神谕"，同时对先知态度恶劣（《俄狄浦斯王》390，667，945，977—979）。因为找不到杀死老国王的凶手，王后也安然无恙，所以他觉得可能是神谕出了问题。而民众因为他机智地破解了斯芬克斯之谜，拯救了城邦，视之为救星。当瘟疫出现时，民众再次恳请他拯救他们，如同凡人吁求于神灵一样，由此可见，人们将对神灵的求助和敬畏渐渐转移到了他的身上。而当城邦出现瘟疫，平静被打破时，俄狄浦斯的确认为自己有权力也有能力（《俄狄浦斯王》145—146）找到瘟疫之源并加以消除，因此他并未采用通常的做法，也即在克瑞翁的提示下，用替罪羊的方式来行涤罪礼（《俄狄浦斯王》199）。他想追究到底，虽然他也说"凭天神帮助"，但他已经有了一种类似神一般的自信。

如果俄狄浦斯没有那么自信，是不是可能避免神谕的实现呢？然而，悲剧诗人没有给他那种谦虚的品质，或者说在他将要践行的命运中，他本来就不具有那样的品质。于是我们看到，俄狄浦斯始终都是想以自己的知识力和理解力把握住自己的命运，而这就是在违逆神的意志了。他所做的所说的一切都是认真的，但在早已清楚结局的观众眼中，他越认真、越努力反而显得越是可怜或可笑，因为希腊的观众早已明了人类知识的有限性和必腐朽性，透过俄狄浦斯的行为，他们更看到了人处于某种无知的状态时对神意的无法洞察。在这一系列事件中，俄狄浦斯都妄图以凡人理性的有限对抗神之意志的无限，而这注定了他最终的失败。他的自大和傲慢不仅激化了与先知、克瑞翁等人的冲突，也亵渎了神明，再次激起了人神之间的冲突，从而将自身推向了命定的毁灭。正因为俄狄浦斯所犯下的这一系列的渎神新罪，才使得神的惩罚终于降临：真相被揭示，俄狄浦斯自刺双眼。

由此看来，这其中的因和果就不仅仅是指拉伊俄斯种下的因果，也包括俄狄浦斯自己做下的事情。父子俩的事情加在一起，让神的惩罚最终降临。所以在这一组无知与无辜的概念中，俄狄浦斯并不是完全无责任的，他在这个过程中也有自己应该承担的部分。归根结底，就是神人之间的差别所导致的，人对于神的亏欠，以及应该付出的代价。

总之，命运作为一种意象，一种给定的存在，它并不一定会在短时间内呈现，其震慑的威力也需要一段时间来酝酿，需要许多事情的叠加，然后再慢慢实现。由此，对于命运的敬畏不是一种现世报，也不是一个短时间里能够呈现的。

（二）"瞎眼"与"明眼"

第二对概念是"瞎眼"与"明眼"的暗喻。失明的先知预言家与睿智的俄狄浦斯恰成一对。在剧中，俄狄浦斯嘲笑预言家是瞎子，连眼前的事情都看不清，还敢谈论未来。而最后他自刺双眼，还对自己的眼睛说了一段话，这也算是对此前言行的一种回应吧。

先知忒瑞西阿斯虽是盲人，却能"看见"（《俄狄浦斯王》324）。俄狄浦斯先是承认看不见忒瑞西阿斯知道的事情（《俄狄浦斯王》302—303），并要求先知分享那些信息（《俄狄浦斯王》330），遭拒绝后，俄狄浦斯变得很愤怒，嘲笑他"又聋又瞎又懵懂"（《俄狄浦斯王》370），进而否认先知所拥有的知识有任何力量，又自我吹嘘他用与生俱来的智慧破解了斯芬克斯之谜，而不是如先知般用从鸟类那里学到的东西来解决危机（《俄狄浦斯王》398—400）。在此，俄狄浦斯所挑战的并不仅仅是忒瑞西阿斯这一个先知，而是所有先知所拥有的预言的力量来源。换言之，作为国王的俄狄浦斯与作为先知的忒瑞西阿斯之间的对峙其实是他们各自知识源头的对峙。

瞎眼的预言家与貌似机智明眼的俄狄浦斯就这样在剧中形成了一对暗含的关系，这种象征性的意涵也回应着有关真知与无知的叙事。我们之前提到，悲剧中的主人公之所以遭受这样的苦难，虽不是主动作恶的结果，但也源于对命运的无知，即对于注定之命运的一种盲目状态。正是因为这种无知才导致了他的不接受，以及对命运能实现的可能性的质疑，从而产生了对自己命运的盲目乐观。人在有限的时候是无法体会到那种既定的存在的，这就如同明眼的时候看不到一些地方，形成盲点一样，实则就是一种看不见真相的无知。俄狄浦斯当初明眼，却对真相无知；最后他自刺双眼，也就是对自己原先盲目的惩罚。因为睁眼的时候自以为拥有智慧和理性，但其实对自己的命运一知半解，听闻了预言却不相信那一定会实现，且以不接受的方式来面对给定，结果一切都是徒劳。

这一对概念暗示着，人类虽有双眼，却无法洞察世间所有的真相，无法看到自己的命运。人类有限而易腐朽的知识和机巧并不是真正的智慧，不能完全理解和把握神的意图，这就是人类根本的无知。而用知识的方式追求对规律和秩序的突破，所做出的一切言行可能最终都只是徒劳的。

在此，或许有人会提及另一部关于俄狄浦斯的希腊悲剧，它也是索福克勒斯写的，名为《俄狄浦斯在科罗诺斯》。这部悲剧的气氛更加郁闷沉寂，它讲的是俄狄浦斯自我流放之后，对自身罪恶有了一种更为清醒的承担和反省，似乎对自己的认识更加清楚了，由此决心余生要走一条赎罪的路。如果说，《俄狄浦斯王》表现的是人因无知而受罚，那么，《俄狄浦斯在科罗诺斯》想要揭示的则是，人只有在对自身罪恶的承担与赎罪的过程中，才能真正认清自己。不过，有趣的是，该剧却是完成于《俄狄浦斯王》之前，也就是说，诗人先写了结果，然后再写过程。似乎悲剧诗人早已为俄狄浦斯设计好了最后的结局。但如果抱着这样的想法阅读或观剧，结果可能会让人更加困惑，因为如果观众或读者把这两部剧联系起来看，会发现在它们之间找不到一个一以贯之的逻辑，因为这两部悲剧的重点并不一致。事实上，后世对这两部剧的解读也不一样，且相互间矛盾之处不少。

这既涉及不同的解读视角所带来的不同理解逻辑，也关乎希腊悲剧自身的限定性。在观看这部悲剧时，相信大家都会有所痛惜、有所遗憾，特别是悲剧英雄的结局，多少带有一些令人"心为之不甘"的惋惜。甚至会理想化地认为，英雄就应该有好的结局，或者认为王子和公主经过种种磨难从此就应该过上幸福的生活。于是，脑补各种场景：假设俄狄浦斯不做什么就会怎样，剧情又会有怎样的反转。但是，当我们做种种假设时，不要忘记之前告诉大家的，希腊悲剧虽不以突出英雄的悲惨结局为要旨，却是要表现英雄尽自己最大努力，以使其短暂的一生能超越其他凡人，而显得更加伟大，哪怕是对苦难的承受也更加有勇气和担当。英雄也不会因为死亡或失败而黯然失色，这样的结果，以亚里士多德的话来说就是：为了净化陶冶情操，必须激发起观众的恐惧与怜悯之情。苏格拉底则认为，悲剧是一种发泄，使人的承受力加强，以便面对日后可能真实的悲惨命运。[1] 由此，希腊悲剧是不可能有皆大欢喜的结局的。按韦尔南的说法，俄狄浦斯不是有意为恶，只是"人类不可避免的牺牲"，以惨烈的例子来印证"人之为人的有限性"。

　　此外，还有一个前提。在导论部分，我们曾提及希腊悲剧中除《波斯人》外，其余的全都取材于远古的神话故事，换言之，那些故事都已经是基本成型了的。远古神话故事代代流传，民众已经耳熟能详了。上文为什么说戏剧反讽？就是因为观众早就知道了故事的结局，这样才可能形成一种明显的张力。那么，悲剧诗人是把这样一个故事搬到他所生活的年代。对于当时的人们而言，这些故事一方面带有一定的超现实性，另一方面，对于公元前 5 世纪的希腊社会而言，由于英雄崇拜的延续，有关远古英雄的许多元素仍在发挥着作用。虽然在舞台上要求在

1　苏格拉底说："舞台演出时诗人是在满足和迎合我们心灵的那个（在我们自己遭到不幸时被强行压抑的）本性渴望痛哭流涕以求发泄的部分……理由是：它是在看别人的苦难，而赞美和怜悯别人……是没什么可耻的……替别人设身处地的感受将不可避免地影响我们为自己的感受，在那种场合养肥了的怜悯之情，到了我们自己受苦时就不容易被制服了。"柏拉图：《理想国》（606a—b），郭斌和、张竹明译，商务印书馆，1986 年，第 405—406 页。

短时间内呈现，会采用插叙、倒叙或其他方式来补充故事情节，但作为人们所熟知的且早已成型的故事，中间的某些环节会被省略。

这对于古代希腊的观众来说基本上是没有问题的，他们已熟知或者说习惯了那些未加解释和说明的情节。更何况，希腊人在潜意识里，相信惩罚、苦难、瘟疫、失明、疯狂等都与某种特殊的诅咒紧密地联系在一起。这是一种无法用技术手段来解答的神秘，唯有在宗教的背景下才能解释。而这对于现代读者和观众来说，就显得有些不够友好，容易发生混淆。所以，这里要提醒大家，既然是基于远古神话发展而来的故事，就不能完全以将故事移植过来的希腊古典时代为理解背景，更不能简单地用今天的逻辑去想象那三代人命运的实现，而是要看到其中所谓的超现实性，即相对于现实具有很大的游离性，还有宗教信仰所赋予的神秘性。这种游离性和模糊性是希腊悲剧所特有的，由此，现实中的规律也好，某种可能性也罢，就都不能够束缚故事的发展。

于是，我们看到，推动故事发展的就是早先已设定好的预言、诅咒，而不是现实生活中的诸多选择。因此，我们的代入感不能太强，因为这样会影响对悲剧的理解。我们要将悲剧放在过去的场景中去理解，对每部悲剧的解读都最好是限定在其自身的语境和逻辑中，而不必发生过多现实世界中的联想。事实上，希腊悲剧对于神话故事的偏爱也可视为，神话题材既远离观众的亲身经历，又与之有着某种集体记忆上的关联。因此，观众在观看时，一方面，神话的题材、远离雅典的内容将悲剧从人们的日常领域中抽离出来，切身的苦难被剧中的主人公所承受了；另一方面，众所周知的神话又扩大了具体内容可适用的范围，而且故事发生的逻辑也是与他们的思维方式和思想逻辑相通的，只不过是被悲剧进一步提升了，由此必然能够产生怜悯与恐惧的心理反应。

不过，我们也不能将希腊悲剧简单地看成是一幕幕由命运所掌控的木偶剧。从文学本身来讲，戏剧诗人必须要借助对人物形象的塑造才可能呈现出震撼的力量。而对命运力量的敬畏、剧中主人公在命运的笼罩之下所做出的一切行为，无论抗争也好绝望也罢，悲剧诗人建构的都是人性的力量，表现的是人在生存困境中无可避免的牺牲。我们所能做的是同情的理解，而不是分别高下、判断对错。当然，最后俄狄浦斯及其母亲（也是妻子）以自罚的方式承担了罪过，从而免除了整个城邦的罪，灾难终于结束了。

所以，希腊人的命运观或可总结为：一方面，命运是不可抗的，人要认识到自身的有限性，不过度依赖理性；另一方面，面对不可抗的命运，人也并不是完全被动的，通过承担责任，人在困境中体现了自己的价值，树立了作为人的尊严。就算人类的终点必然是死亡，但世间所有的意义，都是在对抗和挣扎中产生的。总之，命运与神谕是对人类生存状态的一种调节，但并不是绝对的。从这个意义上说，《俄狄浦斯王》一剧为我们展现了人类对待谜一般的命运时，所表现出来的必然的矛盾和为克服这一矛盾而做出的探索，堪称处理人与命运之关系的经典之作。

六 哲学的解读与古典的语境

最后，我们来谈一谈，不同的解读视角所可能带来的不同的阅读和观剧的效果。想要在一本书中完全厘清各种不同的解读模式背后所蕴含的不同的问题意识、解读逻辑及想要达成的目的，这是不可能完成的任务。在此，我们借几位著名哲学家对《俄狄浦斯王》一剧的借用来大体讨论一下，我们是要跟从现代诸思潮还是返回古典的语境之中这个问题。[1]

概言之，希腊的神话故事以及悲剧演绎一直都是西方后世重要的思想资源，不断地被提及，也被哲学家们反复引用、改写或借鉴，只是针对同一个角色的同样形象，不同学者专家从不同的角度归纳出不同的逻辑和关键点。具体到《俄狄浦斯王》一剧，俄狄浦斯在找寻凶手的过程中找到了自己：他发现自己就是杀死父亲的凶手，也是娶了母亲并与之生下四个孩子的乱伦之人。这样的结果如同侦探故事，也是精神分析的绝佳案例，因为它强调了自我发现的过程。

精神分析之父弗洛伊德（Sigmund Freud）从该故事中看到了一种普遍的意义，由此得出"俄狄浦斯情结"的论断，即认为所有的男孩子在幼年时期都有杀父娶母的想法，而这都与性有关。弗洛伊德用悲剧人物来命名一种病理性的心理状态确实

---

1 即便是与哲学相关的讨论也是有着多个视角的，我们在此展现的几个例子远不足以涵盖其中之万一。比如，国内就有学者在结合国际学术界讨论的基础上，将俄狄浦斯身上人之为人的悲剧性命运呈现为对真相的发现，进而将这一思考根植于公元前5世纪的诗歌与哲学之争中。参见颜荻：《〈僭主俄狄浦斯〉中的诗歌与哲学之争》，《外国文学评论》，2021年第3期，第112—130页。

很生动，但他在这种普遍化的过程犯了一个过于泛化的错误：乱伦的禁忌并不一定适用于所有男性。而且，事实上俄狄浦斯的杀父娶母也并不是他本人的有意而为。当然，对这种心理学演绎的尺度问题或许可以留给大家去讨论。[1]

我们再来看看对俄狄浦斯形象的哲学思考。黑格尔在《历史哲学》中写道：

> 必然使我们惊为神奇的，乃是那个希腊的传说，声称狮身女首怪——埃及的伟大的象征——出现在底比斯，讲出下面一个谜："朝晨四脚走，白天两脚走，夜里三脚走，这是什么东西？"厄狄帕斯（俄狄浦斯）解答了，说这便是"人"，于是狮身女首怪狼狈而走。那种"东方精神"在埃及进展一直到成为问题的解答和解放，确实有如下述："自然"的"内在的东西"就是"思想"，思想只生存在人类意识当中。然而厄狄帕斯一方面提出了那个脍炙千古的解答——显出他自己是有知识的人——在另一方面，他却又蠢然不知道他自己行动的性质。在那皇室旧家里发生的精神的上升，由于无知仍然和大恶相连，所以这个第一个国王统治——为了获得真正的知识和道德的光明起见——首先必须制定政治自由和公民法律，来同"美的精神"相调和。[2]

1　可参见：Peter L. Rudnytsky, "Oedipus and Anti-Oedipus", *World Literature Today*, 56, 1982, pp. 462-470; Gilles & Felix Guattari Deleuze, *Anti-Oedipus: Capitalism and Schizophrenia*, Trans. by Robert Hurley, Mark Seem and Helen R. Lane, University of Minnesota Press, 2000；黄文杰：《论弗洛伊德对〈俄狄浦斯王〉的符码性解读》，《戏剧艺术》，2015年第2期，第97—105页；等等。

2　黑格尔：《历史哲学》，王造时译，上海书店出版社，2001年，第219页。

在此，关于埃及人的斯芬克斯与希腊人的斯芬克斯是否是同一个怪物，它是何时出现在俄狄浦斯王的故事中的，它究竟是被俄狄浦斯扔下去摔死的还是自己狼狈而走的……种种问题我们都可以按下不表，不必纠结。但黑格尔所提到的"皇室旧家里发生的精神的上升""第一个国王统治""政治自由和公民法律""美的精神"是什么？与有关俄狄浦斯王的远古传说以及索福克勒斯的悲剧又有什么关系？显然，我们只能说，这些都不过是黑格尔思想的发散，而非神话故事中的逻辑。他是在借俄狄浦斯这个形象来讨论他想要讨论的问题，所以他并不关心俄狄浦斯做了什么、为什么要那样做、结局又是怎样。总之，我们之前关于俄狄浦斯所做的种种讨论都不是黑格尔想做的事情。他最想要讨论的是市民法规、政治自由等概念，而这些是与神话故事和悲剧的语境无法勾连起来的内容。此处，我们不是在说黑格尔的理解不对，而是告诉大家，后世的引用者因其借用悲剧人物的目的不同，自然会发生兴趣的转移，也出现不同的论证逻辑。

接下来，我们再来看看尼采和海德格尔又是如何引用俄狄浦斯的故事的，他们的改写又是为了表达怎样的诉求。

尼采在《哲学与真理》中，以俄狄浦斯为主人公，为他编写了一段独白：

> 我称自己为最后的哲学家，因为我是最后的人。除了我自己之外，没有人和我说话，而我的声音听起来就像一个将死的人的声音。哪怕让我和你再多待上一小时也行。亲爱的声音，你这全人类幸福生活的记忆的最后的踪迹！和你在一起，我通过自我欺骗逃脱了孤独，置身在人群和

爱之中。我的心灵无论如何也不相信爱已死亡。他无法忍受孤独的高峰上孤独的战栗，所以我不得不开口说话，仿佛我是两个人。

我还能听到你的声音吗？我的声音，你正在低低地诅咒吗？你的诅咒当使这个世界的同情之心重新怒放。然而世界像过去一样运行着，只用它那甚至更加闪烁和寒冷的无情的星星看着我。它一如既往无声无息无知无识地运作着。只有一个东西——人——死了。

然而，亲爱的声音，我依然听得到你！某些其他东西而不是我——这个宇宙中的最后的人——死去了。最后的叹息，你的叹息，和我一同死去。响起的"呜呼"之声在为我，俄狄浦斯，这最后的可怜的人悲叹。[1]

这段尼采式的俄狄浦斯独白充满了激情，且极富文采，但是他在说什么？似乎有点像俄狄浦斯自刺双眼后对自己的眼珠说的话："你们再也看不见我所受的灾难，我所造成的罪恶了！你们看够了你们不应当看的人，不认识我想认识的人；你们从此黑暗无光！"然而，尼采笔下的俄狄浦斯又与索福克勒斯悲剧中的俄狄浦斯有所不同，与故事本身的关系也不大。不过，这倒是让我们想起了尼采那句惊世骇俗的话——"上帝死了"。再结合对尼采的基本了解，我们明白了尼采想要解决的最大问题是什么，他所有的讨论关注的都是他那个时代西方哲学的问题，也就是哲学的现代化问题。所以，他不过是在借俄狄浦斯的形象讨论他的哲学问题。虽然，尼采也提到了诅咒，但是他

1　尼采：《哲学与真理——尼采 1872—1876 年笔记选》，田立年译，上海社会科学院出版社，1993 年，第 50 页。

所说的"诅咒"与悲剧中推动情节发展的古老诅咒，以及古代希腊人思想观念中的诅咒并不是一回事情，这些都不过是他要展开讨论的引子罢了。

海德格尔在《形而上学是什么？》中为了讨论形而上学的问题，借俄狄浦斯的形象来说事，他写道：

> 早期希腊最后一位诗人的最后一首诗，即索福克勒斯的《俄狄浦斯在科罗诺斯》，其结尾的诗句不可思议地回转到这个民族的隐蔽的历史上，并且保存着这个民族的进入那未曾被了解的存在之真理中的路径：
>
> 放弃吧，决不再有
> 怨恨唤起；
> 因为万事常驻
> 保存一个完成的裁决。[1]

在此，我们且不必纠结索福克勒斯所处的时代并不是早期希腊，他也不是早期希腊的最后一位诗人，海德格尔提到的这部悲剧也不是索福克勒斯的最后一首诗（或悲剧）。我们明白，哲学家要说的是后面的话："保存着这个民族的进入那未曾被了解的存在之真理中的路径"——海德格尔提到了存在。我们知道，海德格尔讨论最多的哲学问题就是关于"存在"的问题。由此我们恍然大悟了：海德格尔的这段话，就像之前尼采所设计的俄狄浦斯的独白一样，只是多出了"存在"这个问题，而这个问题是海德格尔始终在面对、在讨论，并要去揭示的问题。他

---

1 海德格尔：《路标》，孙周兴译，商务印书馆，2001年，第364—365页。

认为在索福克勒斯的诗句中能找到解释的路径。海德格尔是想假设可以经由俄狄浦斯这样一个饱经世间磨难的人物形象来比喻重建形而上学的艰辛与必需，而要重建形而上学的一个关键词，即"存在"。

让我们回到俄狄浦斯这个形象上来。虽然他原本只是希腊神话及悲剧中的主人公，但他具有十分丰富的解读面向，可以激发不同的思考。可以说，他不仅仅是文学形象，也是西方思想史上的思想形象。不同的学者和思想家，乃至不同的学科在重新解释希腊的悲剧和悲剧人物时，都有着不同的逻辑和论证方式。对于俄狄浦斯人物形象的引用只是一个契机，借以引出思想家的问题意识，其最后的答案并不是要回到俄狄浦斯身上，也不是要回到古代希腊。重新的诠释也会发生很多变形，这既提醒我们有多重解读的路径可以去尝试，也让我们思考我们所持的阅读策略及目的何在。

综上，可以说尼采想要应对的是哲学的危机，他想要拯救的并不是俄狄浦斯，而是西方现代哲学。尼采之所以重新解释希腊悲剧，是为了应对西方哲学的现代性命运问题。而萦绕在海德格尔脑海中的则始终是关于"存在"的问题。总之，是跟从现代思潮还是返回古典语境，这并不是一个非此即彼的二元对立问题，我们可以有多重角度。了解若干解读思路，在紧扣文本的基础上，兼及历代学者的不同观点和看法，发现各种不同观点的盲点及不足，就能最终形成我们自己的理解。只要逻辑自洽、论证合理，就是可行的。由此我们看到，两者并不是一道 A、B 项的选择题，没有所谓的标准答案。哪怕是我们在书中反复强调的要回到古代世界去理解悲剧的解读角度，也是有其局限性的。古典语境最大的局限就在于，事实上我们无法真正回到过去进行实证的考察，人类目前还无法实现穿越的梦想。为了尽可能地规避问题，我们也需要尽可能多地阅读一手的文献，看古代希腊人是如何描述他们自己的生活，是如何讨论他们的问题以及如何解决和处理他们面对的难题的。当然，在此基础上，还需要进行合理的学术想象和推测，而此时便需要借鉴现代思想的帮助，找寻切入的角度和方法。不过，我们同时也要警惕现代思潮和方法理论本身的局限，换言之，就是要注意理论的有效性边界何在。总之，任何解读都是可能的，每个人都可以根据自己的学术旨趣、阅读目的以及掌握的理论方法来进行。此外，本书能提供的建议是：任何解读都必须是紧扣文本的，在文本的基础上展开层层的分析，在此过程中需要有一个一以贯之的逻辑。

第五章

《安提戈涅》：死者的权力
与生者的选择

　　我们要讨论的第三部悲剧是索福克勒斯创作于公元前441年前后的《安提戈涅》。在整个希腊戏剧史上，这部悲剧都堪称是经典之作。该剧布局相当紧凑，人物间的对话立场分明，剧中的许多著名片断千百年来一直为人们所称道。通过那些精彩的对白，索福克勒斯一方面将剧中人物的性格刻画得细致而又鲜明，另一方面也将剧情不断推向高潮。但我们必须说，它也是争议很多、误解很多的一部悲剧。

　　《安提戈涅》一直吸引着众多的学者和读者。在西方，特别是在法国大革命之后，不同领域内的创作者对其进行了各种复制和改编。在中国，它也是最早被引入的希腊悲剧，早在20世纪20年代就曾在中国上演。

　　在对《安提戈涅》的种种解读中，至今最有影响的仍然要数黑格尔的"正—反—合"的辩证和谐论，它代表理性主义的法理政治观。[1]之后，从"自然—习俗"之张力这个角度入手的解释框架，在政治哲学中较为普遍，即将安提戈涅与克瑞翁这两个角色分别视作自然与习俗的代表，同时对应于家庭与城邦，进而将二人之间的争执和冲突视为家庭与城邦间的冲突。[2]而我们的解读框架则希望抛开后世抽象的理论性归纳，力图回到古代希腊的历史语境中去，考察当时希腊人对于埋葬亲人的相关规定，以及这种带有神性规定的观念是如何影响现实社会与戏剧表现的。

一　剧情梗概

悲剧的两位主人公是安提戈涅和克瑞翁。

这部悲剧的背景比较简单，之前刚讲过的《俄狄浦斯王》正好可以作为《安提戈涅》的前情提示：忒拜公主安提戈涅是俄狄浦斯的女儿。[3]俄狄浦斯自我流放之后，忒拜城出现权力真空，俄狄浦斯的两个儿子埃特克勒斯（Eteocles）和波吕涅刻

1　黑格尔多部著作中提及该剧，参见黑格尔：《法哲学原理》，范扬、张企泰译，商务印书馆，2007年，第182—183页；《美学》（第一卷），朱光潜译，商务印书馆，1981年，第280、312页；《美学》（第三卷下册），第319页；《精神现象学》（下册），贺麟、王玖兴译，商务印书馆，1997年，第11、28页；《宗教哲学讲演录》，魏庆征译，中国社会出版社，1999年，第548页；等等。近年来，国内学者的相关解读可参见牛文君：《家庭与城邦：黑格尔〈安提戈涅〉诠释中的古希腊伦理问题》，《社会科学战线》，2019年第8期，第69—76页。

2　参见孙磊：《城邦中的自然与礼法——〈安提戈涅〉政治哲学视角的解读》，《同济大学学报（社会科学版）》，2011年第2期，第80—100页；陈斯一：《〈安提戈涅〉中的自然与习俗》，载刘小枫主编，贺方婴执行主编：《古典学研究（第8辑）：肃剧中的自然与习俗》，华东师范大学出版社，2021年；等等。

3　有文章从女性主义的角度出发讨论剧中的两性伦理与亲缘关系，参见王楠：《安提戈涅与女性主义伦理》，《妇女研究论丛》，2017年第1期，第101—106页。

斯（Polynices）为争夺王位自相残杀，最终两人都战死。但两
人的死法有所不同：波吕涅刻斯为了争夺王位，在其国内势力
不够强大的情况下，寻求外部支援，换言之，就是他找了外人
来攻打自己的城邦；埃特克勒斯则是在阻止外敌入侵时战死的。
因为他们都死了，王位就只能由俄狄浦斯的大舅子——王后的
兄弟——克瑞翁继承了。他继承王位后，为埃特克勒斯举行了
盛大的葬礼，同时颁布法令，宣布波吕涅刻斯为叛国者，让他
曝尸荒野，不允许任何人掩埋他的尸首。任何违反这条禁令的人，
都要受到惩罚，被处以死刑。

图 1 安提戈涅雕像 [1]

---

1 雕塑描绘的是安提戈涅往她哥哥波吕涅刻斯的尸体上倒酒，威廉·亨利·莱因哈特
（William Henry Rinehart）创作于 1870 年，现藏于美国大都会艺术博物馆。

但故事的一开始，作为妹妹的安提戈涅就违反禁令。她为那个攻打自己城邦的兄长收尸，并为其举行了合乎程序的葬礼——虽然只是形式上的。这样的行为，从所谓的"人之常情"来看，似乎并没有什么大错。但是，矛盾就此出现，新继任的国王克瑞翁觉得安提戈涅违背了王法。而当她被押解到克瑞翁面前时，安提戈涅不仅拒不认错还斥责国王违反神律，于是被囚禁在墓室之中。国王的本意或许并非是要立即处死安提戈涅，但她性情刚烈，竟在墓室中自缢而亡。最后，之前一意孤行的国王也遭逢妻离子散的命运，悲伤而又悔恨不已的克瑞翁不得不独自面对残局。

剧中，安提戈涅虔诚坚定，克瑞翁则自我且冷酷。从他们的对立中，诗人向我们揭示了人性的复杂和思想的不同维度。通过人物之间的对白，索福克勒斯一方面将剧中人物的性格刻画得细致而又鲜明，另一方面也将剧情推向了高潮。尤其是安提戈涅被塑造成维护神律／自然法而不向世俗权势低头的英雄形象，激发了后世的许多思想家——如黑格尔、克尔凯郭尔、德里达等人——的哲思。可以说，《安提戈涅》处理的是人类集体生活（也可视为政治生活）中最古老也是最持久的冲突，即权威的来源是什么？是来自城邦及其统治者还是从诸神那里世代相传下来的祖制圣规？

安提戈涅与克瑞翁的正面对抗，是这部悲剧最大的矛盾与冲突之处。我们可将这种冲突分为三个阶段，依次由弱到强，逐渐推动情节发展至高潮。第一阶段的冲突不明显，在两个人物处各自展开；第二阶段的冲突是直接的，在安提戈涅的埋葬行为被发现后，她与克瑞翁就神律与王法的问题展开了正面交锋；第三阶段的冲突又变为间接的，并作用在两人身上，最终安提戈涅因违反王法而受罚自杀，克瑞翁则因违抗神律而失去妻子和儿子，痛不欲生。

对于该剧所表现出的这种神律与当权者法令间的冲突，历来都有着多重的解读。[1]克瑞翁的"政治理性"与安提戈涅的"永恒神律"，这是一个二选一的难题。我们在此且不作评说，留待读者自己去判断。

对于这部悲剧的讨论，本书想采用的角度是，带领大家回到古代希腊的历史语景中，考察当时人们关于掩埋死者的观念和实践是什么，为什么安提戈涅和克瑞翁之间会出现矛盾，这个矛盾的焦点是什么，他们各自为自己行为辩护的依据又是什么。

二 生者对死者的义务

剧中安提戈涅之所以违背"禁止埋葬叛国者"的王法，按照她自己的说法是为了遵守"天条"。

> 安提戈涅：我要埋葬哥哥。即使为此而死，也是件光荣的事；我遵守神圣的天条而犯罪，倒可以同他躺在一起，亲爱的人陪伴着亲爱的人；我将永久得到地下鬼魂的欢心，胜似讨凡人欢喜；因为我将永久躺在那里。至于你，只要

---

1 例如，有学者认为该剧的悲剧冲突在于克瑞翁将国家主义绝对化，安提戈涅则将家庭义务绝对化，而这两者都是理性主义绝对化的表现。参见肖四新：《理性主义绝对化的悲剧——论〈安提戈涅〉的悲剧实质》，《戏剧（中央戏剧学院学报）》，2003年第2期，第65—71页。

你愿意，你就藐视天神所重视的天条吧。

（索福克勒斯：《安提戈涅》70—77）

从这段话里，我们首先看到，安提戈涅说，她要安葬她的哥哥，而这是犯法的事情，因为克瑞翁已经宣布了禁葬令。所以，她也提前预测自己会为此而死，但她觉得为此而死是件很光荣的事情，因为她是为遵守"神圣的天条"而死的。

那么，安提戈涅口中的"天条"是什么？所谓的"天条"，另一种表述是"神律"，即古代希腊人认为神所认可的一系列规定。实际上就是赋予一些约定俗成的传统神圣性，认为所有人必须遵守的行为规范都是由神所创立的，或者至少是得到神的许可、来自神启的。从现在的角度来说，就是所谓的祖制圣规，即经由祖先们一代代流传下来的传统，后世也将其视为自然法或未成文法。

在这部剧中最重要的天条就是：活着的人必须为自己的亲人举行合乎程序的葬礼。希腊人相信，若死者不得安葬，就会变成孤魂野鬼，还会威胁到活着的人，会给他们带来厄运和瘟疫。所谓"瘟疫"，包含了在古时人们所无法解释的一切灾难和疾病。人们不会觉得灾难和瘟疫的产生是极端气候、地壳运动或是病毒所致——古人尚不会做出这样科学的判断——而是会认为，是某人做了什么不该做的事情，由此触怒了神灵，激发了神的某种报复。在此，如果某人死了而没有被他的亲人安葬，就会被认为是一件让诸神觉得很糟糕的事情。若放在今天，我们会认为，这会激起活人的情感，觉得这样做不人道、很难看等等。但在一种神话思维占主要地位的时代，神作为一种不证自明的存在，是人们一切思想和行为的出发点和依据。那么，

图 2　安提戈涅与死去的波吕涅刻斯 [1]

以这种思维去理解世界的人，自然会认为这种行为是诸神所无法允许的，会招来噩运。为了不让这种事情发生，所以必须要为死去的人举行合乎程序的葬礼，以上报神灵、安慰死者。这就是当时对死者的处理方式。所以埋葬死者不仅仅是一种物理手段，还带有伦理道德的考量和信仰的成分。

　　以神圣的名义尽义务，是不讲条件的。因此，希腊人在埋葬死者时，也不会考虑其生前的所作所为，不会对其进行道德的评判。至于死者做了什么，和他该不该得到安葬是没有关联的。哪怕是坏人死了，也应该获得合乎程序的仪式性安葬。希腊人只是从实际的角度考虑，想要避免死者的报复与神的愤怒。因

1　塞巴斯蒂安·诺布尔（Sebastien Norblin）创作于 1825 年，现藏于巴黎国立高等美术学院（Ecole Nationale Supérieure des Beaux-Arts，Paris）。

为不遵守祖制圣规就是渎神，会引发非常严重的后果。换言之，他们把约定俗成的行为规范上升到"天条"的高度，赋予这些规则神圣性，如果不遵守这些规则，就会受到惩罚。

关于死者必须得到安葬的观念，在整个古代希腊时期都具有很重大的意义，也正因为此，葬礼在古代希腊更重要的是一种仪式化行为，而不一定是要让死者入土为安的实际操作。所以我们看到，在剧中，第一次安提戈涅只是象征性地撒了几把土、浇了点水，再按照程序念诵了规定的咒语与祷文，她所做的这些便是为其兄长举行合乎礼仪的葬礼。剧中虽也提及第二次实际性的安葬，但诗人对此的描写并不清晰，可见其重要性不及第一次。

遵守这一天条就意味着，安提戈涅作为死者的直系亲属，必须要为她的哥哥举行葬礼，这是生者对死者最后的义务。这也意味着死者拥有了一种特权，就是要求活着的人必须安葬他，且要举行合乎程序的葬礼。我们刚才提到，安提戈涅的第一次安葬似乎只是象征性的，并没有真正让其兄入土为安，但这才是最关键的，因为她所做的一切都是合乎程序要求的。最后实质性的入土为安反而没有前面那个程序化的行为那么重要了，故而诗人才会在悲剧中一笔带过，只在第一次形式化的行为多了些笔墨。

从今人的角度出发，有人难免会问：安提戈涅不惜冒死为兄长波吕涅刻斯举行葬礼，是出于兄妹情深还是波吕涅刻斯做下了什么可被人赞颂的光荣事迹？其实都不是，从以上摘取出来的文本中，我们看到，除"亲爱的人伴着亲爱的人"这一句话以外，找不到更多对兄妹情深的描写。整部悲剧提到她跟波吕涅刻斯之间关系的，也就只有此处，之后再无任何情深意重的描写。而在前情提示中，我们也知道了，波吕涅刻斯是为争夺王位而引外兵攻打自己的城邦，这样的事情不仅不光荣，甚至称得上是可耻。因此，波吕涅刻斯被判为卖国者也实不为过。由此可见，安提戈涅称之为"光荣的事情"应该是与其兄长无关的，是指她自己的行为，即为自己的亲人举行合乎程序的葬礼。这是死者可以要求于生者的权利，也是生者必须为死者所尽的义务。因此，虽然为了遵守天条而犯下人间的罪，但安提戈涅可以得到神的赞许，这才是她认为最光荣的事。

退一步而论，哪怕其兄生前与安提戈涅关系密切，但只一句事关兄妹情谊也不足以支撑整部悲剧的发展，不足以支撑安提戈涅为此必死的决心和勇气。必定有更为重要的理由，且这个理由在现实中也能够成立，才能引起观众对安提戈涅的同情与怜悯，并进一步理解和支持她的行为。

那么，作为祖制圣规，希腊人对待死亡及葬礼的态度，就不只是在悲剧中才会出现，在现实生活中应该也有体现。的确如此，这里给大家讲两个历史故事。

公元前 425 年，雅典人与科林斯人发生了一场战斗，雅典打赢了。然而，最后出了一点意外，雅典人将两具战士的遗体遗忘在了战场上。两边撤走之后，雅典人才发现少了两个，他们就想去运回尸体。这当然表明了他们对战士战死的重视。但更为关键的是，为了运回这两具尸体，当时的雅典统帅尼基亚斯（Nicias）付出的代价是：放弃对这场战役宣称胜利的权利。因为"根据惯例或不成文法，通过休战获准运走阵亡者的一方，被认为是放弃了一切声称胜利的权利……虽然如此，尼基亚斯宁愿放弃胜利带来的荣誉与声望，也不愿意让他的两名战士暴尸疆场”。[1]但是，尼基亚斯竟然为了那两位他可能都不认识的战士而这样做了。因为他必须要把死者带回去，交给他们的至亲，由直系亲属举行合乎程序的葬礼。为此，尼基亚斯被认为是虔诚的和敬神的，受到了人们的尊敬。其实，他之所以这么做，就如同安提戈涅一样是遵守祖制。他宁愿放弃胜利带来的荣誉，也不愿意战士的尸体不得埋葬，这在今人看来，他是付出了一个重大的代价。但是，尼基亚斯却得到希腊人的认可，而这是对他更大的肯定。可见，这种观念并非是虚妄而抽象的，而是会被人们实践在具体的生活之中。并且还会持续地被人们所记得，因此即便在兵败投降后，他仍得到了人们的同情与谅解。[2]不仅普鲁塔克为其作传，修昔底德也说："在所有的希腊人中间，他是最不应该遭到这么悲惨的结局的，因为他是终身致力于道德的研究和实践的。"[3]

相反的例子是，伯罗奔尼撒战争期间，在公元前406年的阿尔吉纽斯西海战（The sea battle of Arginusae）中，雅典人取得了对斯巴达海军决定性的胜利，但等待凯旋的将军们的不是欢迎的人群和城邦授予的荣誉，而是对他们的审判。由于没有打捞因战舰失事而被风浪吞没的水手尸体，那些水手的亲人控告将军们未能将其亲人的尸体带回来，使之得到合乎仪式的葬礼，从而剥夺了死者的权利，因此十名有功的雅典将领被处以死刑。

这十个人当中最终被处以死刑的是六个人，那其他四个人

---

1 普鲁塔克：《尼基亚斯传》6，载普鲁塔克：《希腊罗马名人传》（上），黄宏煦主编，陆永庭、吴彭鹏等译，商务印书馆，1990年，第545页。

2 普鲁塔克：《尼亚斯基传》26—30，载普鲁塔克：《希腊罗马名人传》（上），第571—576页。

3 修昔底德：《伯罗奔尼撒战争史》，谢德风译，商务印书馆，1997年，第563页。

逃脱了吗？不全是逃走，其中各有原因。在这十位将军里，一个人当时不在场，另外一人在战斗中战死。还有另外两个人虽然这么做了，但他们知道民众肯定是不会原谅他们的，也不会听其解释，所以他们在回雅典的途中逃走了。然而我们更知道，伯罗奔尼撒战争的最后结果是以雅典的失败告终的。雅典由此丧失了他们引以为豪的民主政治，被强加僭主政治，这实际上是雅典的奇耻大辱。而阿尔吉纽斯西海战是雅典在这场耗时长久的战争中少有的几次胜利之一，其荣耀竟然会被自己人所剥夺，为什么？就只是因为大战结束时，那些将军们没有下令打捞尸体，更没能把尸体带回雅典交给他们的亲人，让他们举行合乎程序的葬礼。所以这个事情的严重性就在于，将军们的做法，一方面剥夺了死者理应拥有的被安葬的权利，另外一方面也剥夺了死者直系亲属为他们举行葬礼的权利。

那他们为什么还要这么做？从相关的记载中，我们可以推测出各种重要的理由，但如果是在今天，那一定是能为人们所接受的，并被认为是一种审时度势的理性考虑：因为，如果刚刚取得胜利就急忙打捞尸体，可能会遭到敌人的反扑，所以必须处于戒备状态。当然，等敌人逃远之后再打捞也可以。但不幸的是，接着海上起了风暴，地中海的风暴来得很猛烈，此时再打捞，很有可能没被对手打败，反倒被风暴所吞没，所以他们没有足够的时间去打捞尸体。那么，人们可能会责问：为什么不在战斗刚刚结束时要求双方休战来打捞尸体。但之前我们曾提及，在古代希腊，根据惯例，在战场上若一方以收拾或归还尸体为由要求停战，那就意味着主动宣布投降。对于尼基亚斯来说，那是他为遵守神律而做出的崇高选择，但对于那些接受了新的思想观念的年轻将领们来说则是不可能的，于是他们对这一古老的习俗表示了拒绝。但是，当时绝大多数民众的思想仍停留在旧有的水平之上，固守所谓的祖制圣规，并不为那种当下的理由所动，因此，雅典人对他们宣判了死刑。

须知，雅典的陪审法庭大小不等，分别由几十乃至几百人组成。这种大型的审判，通常最后的判决是由上百人以多数票胜出来决定结果的。所以，这十位将军被判处死刑，并不仅仅是因为死者家属心有不满或者出于悲愤去状告他们，更关键的是这上百名陪审员也认定，将军们违反了"天条"，因此哪怕他们取得了胜利，也必须被判死刑。可见，这样一种思想观念是多么深入人心。可以说，它并不仅在悲剧的场景之中出现，在古代希腊的现实生活中，人们也是如此来理解对死者的安葬的。柏拉图在其对话《美涅克塞努篇》（*Menexenus*）中也表达了对在这次海战中阵亡者的同情，因为他们不仅不能得到来自亲人的哀悼，更被剥夺了葬于国家公墓的权利。[1]明白了这一点，我们就不会奇怪，为什么雅典人在胜利后还要处死有功将领的做法了。

所以，安提戈涅为战死沙场的兄长举行象征性的葬礼：将干沙撒在尸体上，为兄长哀哭、祈祷，并行奠酒礼。虽然她这样做并未真正掩埋其兄，但在希腊人看来，这就是"举行了应有的仪式"（《安提戈涅》245—246），这样就能安抚死者，使之不至变成孤魂野鬼来骚扰活着的人。更关键的是，这是神圣的天条，也就是神所确立的逻辑，人应该按照这种方式去行事。她因此而不惜触犯城邦统治者的王法，并以牺牲自我为代价。她认为这是一件光荣的事情，是虔诚敬神的表现，是遵守祖训

---

[1] Plato, *Menexenus*, 243.

圣法的象征。故此，英国当代著名古典学家玛格利特·亚历克西乌（Margaret Alexiou）说："对因为忽略了生者对死者所应尽的义务而招致死者和诸神愤怒的恐惧，是古代希腊的哀悼中一个反复出现的主题，特别是在悲剧里。"[1]

所以，我们看到，在悲剧之中展现这种场景，就是在告诉观众们，不要忽视活着的人对死者应尽的义务。而且，这个应尽的义务还要向前推一步，那就是怕招惹死者。于是，为了避免招致死者的报复，更关键的是，作为神圣的天条，安提戈涅还担心会招致诸神的愤怒，她觉得她必须为兄长举行葬礼。有人会说，但她最后也死了，好像也没有战胜什么。但实际上在这个过程中，我们看到在古代希腊的哀悼中反复出现的一个主题：希腊人担心不得安葬胜于担心死亡本身。

因为希腊人都知道，人是要死的。在这一点上，古人和我们现代人一样聪明。我们知道，古代希腊的神灵观包含两个部分：一是神人的同形同性；二是人是必死的，神是不朽的。所以，希腊人当然也是害怕死亡的，但那是没有办法避免的。他们觉得自己能够避免的，是不要得到不符合仪式的安葬。这两种恐惧是不一样的。

同时，从我们刚才讲的两个现实中的例子可以看到，对于民众来说，观念较之于行为其实带有明显的滞后性。如果说有一些超前的思想家，摒弃了一些古老的或者陈旧的观念，提出一些新观念。而年轻一代的头脑很可能已经受到新思潮的影响，所以他们没有按照古老的习俗去行事，而是根据当时的情况灵活地做出了作为人的理性判断。但是，普通人可能不会很快就

1　Margaret Alexiou, *The Ritual Lament in Greek Tradition*, Rowman & Littlefield Publishers, Inc., 2002, p. 4.

跟上。那些控告他们的民众，还有最后判处他们死刑的人都是普罗大众，他们的思想还依然停留在以前。古老的习俗对他们的影响仍然很强，所以他们不能原谅，也不会为当下的、实际的、现实的理由所打动。在他们看来，任何情况下，都必须遵守天条。而这种观念不仅仅在舞台上呈现，也是希腊人在现实生活中力图去践行的准则。只不过这种矛盾冲突在舞台上显得更加张力十足。

由此而论，如果我们希望更多地了解古代希腊人，那么从宗教信仰和宗教实践角度出发，可能会胜于我们今天很推崇的希腊哲学的角度。因为希腊哲学诞生并流传于少数精英分子之中，在当时是一种比较小众的知识，并没有被大多数人所接受。而再一次回到悲剧中来讨论生者对死者的义务，既有文本的依据，也有现实的例子支撑。

三　爱情与责任

在这部悲剧中，除了安提戈涅和克瑞翁两位主角以外，还有一个重要的角色，就是海蒙（Haimon）。一方面，他是克瑞翁的儿子，另一方面他又是安提戈涅的未婚夫，这双重的身份让他在剧中的处境极尴尬，因为矛盾就发生在自己的父亲与未婚妻之间。剧中，在安提戈涅妹妹与克瑞翁的谈话以及歌队的合唱里，都提到安提戈涅和海蒙之间已有婚约。更关键的是，他在剧中的表现也并不是跑龙套的，他还为了安提戈涅与父亲进行了一场大辩论。于是，有人以为海蒙的辩护是出于爱情。因为，作为安提戈涅的未婚夫，在今人看来，为了保护自己所爱之人，他有充分的理由这样做。而且，文本也提供了一定的证据，首先是在歌队的合唱曲里，歌队长提到，安提戈涅因其所做之事一定会受到惩罚，由此连累海蒙，让他因失去爱情而悲伤：

> 他（海蒙）是不是为他未婚妻安提戈涅的命运而悲痛，是不是因为对他的婚姻感觉失望而伤心到极点？
>
> （索福克勒斯：《安提戈涅》626—630）

随后，克瑞翁也问海蒙，会不会因为失去未婚妻而与父亲赌气：

> 啊，孩儿，莫非你是听见你未婚妻的最后判决，来同父亲赌气的吗？
>
> （索福克勒斯：《安提戈涅》633—634）

此外，悲剧中的第三合唱曲，就是一首专门歌咏爱情的合唱：

> 爱情啊，你从没有吃过败仗，爱情啊，你浪费了多少钱财，你在少女温柔的脸上守夜，你飘过大海，飘到荒野人家；没有一位天神，也没有一个朝生暮死的凡人躲得过你；谁碰上你，谁就会疯狂。
>
> （索福克勒斯：《安提戈涅》781—790）

然而，即便剧中有专门歌咏爱情的歌曲，也有相关人物对失去爱情可能导致结果的一些讨论，我们仍然认为，海蒙的反应并不只是出于爱情，这部悲剧的主题也不是一出爱情悲剧。因为我们有更强有力的证据来驳斥以上的观点：

首先，希腊悲剧中的合唱有时是可以独立于悲剧内容的。我们之前提及，合唱曲在希腊悲剧里面的作用是很明显的，特别是在埃斯库罗斯的悲剧之中，占有非常重要的地位。但是从索福克勒斯开始，合唱曲在悲剧中的地位有所下降，对剧情的推进和补充说明的作用开始减弱。另一方面，我们知道，在希腊尤其在雅典的戏剧节上，悲剧演出之前还有专门的合唱节目，就是以颂歌的方式来祭献神灵。合唱歌曲本身就具有这种功能，也就说是可以脱离于悲剧内容的。所以，希腊悲剧里的合唱曲，都是可以单独拿出来表演的。换言之，悲剧中的合唱曲目不一定跟剧情有着紧密的关系，也不一定就是在解释或者推动剧情的发展，也可以只是作为格式的需要而存在。

其次，他人的种种猜测也都是间接的，并不足以说明问题的实质。安提戈涅的妹妹、海蒙的父亲，他们关于这个事情都问过海蒙是怎么想的。但是，这些内容都只能看作是非当事人的主观臆断和想象，也就是说，这个证据是间接的，不足以直接表明当事人的态度。那么，最有力的证据是什么？当然是海蒙自己的表态，也就是说，他本人的话语才是直接证据。所以，我们还是来看看海蒙自己的说法吧。

海蒙的首次出场是在第三场，面对克瑞翁的发问，他表示："我不会把我的婚姻看得比你的善良教导更重"（《安提戈涅》638）。可见，海蒙一开始是以一种非对抗的方式在说话，希望这样可以让父亲听他的。接着海蒙的话，克瑞翁发表了一段长篇言论，劝说儿子应该听从父亲的教诲（《安提戈涅》639—680），并认为自己拥有绝对的权威性。但之后在海蒙与歌队长之间短暂的对话中，歌队长似乎对此事有了一点点转变，他对海蒙说："你的话好像很对，除非我们老糊涂了。"（《安提戈涅》682）这是一个转折，海蒙则表示听到了民众的声音："安提戈涅做了最光荣的事"（《安提戈涅》697），即她安葬兄长的行为是服从祖制圣规，符合民情民意。这里是在回应安提戈涅自己所说，她做的就是最光荣的事。也就是说，她安葬兄长的行为对于众人来说，也是一种能够接受的行事逻辑，因为她做的事符合祖制圣规，由此也就符合了民情民意。

随后是克瑞翁对海蒙的诘问与海蒙的辩解，我们可以看出，两人讨论的出发点和立足点都不尽相同：

> 克瑞翁：我们这么大年纪，还由他这年轻人来教我们变聪明一点吗？
>
> 海蒙：不是教你做不正当的事；尽管我年轻，你也应当注意我的行为，不应当只注意我的年龄。
>
> 克瑞翁：你尊重犯法的人，那也算好的行为吗？
>
> 海蒙：我并不劝人尊重坏人。
>
> 克瑞翁：这女子不是害了坏人的传染病吗？
>
> 海蒙：忒拜全城的人都否认。
>
> 克瑞翁：难道市民要干涉我的行政吗？
>
> 海蒙：你看你说这话，不就像个很年轻的人吗？
>
> 克瑞翁：难道我应当按照别人的意思，而不按照自己的意思治理这国土吗？
>
> 海蒙：只属于一个人的城邦不算城邦。
>
> 克瑞翁：难道城邦不归统治者所有吗？
>
> 海蒙：你可以独自在沙漠中做个好国王。

克瑞翁：这孩子好像成为那女人的盟友了。

海蒙：不，除非你就是那女人；实际上，我所关心的是你。

克瑞翁：坏透了的东西，你竟和父亲争吵起来了！

海蒙：只因为我看见你犯了过错，做事不公正。

克瑞翁：我尊重我的王权也算犯了过错吗？

海蒙：你践踏了众神的权利，就算不尊重你的王权。

（索福克勒斯：《安提戈涅》726—745）

我们可将这对父子间的对话分成三个部分：728—739行，我们看到，刚开始的时候，克瑞翁还试图以自己的年纪、作为父亲的身份以及国王的威严来说服、压制自己的儿子，甚至带有训斥和言语威胁的成分在里面。他说："我们这么大年纪，还由他这年轻人来教我们变聪明一点吗？"这显然是一个长辈教训年轻人的口气，不相信年轻人可以向长辈传授智慧。克瑞翁觉得海蒙太自不量力，竟然来和他说这些话。但克瑞翁的话并未对海蒙起作用，他回答道："我不是教你做不正当的事；尽管我年轻，你也应当注意我的行为，不应当只注意我的年龄。"意思是，让克瑞翁不要拿年龄来说事，要就事论事。而且，海蒙还义正词严地表示"不是教你做不正当的事"。接下来克瑞翁说："你尊重犯法的人，也算好的行为吗？"海蒙则回答："我并不劝人尊重坏人。"在此处，观众发现，虽然父子俩都没有否认安提戈涅犯了法，但二人对于她是否是坏人的认知却是不一样的。往下看，克瑞翁说："难道这女子不是害了坏人的传染病吗？"克瑞翁口中所谓的传染病，意思是说，她已经做了坏事，现在你还为她辩护，不是你也变坏了吗？但是，这个海蒙，从刚一开始让他的父亲不要在意他的年龄、不要拿年龄说事，然后对他父亲的观点进行了反驳。他首先传达了全城人的态度："忒拜全城的人都否认"，让克瑞翁知道，民众都不认为安提戈涅应该受到这样的惩罚，以此来提醒他父亲作为统治者要尊重民众的意见。

但从 740 行到 749 行，我们则看到，其实克瑞翁也发现了他的说服工作是没有用的，于是，作为父亲的克瑞翁开始有点恼火了，他说："难道这些市民要干涉我的行政吗？"此处的翻译应该有点问题，那个时候还没有近代意义上的市民概念，我们权且将其称作"公民"吧，就是有公民权的忒拜人。看得出，克瑞翁既有点恼怒，也有点紧张，似乎要跳起来了。因为他以为那些普通民众竟然还想干预他的权力。在此，克瑞翁对海蒙的训斥体现在三个方面：一是国王权力的行使，二是对儿子反驳自己的训斥，三是个人权利的体现。这时，做儿子的反而开始嘲笑他这个做父亲的了，海蒙说："你看你说这话，不就像个很年轻的人吗？"这是在指责克瑞翁不成熟，竟然如此意气用事，说出这么可笑、幼稚的话来。海蒙的这句话让克瑞翁更恼火了，他几乎是暴跳如雷地吼道："难道我应当按照别人的意思，而不是按照自己的意思治理这国土？"克瑞翁抛出这句话后，海蒙说出了那句千古名言："只属于一个人的城邦不算城邦。"实际上，这句话的背后应该有一个很大的理论预设，但我们先继续往下看。然而，克瑞翁仍在他自己的逻辑里面，他说："难道城邦不归统治者所有吗？"因为他现在是国王，所以他就觉得这个城邦是属于他的。但是，海蒙继续嘲笑道："你可以独自在沙漠中做个好国王。"结合前面的那句话，关于城邦的理念就在这里出现了。

再就是 756 行之后。训斥也无效后，克瑞翁在言语中就开始有点威胁的意思了。他不仅没有领会海蒙说"独自在沙漠中做个好国王"的意思，反而更加气急败坏，认为海蒙阻止自己的行为是为了爱情和维护未婚妻："这孩子好像成为那女人的盟友了。"这时海蒙却表现出了对至亲的关心，他声称："不，除非你是那女人……"意思就是"我关心的是你"而不是作为外人的安提戈涅。海蒙直接否认了自己偏向爱情。到此为止，我们都没有看到，海蒙从安提戈涅未婚夫的角度出发为自己的言行辩护，想让作为父亲的国王体恤自己。但克瑞翁始终不理解，他说："坏透了的东西，你竟和父亲争吵起来了！"听他这么一说，海蒙又回到关于公正与否的大是大非立场上，他说："只因为我看见你犯了过错，做事不公正。"而克瑞翁也再次回到自己的逻辑里："我尊重我的王权也算犯了过错吗？"最后，海蒙说的这句话"你践踏了众神的权利，就算不尊重你的王权"，与之前安提戈涅说的那一句话是相对应的，她对克瑞翁说："你就藐视天神所重视的天条吧。"

从以上的对话中可以看出，"海蒙不是代表他心仪的未婚妻公开地恳求宽恕，而是以城邦公民的私下抱怨来警告他的父亲，并提醒他不要忘了一位英明的统治者应该遵守的限制"。[1] 然而，在这场父子对话即将结束之时，克瑞翁已发展到了近乎虐待狂的地步，他竟然要立即处死安提戈涅，并以她的尸体来威胁海蒙，而海蒙则断然否认了这种可能性，请看两人的对白：

> **克瑞翁**：快把那可恨的东西押出来，让她立刻当着她

---

1 多佛等:《古希腊文学常谈》，第 75 页。

未婚夫，死在他的面前，他的身旁。

　　海蒙：不，别以为她会死在我的身旁；你再也不能亲眼看见我的脸面了，只好向那些愿意忍受的朋友发你的脾气！

　　　　　　　　　　　（索福克勒斯：《安提戈涅》760—765）

　　从以上海蒙与克瑞翁的长篇对话中，我们看到，海蒙表现得冷静理智，大义凛然，他不是以安提戈涅未婚夫的身份向父亲求情，而是将安提戈涅置于克瑞翁王法受害者的身份为其做出辩护，力图挽回其父即将犯下的不可弥补的过错。他强调"实际上，我所关心的是你""是为了你我和下界神祇的利益而说的"。可见，海蒙所关心的是父亲的荣誉、家族的命运和城邦的兴亡，同时提及诸神的权利需要被尊重。因此，他虽然没有明确否认安提戈涅犯了法，但也不认可自己是在帮助坏人这样的说法，他虽然为安提戈涅做了强有力的辩护，但不是出于爱情。他提出来的证据是克瑞翁没有行公正之事，没有听从民意。在这一过程中，他更多地提及的是家族、城邦与诸神。最后，还将克瑞翁不遵守圣法的行为上升到"践踏众神的权利"这样的高度，因为他明白一旦父亲杀掉安提戈涅，这罪行就再也无法挽回——这将引起诸神的愤怒，为家族招致不幸。

　　作为海蒙对立面的克瑞翁，始终关心的只是个人的权力。而且，这权力是在人与人之间行使的，也就是说，克瑞翁认为，自己作为一个国王，有权力颁布法令，执行对象是同样作为人的安提戈涅或者是其他民众，所以他权力的行使是在人与人之间的。同时，其中还纠缠着他与儿子之间的情感。作为父亲，儿子竟然不听命于他，他认为这是不对的。所以，他一直都在说海蒙是孩子、年轻不懂事等等。可见，克瑞翁纠缠的权力也好，情感也罢,都是发生在人与人之间的。海蒙则高举着正义之大旗,首先讨论是否公正的问题。当然也讨论了权力,但他讨论的权力是人与神之间的。在此,海蒙对于权力的界定及运用的范畴就和克瑞翁不一样。当然,他也讨论了人和人之间的关系,但是,他并没有把自己和安提戈涅放在一起,他说自己关心的是克瑞翁。也就是说,他是在为父亲好,他关心的是父亲的幸福和荣誉,而不是站在安提戈涅未婚夫的立场上看待这个问题。所以,我们看到,他看待事情的出发点和角度,其实和克瑞翁完全不同,由此这场对话也是不对等的。可以说,二人是站在各自的立场上自说自话,相互间并未达成有效的沟通。

可见,两者间的对话是不对等的。克瑞翁的态度从父亲式的教育到国王式的训斥再到粗暴的威胁,并且他始终关注的是人与人之间的问题,关心自己的权力,不能忍受自己的权威受到挑战,同时他还在意情感的纠缠,不满意于自己的儿子站在安提戈涅一边。而海蒙讨论的则是人与神之间的权力,他与父亲对话的内容是渐递进式的,从家族、城邦到诸神。他认为克瑞翁的法令与决定没有尊重诸神定下的“天条”,没有尊重民意,践踏了众神的权利。可见,海蒙对他父亲的劝阻并非完全出于爱情。

其中最大的不同在于,海蒙和克瑞翁对城邦与权威的理解有着截然不同的看法,然而他们又都认为自己代表了正确的民意。海蒙说“全城的人都否认”,反驳克瑞翁如果他一意孤行,那么将会有一个“只属于一个人的城邦”,克瑞翁会变成众叛亲离的独裁者、孤家寡人。海蒙的这句话可被视为关于民主制的一种通俗的说法。因而,他劝父亲应该听取民意,顺从天神,而不是坚持自己的权威,“尊重自己的王权”。可见,他对王权合法性的理解，或者说对于统治权力的理解，是王权神授，凡人行事的公正与否也是由诸神来判断的。但克瑞翁搬出来的，是城邦的大义和自己作为父亲——一个年长者的身份，他相信能够使海蒙屈服。而他坚持认为安提戈涅有罪，是为了城邦和法律着想。他坚持认为，正义要求对城邦的忠诚优先于对血脉的忠诚，这种想法与安提戈涅相反，也与海蒙的想法不同。可以说，两人都是关心城邦与神意的，但他们采取了不同的角度去看待和实现自己心中的正义，构建一个好的城邦。

应该说，克瑞翁并不是有意要亵渎神灵。就原则而言，在古代希腊人的世界中，没有人不想得到神的喜爱与眷顾，并且作为国王来说，因为相信王权神授，他应该是更尊敬神灵的。但另一方面，在现实生活中，克瑞翁却表现得更关心自己的权力是否得到巩固，因此才会有这样的决定和法令。他连用了三个"难道"来驳斥海蒙，表明他始终关心的是他个人的权力，忽视了人与神之间的关系，而"王法"恰好是他树立自身威信的利器。

最后，全剧的高潮之一是，海蒙发现安提戈涅身亡后也自杀而死（《安提戈涅》1236—1242）。表面上看，海蒙是选择了安提戈涅和爱情。但或许只是因为神律与爱情恰好处于同一阵营，默雷在《希腊文学史》中说："剧情以殉道思想，维护天道……"[1] 所以，如果将海蒙的自杀也视为遵守和维护神律的一种形式，那么，安提戈涅和海蒙就分别以殉道和殉情的方式来对抗克瑞翁忤逆天神的僭越行为——采取不同的方式和行为来达到相同的目的，两者在尊奉神律、维护天道的精神上交汇于

---

[1] 吉尔伯特·默雷：《古希腊文学史》，孙席珍、蒋炳贤、郭智石译，上海译文出版社，2007年，第186页。

一点。

总之，爱情固然是人类一个永恒的主题，我们也没有否认爱情的重要性。海蒙出于对于安提戈涅的爱情而自杀，这也是理解悲剧的一个视角。但我们想要提醒读者的是，在古人眼中，爱情并不像我们今天以为的那样，是一条可以随随便便就搭上去的线索。这不是说，对于古人而言爱情不存在，而是说，我们要看它在一件具体的事情中所占的比重有多大，分量有多重，是否是主要矛盾，这是需要仔细分辨的。在索福克勒斯的这部悲剧中，我们从文本的依据出发，发现关于爱情的讨论都是间接的猜测，而海蒙自己的话语中则丝毫没有他与安提戈涅如何情深意重、他如何离不开安提戈涅的表达。由此，我们认为，海蒙前来与克瑞翁讨论安提戈涅的事，并非完全出于爱情，更多的是出于责任，出于对自己父亲的责任、对城邦的责任，也是凡人应尽的对神的责任。当然，海蒙的行为也不能彻底消解爱情之于未婚男女的影响，但这可能并不是重点，不是悲剧诗人在这则故事中想要强调的重点。我们从海蒙口中听到的是对诸神命令的遵从，而不是对男女私情的维护。剧中安提戈涅对于爱情和婚姻的态度，就更不清晰，她没有说他们从小青梅竹马，即将成婚，多么可惜。甚至她都从未提及海蒙的名字以及两人间的感情，仿佛这桩婚姻更多是父母安排的结果，没有构成她行为的推动力或是阻碍。可见，两人之间的爱情及婚姻并不是这部悲剧想要着重表现的内容，至少爱情不是这部剧的重点。

如果不是因为爱情，那我们就要再次回到矛盾的焦点，即葬与不葬的后果，也要回到发生矛盾的两位当事人，看看他们各自是怎样为自己的行为辩护的。

四 神律与王法

为了回应上面的问题，我们先看看文本给出的依据是什么，听一听安提戈与克瑞翁之间直接的对话：

> 克瑞翁：……你知道不知道有禁葬的命令？
>
> 安提戈涅：当然知道；怎么会不知道呢？这是公布了的。
>
> 克瑞翁：你真敢违背法令吗？
>
> 安提戈涅：我敢；因为向我宣布这法令的不是宙斯，那和下界神祇同住的正义之神也没有为凡人制定这样的法令；我不认为一个凡人下一道命令就能废除天神制定的永恒不变的不成文律条，它的存在不限于今日和昨日，而是永久的，也没有人知道它是什么时候出现的。
>
> （索福克勒斯：《安提戈涅》446—457）

这段对话将神律与王法、家庭与城邦、女性与男性等主题充分而又鲜明地刻画出来了：刚一开始，克瑞翁的话说得比较柔和，他问安提戈涅知不知道有禁葬的命令。其实这是在为安提戈涅找台阶下，暗示她如果想要服软的话还来得及，安提戈涅可以说自己不知道，因为不知者无罪，这样国王可能就会饶恕她了。但是，倔强的安提戈涅却直白甚至挑衅式地说自己"当然知道"，这戳破了克瑞翁的虚伪。显然，安提戈涅是不想给克瑞翁任何面子。不过，克瑞翁还存一丝侥幸，试探性地问她："你真敢违背法令吗？"安提戈涅断然道："我敢；因为向我宣布这

图 3　安提戈涅与克瑞翁 [1]

法令的不是宙斯，那和下届神祇同住的正义之神也没有为凡人制定这样的法令；我不认为一个凡人下一道命令就能废除天神制定的永恒不变的不成文律条，它的存在不限于今日和昨日，而是永久的，也没有人知道它是什么时候出现的。"这段话给读者的第一感觉是什么？——是感觉两者的对话不在"同一个次元"上，就如同之前我们提到海蒙与克瑞翁的对话一样。克瑞翁仍想以长辈的身份去劝说，但安提戈涅却完全不理睬他，拒不认罪，还搬出了一套更加高大上的说辞来对克瑞翁的王法进行公开批判。

　　这种不对等的谈话是不会产生效果的，事实上，两人的确都将对方视为愚蠢的傻瓜，安提戈涅曾说：

　　　　在你看来我做的是傻事，也许我可以说那说我傻的人

1　烧制于公元前 380 年左右的彩绘陶器，现藏于大英博物馆。

倒是傻子。

（索福克勒斯：《安提戈涅》469—470）

克瑞翁则在提及安提戈涅和她妹妹时说：

我认为这两个女孩子有一个刚才变愚蠢了，另一个生来就是愚蠢的。

（索福克勒斯：《安提戈涅》561—562）

安提戈涅始终是一个不屈不挠的人，她的世界是一个是非对错决然对立的世界。她将不成文律条制定时间的不清晰上升到神律的永恒性，并在神律与王法之者间进行了清晰的区分：神律即是恒久存在的一种自然，而王法则是根据人为的事务制定的法令，是暂时性的；神律的效力大于王法。她还进一步引入了"正义"的概念。那什么是正义？在安提戈涅看来，正义就是神的意志。而在海蒙那里，他是将正义放在人与城邦间的关系上来理解的，将私人生活与公共生活混在一起。我们看到，安提戈涅将神律作为至高的原则，从而向王法发出了挑战，并下定决心用自己的生命去捍卫神律。安提戈涅的这种决绝是克瑞翁所不能理解的，因为他纯粹是从凡人的角度出发的。

在此需要说明的是，人类历史的早期，法律制定的过程都是从不成文法向成文法过渡的。这种过渡并非仅仅是将法律条文从口头说的变成文字写下来这么简单。在古代希腊和罗马，法律条文从不成文法变为成文法，是一个重大的历史转变过程。由于这不是本书的重点，此处不展开谈。若对这一过程感兴趣的话，可以去看一看罗马十二铜表法的创立过程，它是一个比较经典的案例，反映了当时罗马平民反贵族斗争的漫长过程。在古代希腊，不同时期会颁布不同的法令，但那并不意味着要废除旧法，新的法令并不能取代旧法。因为旧法从远古流传下来，人们相信那是由神制定的或至少是由神启而来的，具有神圣性，所以不可能由人来废除。只是在案件判决的时候，人们会主要以新法为依据，忽略旧法。但也不排除有人会沿用旧法，安提戈涅的做法便是如此。

我们继续来看她对自己行为的解读：

> 我不会因为害怕别人皱眉头而违背天条，以致在神面前受到惩罚。我知道我是会死的——怎么会不知道呢？——即使你没有颁布那道命令；如果我在应活的岁月之前死去，我认为是件好事；因为像我这样在无穷尽的灾难中过日子的人死了，岂不是得到好处了吗？
>
> 所以我遭遇这命运并没有什么痛苦；但是，如果我让我哥哥死后不得埋葬，我会痛苦到极点；可是像这样，我倒安心了。如果在你看来我做的是傻事，也许我可以说那说我傻的人倒是傻子。
>
> （索福克勒斯：《安提戈涅》446—470）

这是安提戈涅在被抓后，对克瑞翁的当堂反驳与自证。安提戈涅承认自己在遵守王法方面的不合规性，但与此同时，她也强调自己遵守天条的合法性。安提戈涅对克瑞翁的语气是轻蔑的，对自己所做之事的态度是坚定的。

两段文字把天条与王法间的冲突表现得非常充分。安提戈涅在台词中展现出了不愿屈服于"王法"的勇敢与执着，她无比虔诚的心情正是有勇气做"傻事"的最大原因。这看似孤独的女子其实并不孤独，因为她有强大的力量——诸神和民众的支持作为后盾，她充满了虔诚的希望与信念。

在此她还透露，自己之所以敢于违抗克瑞翁的禁葬令，除了遵守神律外，还有另一层的思考。之前讲《俄狄浦斯王》时，我们提及，俄狄浦斯家族被神下了诅咒，只要这个家族不结束，诅咒也不会停止。所以，安提戈涅明白自己肯定也会受制于这条诅咒。虽然她的话说得比较隐晦，但是我们可以发现前后的关联，也就是家族的诅咒仍会在她身上起作用。所以，既然原先就背负着这样一个诅咒，那么在遭遇这样的命运之前死去，在她看来或许是一种好运，否则她仍将在无穷尽的苦难中过日子。安提戈涅这样的做法，可以把亏欠神的再还回去。虽然她是以牺牲为代价，但是也终止了家族的诅咒。所以，她说："如果在你看来我做的是傻事，也许我可以说那说我傻的人倒是傻子。"

故事发展至此，安提戈涅所追求的东西似乎有了些变化。她已经完成了埋葬亲人的仪式，却依然挑战权威，或许是她想借题发挥，排解心中的痛苦，想要用这种行为追求一个"光荣的死"。所以，她苛责妹妹[1]，也在克瑞翁给她台阶下时，反而主动挑衅。而克瑞翁一开始只想树威，但面对安提戈涅的逼问，他不得不依法行事，放弃了对其让步的想法。最终，克瑞翁没有让步，安提戈涅得到了她想要的"光荣的死"。如果一定要追问剧中安提戈涅被下的诅咒是什么，当然原初是来自拉伊俄斯拐走珀罗普斯之子克律西波斯之后神对于整个家族的诅咒。而

1　有关安提戈涅与她妹妹之间关系及她们各自对埋葬兄长的不同态度，可参见吴雅凌：《黑暗中的女人——作为古典肃剧英雄的女人类型》，华夏出版社，2016 年。

她哥哥的叛国行为则是该部悲剧中的具体矛盾呈现，也是她行为的依据。总之，当我们将思路集中在遵从神意的逻辑上时，安提戈涅的一切做法和话语就都可以理解，是顺理成章的了。

最后，当克瑞翁命令侍卫将安提戈涅押往墓穴任由她自生自灭的时候，她走在路上向歌队长感叹道：

> 忒拜的长老们呀，请看你们王室剩下的唯一后裔，请看我因为重视虔敬的行为，在什么人手中受到什么样的迫害啊！
>
> （索福克勒斯：《安提戈涅》940—943）

可见，一方面，即使是在真正面对残酷的惩罚和死亡的威胁时，安提戈涅也始终没有动摇过对神律的坚持；另一方面，在她看来，出身王室的克瑞翁，本该更加虔诚敬神，却竟然为了自己颁布的条令而置神律于不顾，这让她深感悲哀。

正是安提戈涅的坚持与悲哀，以及深陷家族诅咒的无奈与痛苦，最终导致了她的自杀。而这又进一步引发了克瑞翁之子、安提戈涅未婚夫海蒙的绝望与自裁，克瑞翁的妻子、忒拜王后也因痛失爱子，失去了活下去的希望，上吊自尽了。这一系列事件终于触发了克瑞翁的惊慌与后悔，加上先知的警告，使之痛悔交加，却已无法挽回局面。悲剧在观众的一片惋惜和惊惧的情绪中落下帷幕。

总之，神律与王法正是安提戈涅与克瑞翁对各自行为合理性的判别标准。这是两种不同的行为准则，本身的性质与来源有着根本的不同。"神律"是永久的，来自长久以来的祖制圣规，作为约定俗成的传统被赋予了神圣性，因此也变得不可改变。尽管这种神律可能会因历史社会的变迁而不再处于社会话题的中心，但只要其仍然存在，只要被人所提及，就因其神圣性而不容许被忽视、被亵渎。王法则是凡人的命令，由人制定的，是统治者临时下的决定，只具有暂时性。面对同一件事情时，神律和王法的决定不同、处理方式不同，这时，长期以来具有神圣性的神律与当权者暂时下达的强制性的法令之间便产生了力量的角逐。这种矛盾在安提戈涅与克瑞翁的立场和视角上，变得更加激烈和难以调和。最后，安提戈涅为捍卫神圣的天条而死，她的生命与行为的神圣性更加完整；而克瑞翁则因对神律的漠视，终于在自己家人身上应验了惩罚，回归了人的权力具有有限边界的认知中。

五 形象塑造与角色安排

《安提戈涅》一剧有着明确的两条线索：克瑞翁与歌队长代表着凡人的立场，安提戈涅和海蒙则代表着城邦与诸神的立场。我们之前说过，在神人共处的古代希腊世界里，没有任何人会故意地亵渎神灵而不惧怕报复，因此克瑞翁也并非是不敬神的人，他自始至终都在呼唤神，关注神的洁净，但其对不洁的理解仅仅停留在维持秩序的层面。可以说，克瑞翁仍然保有敬畏之心，只是理解的层次与安提戈涅和海蒙不同。

悲剧之所以发生，正是源于他们各自背后两种至上却又片面的伦理交锋。正是因为克瑞翁与安提戈涅的主张都有道理，二者的碰撞才会产生震撼人心的力量。但他们又都有局限，首先，从伊斯墨涅（Ismene）、海蒙的口中，我们得知，在安提戈涅鼓动妹妹一起埋葬哥哥时，伊斯墨涅说：

　　你想想，如果我们触犯法律，反抗国王的命令或权力，就会死的更惨。首先，我们得记住我们生来是女人，斗不过男子；其次，我们处在强者的控制下，只好服从这道命令，甚至更严厉的命令。……不量力是不聪明的。

（索福克勒斯：《安提戈涅》61—67）

　　我并不藐视天条，只是没有力量和城邦对抗。

（索福克勒斯：《安提戈涅》78）

　　可见，和诸神作为强大的存在一样，在凡人的眼里，城邦的权力同样可以凌驾于公民之上。个人的力量与城邦之间的对抗，导致了安提戈涅的悲剧。

　　其次，在克瑞翁下令处死安提戈涅后，海蒙说道：

　　你不要老抱着这唯一的想法，认为只有你的话对，别人的话不对。因为尽管有人认为只有自己聪明，只有自己说得对，想得对，别人都不行，可是把他们揭开来一看，里面全是空的。

（索福克勒斯：《安提戈涅》706—709）

　　显然，在海蒙看来，尽管执行法律可以保卫城邦，但法律却是克瑞翁作为凡人的有限智慧的产物，具有暂时性。按照个人的意志治理国家，导致了克瑞翁的悲剧。

　　这场悲剧冲突，归根结底是安提戈涅所代表的以神律为基础的人伦规则与克瑞翁所代表的以城邦为中心的人为规则的冲突。安提戈涅以古老的神律为支撑，抗击凡人暂时的律条，她的追求超越了时间和生死。而克瑞翁以国家利益为重，处死安提戈涅正是他保卫城邦的决心使然。二人既是血浓于水的亲人，又分别是海蒙的未婚妻和父亲，但这一缕缕关联仍阻挡不了他们对于各自以为的正义的向往。

神律是永恒的，而王法是相对的。安提戈涅将神律和王法进行了非常清晰的区分。神律是恒久存在的自然，王法是人对具体事务制定的法令，是暂时性的。王法固然让人类活得更有秩序，但人类永远不该忘却神律的恒久存在，不该忘却人类自身的局限。

在此就出现了一个问题：克瑞翁难道不知道自己所宣布的法令是违背神的意志的吗？

在希腊的城邦里确实有一种判刑标准，对待叛国贼，实际上是可以实行不安葬的法令的。从剧中的表现可见，克瑞翁并不完全是胆大妄为、目中无神的人。之前在面对俄狄浦斯时，他就已经表现出虔诚敬神的姿态，还劝告俄狄浦斯要相信神。当然，有可能他当时还不是当事人，所以在置身事外的情形下可能会说出那样的话来。然而，正如我们所反复提及的，在当时的历史语境中，人人都是敬神的，谁都希望能讨得神的欢心，对神虔诚是人们思考的出发点。

我们看到，悲剧开始不久，在克瑞翁与士兵的对话中，他认为波吕涅刻斯之死是不敬神灵、咎由自取的结果。他说：

> 你这话叫我难以容忍，说什么天神照应这尸首；是不是天神把他当作恩人，特别看重他，把他掩盖起来？他本是回来烧毁他们的有石柱环绕的神殿、祭器和他们的土地

的，他本是回来破坏法律的。你几时看见过天神重视坏人？没有那回事。

（索福克勒斯：《安提戈涅》281—291）

在与儿子海蒙的对话中，他先表示背叛是最大的罪过。克瑞翁说：

> 背叛是最大的祸害，它使城邦遭受毁灭，使家庭遭受破坏，使并肩作战的兵士败下阵来。只在服从才能挽救多数正直的人的性命。所以我们必须维持秩序，决不可对一个女人让步。

（索福克勒斯：《安提戈涅》672—680）

对话的过程中，克瑞翁也曾提及王权神授的概念。他认为，自己能成为国王就表示神对他的认可（《安提戈涅》736，744）。最后，他以奥林波斯诸神的名义起誓，要严惩安提戈涅（《安提戈涅》758—760）。这些都表明克瑞翁并非是不敬神明之人，也不是一个简单的暴君。只不过，作为当事人，他似乎更多的只是考虑到自己已到手的王权稳固与否，而没有真正思考其王位是如何得来的。至于剧中为什么多次把克瑞翁的错误归结为不谨慎，这可以理解为，因为在与神相关的事务上的不谨慎本身就意味对神律的忽视。剧中歌队对克瑞翁的立场也并未给予单纯的批评或肯定，而只是承认他拥有那样的权力。

上文提到，在现实之中，希腊各城邦的律法中的确是有对犯叛国罪之人死后不予埋葬的规定，因为叛国意味着背叛了自己所在城邦的守护神，而背叛神应该受到极大的惩罚。于是，一方面，背叛城邦及城邦守护神，就必须受到惩罚；另一方面，不埋葬死者，也是违背神意的。然而，即使有这样的律法，但在现实生活中极少执行，双方的矛盾冲突不会表现得如此激烈，也不会出现民众与统治者辩论的场景，自然冲击性就不会像在悲剧中那么强有力。事实上，虽然雅典人拒绝在阿提卡境内埋葬叛徒，但也允许其亲属在其他地方加以埋葬。而在剧中我们也看到，克瑞翁原先是想糊弄一下就过去了的，但安提戈涅却坚决不肯认错，之后，克瑞翁也只是把她关在墓室里，并没有立即处死，是安提戈涅刚烈的性格让她选择了自缢而亡。

在此，我们又不得不涉及另一个问题，即戏剧的处理方式以及对角色的安排。我们注意到，剧中几乎每个场景中都有两个针锋相对的人物形成对比：一开始是安提戈涅与她的妹妹伊斯墨涅相对立，中间是克瑞翁与安提戈涅相对立，接近剧尾时则分别是克瑞翁与他的儿子海蒙的对立，以及克瑞翁与先知忒瑞西阿斯的对立。整出悲剧就在这些对立中上演，似乎每个人都与其他人形成矛盾，而他们之间的矛盾则有助于明确各自的行动准则，由此使得不同的生活原则、不同的观念想法以及不同的责任担当在观众眼中变得一目了然。可见，这种两两相对的形象设计是有利于戏剧化地处理人物与情节的。

而安提戈涅与克瑞翁作为悲剧中的焦点人物，他们的形象塑造和角色安排更是带有一定的概念设计的。首先，悲剧诗人在多层面设计了安提戈涅与克瑞翁之间的冲突：安提戈涅是女性，克瑞翁是男性；安提戈涅是青年，克瑞翁是中年；安提戈涅是臣民，克瑞翁是国王；安提戈涅尽着家人的责任和义务，克瑞翁管理着国家；安提戈涅恪守宗教职责，克瑞翁行使国家权力……这一切意味着他们之间冲突的必不可免。

其次，人物和概念要达成平衡，缺少了哪一方，整部悲剧都会显得单薄且难以服人。可以说，安提戈涅的存在平衡了克瑞翁所欠缺的东西。而如果没有克瑞翁的专横和固执，安提戈涅所遭受的痛苦就会变得没有意义。总之，双方的存在让对方的形象变得更加丰满，若没有克瑞翁的专制便没有安提戈涅的坚决，反之亦然，两者互补存在。而家族的命运与诅咒、无可避免的纠缠、环环相扣的主题……冲突如此尖锐，一个角色的存在创造了另一个角色，互补共存；除了角色的张力，除了角色身上被赋予的概念，还有个人和城邦、宗教与世俗、私德与公德、正义实施的对象是个体的人还是城邦的人、站在人的角度的正义和神的角度的正义——这一切正是希腊悲剧所要呈现出来的悲剧精神。也可以说，作为戏剧，就必须这么表现才会有戏剧的张力，才会让人产生恐惧和怜悯，从而得到陶冶。

最后，从结构上看，对抗的关系也不仅仅在安提戈涅与克瑞翁之间，还有安提戈涅与伊斯墨涅、克瑞翁与海蒙、克瑞翁与忒瑞西阿斯之间都具有某种对抗关系。这种种安排与设计都源于戏剧的要求，需要通过不同的对抗关系来推动情节的发展。每一组关系都有着其内在的必要性，代表着戏剧所要求的张力。这使得悲剧更加好看，更能抓住观众。

此外，尽管每个角色似乎都代表了一个具有伦理后果的可识别的立场，但是，这两个角色之间也并不是完全对立、非白即黑的关系，且不具有道德上的绝对性，读者可能会根据自己的标准支持明显相反的观点。换言之，无论是安提戈涅还是克瑞翁，他们各自都可能是正确的，也都可能是错误的。悲剧诗人既不是要我们来站队，更不是要我们来判断哪个形象更正确，哪个是错误的。这样的做法带有明显的概念化和过度简化的危险，而他们背后承载的东西其实更加复杂，也有着许多的层次。作为观众的我们，也不应用简单的二分法去分析剧情，不能要么是完全敬神的，要么就是无神论。而是要看到问题、人、思想的种种复杂性，不是一个简单的标准答案可以解决的。我们在此的讨论，不必想着他们究竟是哪一方压倒了另一方。安提戈涅抗拒的是有限的人的法令，认为神的律法是绝对的、在人之上的；而克瑞翁沉浸在自己的王权之中，没有意识到还有比他更强大的东西笼罩在凡人的头上。神律与王法：一个是神授法，一个是人定法；一个是习惯法，一个是国家法；前者归于神威，后者归于王权。这对概念之所以重要，就在于它们之间相互的矛盾和由此产生的各种可能性。而我们想要展现的，也正是其丰富性和多样性。

如果更进一步，从悲剧诗人的角度出发，再结合当时的思想语境，我们还可以将这部悲剧的创作视为，索福克勒斯想通过这部悲剧努力揭示出一种内在的张力：一端是当时某些希腊智者所推崇的"人是万物的尺度"这样一种纯粹的理性政治；另一端则是在理性力有未逮的事物面前保持宗教敬畏和虔敬的态度。为此，他让海蒙说出了以下的话语：

　　啊，父亲，天神把理智赋予凡人，这是一切财宝中最有价值的财宝。我不能说，也不愿意说，你的话说得不对；可是别人也可能有好的意见……（我）听见市民为这女子而悲叹，他们说："她做了最光荣的事，在所有的女人中，只有她最不应当这样最悲惨地死去！当她哥哥躺在血泊里没有埋葬的时候，她不让他被吃生肉的狗或猛禽吞食；她这人还不该享受黄金似的光荣吗？"

（索福克勒斯：《安提戈涅》683—700）

索福克勒斯似乎是在表明，人类的悲惨结局，是因为人们企图将自己的理性设计强加于世界之上，并因此否定了自然、家庭和宗教对人类的要求。理性作为一种信念，抱持理性态度的人就会相信，理性是评价和判断各种善恶及一切冲突的手段，甚至是唯一手段。但现实生活中却并非一切事物及人类的言行都能以此为标准来进行裁决，更何况悲剧诗人往往并不是纯粹的理性主义者，他们并不为拥有理性而盲目地欢呼。相反，他们看到，理性具有将事物的多样性概括成某种潜在的统一性与秩序的倾向，进而从中看到了由此而来的危险。如果一味地强调理性会让人漠视男人与女人的差异、家庭与城邦的差异、公共生活与私人生活的差异，从而忽视经验的复杂性。或许诗人的用意就在于表现人类理性的限度，而这部悲剧的作用，就是要揭示出理性背后的危险。

在剧中，尽管克瑞翁相信他是在用自己的法律创造秩序，但在最后一场人物间的冲突——盲人先知忒瑞西阿斯与克瑞翁之间的冲突中，先知明确地指出国王是错误的，他制造了自己所担心的混乱、混淆了活人与死人，把应该埋葬的东西留在了地上，而把应该允许生存的东西埋葬了。结果，城市被污染，鸟儿发出奇怪的叫声，且把不洁的空气四处传播，克瑞翁也不会有好的结果。请看先知所发出的预言：

我告诉你，你看不见多少天太阳的迅速奔驰了，在这些日子之内，你将拿你的亲生儿子作为赔偿，拿尸首赔偿尸首；因为你曾把一个世上的人扔到下界，用卑鄙办法，使一个活着的人住在坟墓里，还因为你曾把一个属于下界神祇的尸体，一个没有埋葬、没有祭奠、完全不洁净的尸体扣留在人间，这件事你不能干涉，上界的神明也不能过问；你这样做，反而冒犯他们。为此，冥王和众神手下的报仇神们，那三位迟迟而来的毁灭之神，正在暗中等你，要把你陷在同样的灾难中。

你想想，我是不是因为受了贿赂而这样说。等不了许久，你家里就会发出男男女女的哭声；所有的邻邦都会由于恨你而激动起来；因为它们战士的破碎尸体被狗子、野兽或飞鸟埋进肚子了，那些鸟儿还把不洁净的臭气带到他们城邦里的炉灶上。

（索福克勒斯：《安提戈涅》1064—1083）

悲剧以克瑞翁的情感毁灭而结束。报信人描述了墓室中的情景：海蒙在眼见安提戈涅自杀后，激愤之下试图杀死父亲，未果后以剑自刺，并与他的准新娘相拥而死；克瑞翁的妻子欧律狄刻也在得知所发生的事情后，自杀身亡，死前还诅咒克瑞翁将遭受厄运。剧末，克瑞翁在妻儿俱亡的事实面前终于认识到自己的错误，他哀叹道：

我手中的一切都弄糟了，还有一种难以忍受的命运落到了我头上。

（索福克勒斯：《安提戈涅》1345—1346）

至此，克瑞翁也就变成了报信人口中的一个活死人：

一个人若是由于自己的过失而断送了他的快乐，我就认为他不再是个活着的人，而是个还有气息的尸首。

（索福克勒斯：《安提戈涅》1167—1169）

第六章

《美狄亚》：杀子报复的母亲

《美狄亚》是一部非常具有冲击力的悲剧，它所展现的复仇方式在当时的希腊社会中极为罕见，当然也不合乎现代人的伦理道德观念。

对这部悲剧的解读方式，本章会将文明初期女性的生存状态、行为模式与思维导向作为一种文明形态的表现，从而对女性的历史地位进行再思索。

之所以采用文明史的方法来研究女性问题，是想从另一条线索，即以女性为中心的文明形态和以男性占统治地位的文明形态在西方文明史中互动的线索，为女性问题做一种文明史的描述。而选择美狄亚这一形象，可对西方文明史进行一种历史性的回顾，进而从西方文明的源头揭示女性历史地位的失落。

而选择文学作品来做文明史的个案分析，其可行性在于：作者所创作的文学形象，必然是当时社会某类形象的代表，反映了当时社会的状况。一个文学形象所包含的诸多要素：对话、独白、性格、行为、思想等必然隐喻着当时的时代要素，即当时文明的要素。而作者对他所创造的人物、事件的态度，又反映出作者对文明的态度。所以，可以说，对《美狄亚》的研究也就是对文明史的研究。反之，对文明史的研究又会加深对《美狄亚》这部悲剧的理解。我们希望由此能提出一些对希腊悲剧的新认识，并展望悲剧解决的道路。

一 前情回顾及剧情梗概

或许可以说，貌似理智的现实考量让伊阿宋堂而皇之地抛弃了美狄亚，而愤怒则使身为母亲的美狄亚杀死了自己的孩子。

《美狄亚》一剧取材于希腊英雄伊阿宋盗取金羊毛的故事——阿尔戈船英雄（Αργοναύται）的故事。故事讲述的是一群希腊英雄在海外的冒险。在远古的神话故事里面，伊阿宋是一个很了不起的英雄，做下了很多了不起的事情。其中一件事情就是要到一个黑海东岸的蛮夷之邦[1] 科尔喀斯（Colchis）去获取当地的一个宝物——金羊毛（Golden Fleece）。但是，这个金羊毛并不是长在某头羊的身上的，而是挂在树上的，而且有恶龙把守，还设置了重重机关。因为它是当地的定国之宝、圣物，国王以各种神秘的力量来保护它，以防被外人偷走。所以，其实不可能有人可以去把金羊毛偷到手的。但是，这个世界上任

---

1 希腊人从以血缘和语言为代表的种族起源与以宗教和习俗为内容的文化起源出发，将所有的"非希腊人"统称为"异族人"（βάρβαρος），也可直译为"蛮族"，英文中的 barbarian（野蛮人）一词就来源于此。黑海之滨的科尔喀斯自然也就是蛮夷之地了。希腊人自认为代表着一种先进的文明形态，在"蛮族"面前始终保持着一种文化和意识形态上的优越感。

何不可能的事情都可能会发生。故事的结果就是伊阿宋盗取了金羊毛。

那么，这个事情是如何发生的呢？不是因为伊阿宋有多么神勇，而是因为在那个蛮夷之邦的公主美狄亚由于神的意志，迷恋上了前来盗取金羊毛的伊阿宋。由此可见，故事的开始并非一般的人间爱情、男欢女爱，而是神之意志的体现。之后，她不惜违背父命，帮助伊阿宋盗取了重重保护下的金羊毛。国宝失窃关乎家国存亡，作为国王的埃厄忒斯（Aeetes）当然不可能就这样让他们走了，于是带着王子们一路追杀。前有汹涌的海涛，后有急急赶来的追兵，怎么办？这个时候，我们的主人公美狄亚——这个被神赐之爱冲昏头脑的女子，为了阻止父亲的追赶，毅然手刃亲兄弟。美狄亚抓住她最小的一个兄弟阿普叙托斯（Absyrtus），痛下杀手，并将其砍成碎块，抛入海中。老国王极度震惊和悲愤，而美狄亚则趁其父忙于收拾儿子尸首之机，与她所倾心的人伊阿宋逃离了她的故乡科尔喀斯。

——这即是古代希腊著名悲剧诗人欧里庇得斯的名剧《美狄亚》中男女主人公避难科林斯城邦的背景交代，这个故事也为之后悲剧的发生起到了铺垫的作用。[1]

---

1 关于这个故事和一系列远古时代希腊英雄的海外冒险经历，还有一种实证主义的解读方法，即将其解读成是希腊人在公元前 8 世纪开始的海外殖民活动。换言之，有学者认为，那些神话故事实际上讲述的是自公元前 8 世纪开始希腊人的海外殖民活动，希腊人由此建立了许多希腊式城邦。而神话中的种种冒险活动反映的就是那个时代的社会现象，只不过采用了一种神话叙述的方式将其呈现出来。

图 1　美狄亚煮公羊 [1]

　　悲剧则是从美狄亚与伊阿宋双双逃离故国，来到希腊城邦科林斯定居，并有了一对儿子后开始的。从前一个故事中可见，在希腊远古神话故事中的伊阿宋虽是一位远征的英雄，但他盗取金羊毛的行为本是不可完成的，只是因得到了美狄亚的帮助而顺利到手。两人逃回希腊，在科林斯安居多年之后，伊阿宋变成了一个贪图权势的薄情男子：因为美狄亚的蛮族身份无法帮助他提升自己的地位，而与国王的女儿结婚则可以满足这个需要。因此，他想要抛弃美狄亚，与科林斯公主结婚。美狄亚自然是很不情愿的，做了各种劝说和抗争，但是最后仍然无力挽回伊阿宋的心。与此同时，科林斯国王还下令要将美狄亚驱逐出境。由此，她悲愤交加，决心报复。她先是用一件浸满毒液的华丽衣袍，毒死了科林斯的公主和国王，然后又亲手杀死自己的两个孩子，以惩罚负心的丈夫，使其断后。最后，美狄亚带着两个孩子的尸体，乘龙辇飞走。

1　公元前 510—前 500 年的彩绘双耳陶罐，现藏于大英博物馆。

从远古神话到悲剧故事，我们都发现，美狄亚是一个具有多重身份的复杂角色：她是一个爱情至上、因爱而生的偏执情人，她是会施展法术的蛮族女巫，她是忘恩负义、杀弟出逃的残酷亲人，她是被爱人抛弃的悲惨弃妇，她还是杀死亲生儿子的绝望母亲。每一种身份都在故事情节中发挥了应有的作用，起到了悲剧诗人所想要营造的戏剧效果，同时也使得逻辑通顺，情节安排合理，而不至于突兀。而读者从美狄亚的任何一个身份切入展开，都有许多可讨论的话题。

在之前的三部悲剧《普罗米修斯》《俄狄浦斯王》《安提戈涅》里，人物的身份都是明确清晰的，没有太大的转换：普罗米修斯始终是一个神，俄狄浦斯的身份中最重要的还是儿子，安提戈涅就是一个单纯的女孩子。但美狄亚的身份则是混合的，身份的多重性及转换时的复杂性表现了她不同的面向，而对她身份不同角度的认识，也会导致不同的解读方向。

换言之，理解美狄亚行为的一个关键问题就是关于她身份的问题。究竟应该如何定位她？——蛮族人？女巫？为激情冲昏的女子？母亲？弃妇？不同的身份定位背后有着不同的理论关照，但实际上，这些身份彼此之间又并非决然对立，而是可以连成一条线的。

二　回不去的故乡

整个悲剧是以美狄亚背叛祖国为导火索的。在剧中，无论是保姆（《美狄亚》9、31—32）、伊阿宋（《美狄亚》1332）还是美狄亚本人（《美狄亚》502—505）都提到了过去美狄亚在故乡时所犯下的杀弟叛父行为。这导致了她身份的转变（《美狄亚》1—11），使她从一个公主变成了一个流落他乡的异邦人。

美狄亚蛮族公主的身份来源于黑海东岸的科尔喀斯，这是希腊人眼中的蛮夷之地，但这正代表了她思想、行为所源出的文明形态。由此，它也变成了一个隐喻——"异邦"与"文明"，这一对概念所提供的象征性素材，为我们在故事情节之外寻求更广泛的意义，为美狄亚的行为挖掘一种更加深层次的文明依据提供了思路。

在科尔喀斯，虽有国王，但男权-父权并未统辖一切，女子仍拥有一定的地位与权利，没有被完全排除于社会生活之外，而美狄亚正是女子拥有某种权利与地位的代表。她不仅是国王的女儿、科尔喀斯的公主，还是月神赫卡忒（Hekate）神庙的女祭司、精通法术的女巫，被人们公认为是富有智慧且敢作敢为的女子，她还拥有某种超越于自然血缘出身的权力和知识。这一切表明：虽然以女性为中心的社会已不复存在，但由于文化的滞后性，在科尔喀斯那里，旧的以女性为主导的文明形态并未完全退出历史舞台而被以男性占统治地位的父权制所取代，女子仍有一定的社会参与度与施展能力的舞台。

正是拥有这样的文明背景，当面临被放逐的命运而不由自主想起了被她抛弃的祖国时，美狄亚悲哀道：

> 我没有母亲、弟兄、亲戚，不能逃出这灾难……
>
> （欧里庇得斯：《美狄亚》258）

请注意：在此，美狄亚并未提及身为国王的"父亲"，而是呼唤"母亲"，因为"母亲"的形象正是她所处的那种文明中的精神支柱和力量源泉。

　　美狄亚之前为了自己所爱的人，毅然抛弃故乡，杀弟叛父。当她离开故乡，随伊阿宋来到科林斯，她已成为一个失去庇荫的漂泊者，一个没有家园的人。没有强大的祖国支撑，她也不可能再返回原来的文明，又无法真正完全进入伊阿宋所代表的那种新的文明之中。

　　当她被其唯一依靠的对象伊阿宋抛弃，作为一个非希腊的女子得不到任何社会力量的帮助，又无法回到已结下仇怨的故乡时，美狄亚就处于一种两难的境地之中，显得越发地孤立无援了。她的这种境况也绝非单纯是处于同一文明背景中女性社会地位低下的表现了，而是她所属的那种古老文明被另一种新的文明所取代、发生碰撞时的社会状况的反映。这样的矛盾集中在她身上更加尖锐，悲剧的冲突——归根结底——一方面是现实生活中矛盾冲突的集中概括，另一方面也是某种已丧失或正在丧失效力的原则与现存社会秩序冲突的反映。美狄亚最终的复仇就不仅仅具有个体的意义，而无疑有着极其重要的社会意义。因为没有"被弃"，也就没有"复仇"。"被弃"是美狄亚命运的转折点，也是杀子的直接导火线。因此，在夫权与政权的双重压迫下，美狄亚的反抗就超出了个人复仇的狭隘范围，而代表着已退出历史主导地位的女性对取而代之的男性社会所做的抗击，是两种不同文明形态之间的博弈。

　　剧中，保姆替女主人悲叹道：

　　　　到如今，她受了人欺骗，在苦痛中——真可怜！——才明白了在家有多么好！

　　　　　　　　　　　　　　（欧里庇得斯：《美狄亚》34—35）

主人遭到什么不幸的时候，在我们这些忠心的仆人看
来，总是一件伤心事，刺着我们的心。我现在悲伤到极点，
很想跑到这里来把美狄亚的厄运禀告天地。

（欧里庇得斯：《美狄亚》54—57）

看到美狄亚的两个儿子，这个老仆还对他们说：

孩子们，进屋去吧！——但愿一切都好！

（欧里庇得斯：《美狄亚》88）

这貌似一个极其普通的日常生活的场景，舞台的背景既不
是宫殿、神庙，也并非荒野。而这个仆人则是一个集女性、奴
隶及外邦人三者身份于一体的保姆，她和她的主人一样是漂泊
者、没有家园的人，她切身地体会到了美狄亚所处的困境，却
也无能为力，只能怀抱微弱的希望。保姆的话，也进一步地展
现出作为蛮族人的美狄亚处境的尴尬，其不简简单单是个被抛
弃的妇人。美狄亚的悲剧就不仅仅是一出个人悲剧、家庭悲剧，
而是一出文明转型期所带来的文明悲剧。因为女性存在的方式
就是一种文明形态的表现。

可见，蛮族身份表面上是美狄亚性格暴躁、敢于反抗并做
出惨烈报复的原因，但事实上，蛮族身份正是她被抛弃的原因，
也是伊阿宋抛弃妻子另寻新欢的原因，这也使科林斯国王对她
的驱逐显得更加容易且合理。换言之，美狄亚的蛮族身份既是
剧情的推动力和放大矛盾的一种方式，其中也体现了以男性为
主导的文明对女性的压迫和女性反抗的力量。因为，蛮族身份
在深层次上象征着拥有权利和一定地位身份的女性形象，而这

种形象与希腊父权制社会中的女性构成一种矛盾和张力。相对于伊阿宋所代表的希腊人，美狄亚作为蛮族及外邦人，其身份就很特殊：一方面，无家可归的状态暗示着与祖国的决裂；另一方面，只有当伊阿宋抛弃美狄亚时，她对自己家乡的背叛才产生真正的意义——彻底身处于一种无依无靠的困境中，成为一个外在于希腊城邦的异类。因此，她的蛮族及外邦人身份也就具有了双重的含义：一是地理区隔意义上的身居他乡，二是文明意义上的不同，一个在"他社会"占主导地位的弱者。

然而，美狄亚却并非一个传统意义上的弱者。事实上，美狄亚在剧中的独白就对父权制社会中人们习以为常的性别身份提出了挑战，她说自己"宁愿提着盾牌打三次仗，也不愿生一次孩子"（《美狄亚》251）。可见，她完全不是一个弱势、被动、软弱的女子，而是具有许多被希腊人认为只有男子才具备的特质。此外，在大多数的希腊神话故事中，女性往往是男性英雄征战带回的"战利品"，是被"赢取"的新娘。但美狄亚不是，情况恰好相反，当初若没有她的帮助，伊阿宋是根本拿不到金羊毛的。所以，我们或可以设想，在以女性为主导的文明中，伊阿宋反倒可能成为美狄亚的依附者。

然而，蛮族的身份使美狄亚在科林斯无所依靠，也使她被人看轻，但这也恰恰是她反叛精神和强大力量的来源。"蛮族"的身份给她带来了不幸，也给了她对抗这种不幸的力量。她的力量不仅仅体现在她所拥有的法力、计谋上，更体现在她的思想上，在这方面，她与希腊妇女有着非常大的不同。她自言自语：

> 美狄亚，进行吧！切不要吝惜你所精通的法术，快想出一些诡诈的方法，溜进去作那可怕的事吧！这正是显露

你的勇气的时机。

（欧里庇得斯：《美狄亚》400—403）

可见，她有着一股来自蛮荒之地的原始力量，而美狄亚作为蛮族女巫身份所拥有的魔力就是她有实现复仇能力的证明。因为对于大多数希腊女性而言，普通的咒骂仅仅是咒骂而已，其力量有限；借神之口发出的诅咒，也难以将女性的愤怒直接转化为有效的行动。但美狄亚不一般，她懂得巫术魔法，具有实施行动的能力，因此，她的咒骂便不仅仅是情绪的宣泄，更意味着可能有相对应的行动。最后，在全剧的结尾处，美狄亚更是以一种超现实主义的方式退场——驾龙辇飞升而去，这是她女巫身份的延续。与此同时，携带孩子的尸体表明了她母亲的身份，这进一步将其母亲身份与女巫身份置于同一个场景之中，表明其两种身份的不可分割。

三　痛苦的杀子抉择

古往今来、无论中西，弃妇的复仇方式多是杀死负心郎及其情人，或者自杀，而美狄亚却采取了一种更为惨烈的方式：杀子惩夫！美狄亚这种复仇的方式历来遭人非议、受人谴责。在此，我们不想简单地给予"是"或"非"的评价，因为这并不是一个单纯的伦理问题，[1] 而是一个关乎文明的问题，一个关系到文明存在的内涵问题。

1　人道主义是欧洲文艺复兴以后才提出的一个概念，今天西方学者已对它所造成的种种假象加以批判。故我们也不能仅仅用伦理的眼光看待希腊的悲剧，简单地加以道德的评说。

美狄亚的故事是从阿尔戈船英雄盗取金羊毛的传说发展而来的，但悲剧反映的已不再是远古时代的历史场景，而更多的是悲剧诗人欧里庇得斯时代的社会风貌，也就是说，故事进入的时间，其历史发展阶段与远古时代的情况已大不同了，悲剧并不是在复刻一个远古的神话传说。欧里庇得斯笔下的悲剧发生在美狄亚和伊阿宋避难的希腊城邦科林斯，当时文明发展的一般状况是：城邦出现并得以稳固，氏族社会的残余被逐步肃清；以父系为主的血缘继承关系确立，在当时人们的观念中，"真正的生育者被认为是父亲，母亲则被认为只是父亲的种子的培育者和保护者"，[1] 换句话说，妇女的子宫就只是容器一般。

由此，婚姻形式发生了从以女性为主到以男性为主的根本转型，婚姻的主要目的是生育强健而有用的公民（男孩），以便能够为国家在危急时尽力、为父亲在年老时尽孝，或者是能够再次生育强壮而有用的国民（女孩）。由此，希腊的家庭，可以说是一个十足的男性系统的组织。男人享有多种特权，如在婚姻生活中，男子重婚并不会被认为是不道德的事情，而是被社会舆论所允许的，尤其当前妻是一个被俘虏的女子或野蛮的非希腊女子时，原先的婚姻更不会被人们看好。请看，由科林斯妇女组成的歌队是怎样劝慰美狄亚的：

> 即使你丈夫爱上了一个新人，——这不过是件很平常的事，——你也不必去招惹他……
>
> （欧里庇得斯：《美狄亚》155—156）

---

1 谢·伊·拉茨格：《对欧里庇得斯的〈美狄亚〉进行历史-文学分析的尝试（1969）》，载陈洪文、水建馥选编：《古希腊三大悲剧家研究》，中国社会科学出版社，1986年，第424页。

　　可见，当时的人们对此种事情是不以为意、不以为怪的。歌队呈现的是希腊社会的正常现象，那些男子并不会被认为是做了特别不道德的事情。希腊著名的演说家德摩斯梯尼（Demosthenes）就在其演说词中宣称，男人一生需要三种伴侣：妻子在家为他生儿育女，妓女为他解决生理上的需求，此外还需要有红颜知己。[1] 德摩斯梯尼能够这样公开演说，就表明这种情况是当时社会所允许的。当时，希腊妇女最重要的职责就是生育后代，如果丈夫有其他方面的需要，无论是性欲的还是情感的，他都可以找寻家庭以外的女性来填补。历史之父希罗多德也认为，女子自由恋爱是十分奇怪的事情。从《历史》中的叙述来看，当时希腊女子婚姻的缔结方式与中国传统社会的婚姻有很大的相似之处，即婚姻主要是由两方的父亲来决定的，由此达成的是两个家庭间的联姻（《历史》VI.122—130）。而剧中的歌队是由科林斯的妇女所组成的，显然她们对此也是习以为常的。因此，在剧中，这些妇女虽然对美狄亚有一些同情，说了一些可怜她的话，但并没有一开始就完全站在她一边，她们的态度有一个逐渐变化的过程。

　　在这样的社会背景之下，希腊女子是没有择夫的权利和自由的，除非她与男子私奔，但这是极少见的。只有在仍存留有上古生活方式的异邦，妇女还保有一定的威望和行动的自主权才可能出现这种事情。美狄亚就是这样一个私奔的例子。而恰恰是在那些被认为是政治制度较进步的希腊城邦——其中包括雅典，妇女的处境其实是比较糟糕的。她们虽有公民权，却不

---

[1]　Demosthenes, LIX. 122.

是一种全权的公民权，因此她们不能够参加公民大会参政议政，也不能够对于城邦的内外政策有任何发言权。除了能在葬礼上为死者哀哭、参加一些特定的宗教仪式外，她们的实际生活被局限在一个十分狭小的范围内，只在家中看守，日复一日地操持着琐屑的家务。希腊史家色诺芬在其《经济论》一书中讨论家政问题，主要就是教育作为家庭主妇的女子，教她们如何来管理家庭内部的各种事务，如何操持家务，包括经济状况、管理奴隶和分配给他们不同的工作，等等。[1]

希腊妇女的活动范围有多小，这对其产生的影响有多大？这里举一个看似可笑实则很能说明问题的例子：据记载，一日，一个雅典男子参加完宴饮回家后对妻子说，今天有人说他很臭。他责备妻子为什么不在他出门前告诉他，这样他还可能洗漱一下，以免在人前难堪。妻子听说后竟然回答说：真的吗？我以为男子都是这样的。[2]这个故事表明，那个妻子一生中其实并没见过几个男子。她从小在自己父亲的家庭中长大，长大成人嫁出去以后，在丈夫的家中操持家务，如果家庭状况较好，可以管理少有的几个奴隶。但实际上，她从小到大都被限制在"家庭"这样一个非常狭小的范围之内，极少参与社会活动，更没有公开发表观点和意见的话语权。

剧中，美狄亚分析了妇女的悲惨处境：首先，一个女人必须买一个丈夫，为自己的身体买一个主人，但那可能是一个坏男人。然后，她必须学会如何与他相处。如果成功了，生活是"令人羡慕的"（《美狄亚》243）；如果不成功，那么女人还不如当时就死掉，但男人却可以另找情人（《美狄亚》246）。而这样的

1　Xenophon, *Oeconomicus*, VII. 35-37.

2　Plutarch, *Moralia: How to Profit by One's Enemies*, 90b.

双重标准是基于男人在战争中的作用：

> 一个男人同家里的人住得腻烦了，可以到外面去散散
> 他心里的郁积，〔不是找朋友，就是找玩耍的人；〕可是我
> 们女人就只能靠着一个人。他们男人反说我们安处在家中，
> 全然没有生命危险；他们却要拿着长矛上阵：这说法真是
> 荒谬。
>
> （欧里庇得斯：《美狄亚》244—250）

美狄亚并不认可，她说：

> 我宁愿提着盾牌打三次仗，也不愿生一次孩子。
>
> （欧里庇得斯：《美狄亚》251）

在此，还需提及的一点是，不能以为希腊人对女人是这样
的，那么对女神也就是一样的；或者反过来说，他们对女神看
得这么高，那么他们对女人也就很重视。在希腊人的心目中，
女人和女神是两种不同的存在。在对待女人与女神的问题上，
希腊人的解释逻辑和应对方式虽不能说是完全不同的，但神人
之间的差别毕竟同样存在于女人与女神之间。当然，也是能找
到一些相同之处的，比如若是已婚的（或作为母亲的）希腊女
神通常都戴有希腊社会已婚女子惯常佩戴的面纱，图像学的资料
为后世提供了德墨忒耳和赫拉等女神戴面纱的形象（参见图2）。
还有一些年轻的女神为了保持童贞而做的各种努力在神话故事
中也时有出现，比如忒提斯，她不想被爱慕她的男神追求，就

图 2 戴面纱的赫拉[1]

不断地幻化成不同的形状来逃避。[2]但无论怎样，女神总是高于现实中的凡间女子的。

而且，根据希腊各邦的法律，与异国女子结婚是没有法律效力的，可轻易解除。换言之，若妻子是被俘的女子或来自野蛮之地的非希腊女子，法律是不会保护其权利和地位的，若国王下令要将其赶走，那就更没有办法了。作为一个外来者，美狄亚比普通的希腊女子更孤立。

由此，我们就能够理解美狄亚的处境是多么糟糕了，她既得不到社会力量的支持，也找不到法律的武器，一切都断了她的后路。正因为这种男女的不平等是当时社会普遍存在的现象，剧中的伊阿宋才可能肆无忌惮地破坏盟誓，遗弃妻子，另觅新欢，而不受社会力量的约束和法律的制裁。这也正体现在他与美狄

---

1 画面出自约公元前 430—前 420 年的阿提卡红绘饮杯（Skyphos），现藏于托莱多艺术博物馆（Toledo Museum of Art）。

2 Pseudo-Apollodorus, *Bibliotheca*, 3.13.5.

亚的争辩中，他说她来自野蛮的地方，那里的居民不知道"怎样在公道与律法之下生活"（《美狄亚》540），这反映出希腊与科尔喀斯在政治与文化制度方面的对立。但是，正如上文所述，在希腊人眼中低贱、异类的美狄亚在她的故乡却拥有高贵的头衔，她是太阳神的后裔（《美狄亚》406、1254）、月神的女祭司。这种宗教身份赋予了美狄亚通神的强大能力与强烈的自信，使她注定会以一种猛烈的方式报复伊阿宋及"他的社会"。

由于男性主导地位的确立是通过父与子清晰的血缘关系，故在古代希腊的家庭中，除了夫妻这一对关系外，还有一对似乎更为重要的关系：父母与子女的关系。亲子关系，除了自然的亲情外，更主要的是出于一种将自己的名誉、财产乃至生命在后代中延续下去的思想，而父权观念的牢固，使这一关系就更受到男子一方的重视。美狄亚正是认识到这一点，所以，当歌队长问她：

> 夫人啊，你竟忍心把你的孩儿杀死吗？
>
> （欧里庇得斯：《美狄亚》816）

对于一般的女子来说，作为母亲，这可能是很难想象的。但是，美狄亚答道：

> 因为这样一来，我更好使我丈夫的心痛如刀割。
>
> （欧里庇得斯：《美狄亚》817）

如果她没有非常清醒地认识到我们刚才所讲的父与子之间的那种重要关系，她就不会说出这样的话。而剧中的一个插曲

更是加深了美狄亚的意识：她偶遇求子归来的埃勾斯时（《美狄
亚》709—755），[1] 不仅保证她实施报复计划后有了可以避难的去
处，且使她更加清楚地认识到子对父的意义，同时也就更加明
确了，通过杀害儿子而给予丈夫巨大打击的可能性。于是，她
更加坚定了自己心中复仇的念头，她要通过彻底毁掉伊阿宋的
未来来进行报复。这样，美狄亚杀子断后的行为在人类学的意
义上就具有了砸断血缘的枷锁，不再充当生命的根的深层含义，
其矛头直指整个男性社会。可以说，此处的描写具有双重结构
上的意义。

图 3 美狄亚杀子 [2]

1 雅典人埃勾斯（Aigeus）在剧中的出现具有结构性的意义。他因没有男性后代，去
求取德尔斐的神谕，在得到莫名其妙的回答后，想去请教聪明的庇透斯（Pittheus），
顺路来到科林斯，与美狄亚相遇。美狄亚给了他充满希望的建议，同时请求他给自
己一个避难所。在《书库》（*Bibliotheca*）里有关忒修斯的故事中，美狄亚成了雅典
国王埃勾斯的妻子。
2 公元前 330 年左右的红绘双耳细颈陶瓶，现藏于巴黎卢浮宫。

　　美狄亚最后终于手刃亲生儿子，使"她完全自觉地走向新的、前所未有的犯罪"。[1] 这表明她并非是心智丧失，在激情之下才做出来此等惊天骇人之事的，而是在完全清醒的状态之下做出的，此时的她已深刻认识到血缘关系对于男性社会的重要。所以，美狄亚不杀夫，是因为对丈夫有更深的仇恨。如果只杀死丈夫及其情人的话，她的复仇就会是不完全的，只有杀子才能使负心的丈夫受到致命的一击。请看悲剧的结尾：

　　伊阿宋：女人呀，你竟自这样害了我！……这样害了我，使我变成了一个无子的人！

（欧里庇得斯：《美狄亚》1326、1327）

　　美狄亚：这样才能够伤你的心！

（欧里庇得斯：《美狄亚》1400）

　　多么触目惊心的回答！由此，美狄亚借着对伊阿宋的疯狂报复而对"他的"那个社会进行了强烈的报复。这样，悲剧的意义就远远地超出了家庭悲剧、命运悲剧、伦理悲剧等这些范畴。这种复仇的方式所展示的，是两种文明形态之间的对抗，是一种文明对另一种文明的斗争——我们将这两种文明概括为女性文明与男性文明。所以，在杀子还是杀父的选择之中，我们看到，美狄亚是以一种完全自觉且清醒的方式走向那前所未有的"犯罪"的。

　　看到此，可能会有人说：即便科林斯公主被美狄亚毒杀了，

1　谢·伊·拉茨格：《对欧里庇得斯的〈美狄亚〉进行历史-文学分析的尝试（1969）》，第 425 页。

伊阿宋之后还可以娶别人呀，这样他就仍然可以有后代了。现代思维的确是可以让读者去做这样的假设的，因为现实本身就有着多种选择的可能性存在。但是，这里要提醒各位读者的是，戏剧通常被视作一个封闭的空间。这就意味着，剧情的发展已经被限定在一个固定的框架之内了，故不能用今天的逻辑去推演，也不能用常人现实的想法去设想。总之，在一个封闭的空间里，悲剧故事的发展只根据它自身的逻辑，其他的可能性都被屏蔽掉了。

不过，在悲剧中，美狄亚作为一个女性独立的自我意识也经历了一个失而复得的过程：刚开始，她是带着独立的自我意识出场的。保姆说：

> 我知道她的性情很凶猛，她不会这样驯服的受人虐待！
>
> （欧里庇得斯：《美狄亚》37—38）

克瑞翁也承认他对美狄亚的能力有所顾虑：

> 我是害怕你陷害我的女儿，害得无法拯救。有许多事情引起我这种恐惧心理，因为你天生很聪明，懂得许多法术……
>
> （欧里庇得斯：《美狄亚》282—284）

但同时我们也看到，自从到了科林斯，她独立的自我意识仿佛有所丧失。请听保姆的转述：

> 可是她终于来到了这里，她倒也很受人爱戴，事事都

顺从她的丈夫。

（欧里庇得斯：《美狄亚》14—15）

这表明她放弃了自己的自由，尝试以希腊妇女的方式来要求自己。

然而，在遭受背叛之后，她先是恨不能立即结束自己的生命：

哎呀，我受了这些痛苦，真是不幸啊！哎呀呀！怎样才能结束我这生命啊？

（欧里庇得斯：《美狄亚》96—97）

哎呀呀！愿天上雷火飞来，劈开我的头颅！我活在世上还有什么好处呢？唉，唉，我宁愿抛弃这可恨的生命，从死里得到安息！

（欧里庇得斯：《美狄亚》145—147）

随后又对自己过去做下的疯狂之举发出忏悔：

啊，我的父亲、我的祖国呀，我现在惭愧我杀害了我的兄弟，离开了你们。

（欧里庇得斯：《美狄亚》168—169）

然而，在经历现实的残酷打击、自我的悲伤与消沉过后，她终于恢复了冷静以及对这段婚姻的反思，并决定复仇。不过，不同于同归于尽式的报复，美狄亚并没有像大多数的怨妇那样自我了断。这意味着，美狄亚清醒地认识到，伊阿宋既不是她人生的全部，她对"他的"报复也必须以让他感觉更痛的方式进行，同时这或许也是她已找回自我的表现。她又重新变回了原来的那个美狄亚：

> 不要有人认为我软弱无能，温良恭顺；我恰好是另外一种女人：我对仇人很强暴，对朋友却很温和，要像我这样的为人才算光荣。
>
> （欧里庇得斯：《美狄亚》808—810）

于是，她再次成为一个有力量、有计谋、敢爱敢恨的独立女性形象。

四　母亲的慈爱与怨妇的嫉恨

常言道："虎毒不食子。"如果纯粹从生理性别上来说，美狄亚作为母亲，即使只出于本能，她也爱自己的孩子，因为母性的柔情在召唤她，母亲不会用孩子的血来为自己复仇；但是作为弃妇，她又加倍地恨"他的"儿子，这表明当时妇女已无可奈何地承认了父权在社会中之主导地位。但手刃亲生儿子对于一个母亲来说，毕竟是一件非常残忍的事情。虽然说她最后终于做出这种事情，且是在一种完全清醒的状态下，自觉地走向这样一种前所未有的犯罪。

那么，在这个过程中，既然她不是在丧失理智或者不清醒的状态之下做出行为，那么作为一个母亲来说，她必然会有很多的纠结和挣扎。剧中对美狄亚杀死亲生儿子前激烈的内心斗争有着十分精彩的描写，仿佛有两个不一样的美狄亚在辩论。

这些片段也成为后世学者公认的欧里庇得斯写得非常精彩的部分，刻画出了主人公内心丰富的情感和复杂的心理活动。对这些不同情感层次的描写，透视出戏剧人物的无穷魅力，也给读者带来了精彩的阅读体验，让人真切地感受到美狄亚内心所受的折磨，以及她的脆弱与坚持、不舍与决绝、母爱与妒恨。

从剧中可见，成为弃妇后，美狄亚曾经历了一段消沉的时光：

> 她躺在地上，不进饮食，全身都浸在悲哀里；自从她知道了她丈夫委屈了她，她便一直在流泪，憔悴下来，她的眼睛不肯向上望，她的脸也不肯离开地面。
>
> （欧里庇得斯：《美狄亚》22—24）

但她的自主意识很快重新觉醒，迅速转变成一个复仇者，因为她毕竟不是平凡的希腊女子，她来自蛮邦，有高超的法术和暴戾的脾气。换言之，美狄亚是复杂而危险的，她并非只是一个简单的令人同情的被人背叛的普通女人。虽然母亲的身份让她的复仇想法犹豫不决，但杀子也是对她身份的再确认，使他重新成为一位女巫、一个具有极强女性意识的女子。母亲和弃妇这两重的激情在美狄亚心中不停地斗争着，让她徘徊于两种不同的决定之间，同时，作为女性的自我身份觉醒与身处异邦的社会政治身份之间也在不断地互动着。

请看，当孩子们用纯洁无邪的眼睛看着他们的母亲时，美狄亚叹道：

> 哎呀！我怎样办呢？……我如今看见他们这明亮的眼睛，我的心就软了！我决不能够！我得打消我先前的计划，

我得把我的孩儿带出去。

（欧里庇得斯：《美狄亚》1041—1046）

这是她作为母亲的本能声音，是从她心里面发出来的。但是，改变主意的想法转瞬即逝，她似乎很快就觉醒过来，继而又鼓励自己：

——我到底是怎么的？难道我想饶了我的仇人，反遭受他们的嘲笑吗？我得勇敢一些！

（欧里庇得斯：《美狄亚》1049—1050）

可见，作为她与伊阿宋过去关系的纽带，美狄亚也恨这两个孩子。而彻底摧毁伊阿宋的唯一方法就是杀死孩子。但也许才几秒钟后，她又自语道：

哎呀呀，我的心呀，快不要这样做！可怜的人呀，你放了孩子，饶了他们吧！

（欧里庇得斯：《美狄亚》1057—1058）

她就这样反复斗争着：几次母爱战胜了复仇之心，软化了；但又几次坚强起来，最后痛下决心，决定绝不能给罪恶的人留下后路。因为对于一个希腊男人来说，留下后代是非常重要的。她对孩子们说：

你们在这里所有的幸福已被你们父亲剥夺了。

（欧里庇得斯：《美狄亚》1075）

正因为此，我们才会说，她的确是在一种完全自觉的情况下，清醒地走向这样一种前所未有的犯罪的。对此，美狄亚自己也十分清楚，她说：

> 我的痛苦已经制伏了我；我现在才觉得我要做的是一件多么可怕的罪行，我的愤怒已经战胜了我的理智。
>
> （欧里庇得斯：《美狄亚》1077—1078）

在悲剧的结尾处，我们看到：美狄亚在毒杀科林斯公主及国王后，应该说她已经部分地复仇了，完全有可能带着两个孩子乘龙辇逃离，而不必杀子。但这对美狄亚来说是不够的，因为使她不幸的罪魁祸首还没有受到最严厉的惩罚，对她而言这才是最重要的。若要杀死伊阿宋也不难，作为女巫的美狄亚是有这个能力和手段的，但那样做仍不是最严厉的惩罚，不足以让美狄亚解恨。于是，她怀着一种绝望而又清醒的决心，走向自己的亲生骨肉：

> 啊，我这不幸的手呀，快拿起、拿起宝剑，到你的生涯的痛苦的起点上去，不要畏缩，不要想念你的孩子多么可爱，不要想念你怎样生了他们，在这短促的一日之间暂且把他们忘掉，到后来再哀悼他们吧。他们虽是你杀的，你到底也心疼他们！——啊，我真是个苦命的女人！
>
> （欧里庇得斯：《美狄亚》1240—1250）

这种超乎常态的"爱"与"恨"正是美狄亚性格中最鲜明的特征。她身上这种"过度"的特质，被伊阿宋描述为"从没

有一个希腊女人敢于这样做"(《美狄亚》1322—1350)、"(你是)
只牝狮"(《美狄亚》1342)等,这与评价自己的"明智""有节制"
形成对比。美狄亚的行为举止中也处处表现出这种"过度",她
"绝没有旁的办法……现在这些阻拦的话全是多余""愤怒战胜
了健全的思想"等。实际上,她的复仇行为本身也可视为是被
这种特质所引导的。若她像普通的希腊女性一样,她就无法在
当时的社会秩序内部找寻到一个令她满意的答案,最终只能失
去声音。只有从秩序外部将其打破,用非理性对抗理性,才有
可能成功。

有学者将此与美狄亚的出身联系在一起。据说,她是提坦
神的后代(《神谱》960—962),而提坦神被认为是非理性的且
具暴力倾向的原始神。[1]这是一种现有秩序之外的力量,而这种
血脉中相承续的气质和力量正是美狄亚的独特之处,也使她成
为"另外一种女人"(《美狄亚》808—810)。这从保姆一开始
对她的描绘中就能看出。作为最熟悉美狄亚的人,保姆在悲剧
一开场时,就以一种大自然的力量来形容美狄亚,说她像"石
头"或"海浪"一样(《美狄亚》28—29),抑或是"乌云"或
"电火"(《美狄亚》103—104);有着"暴戾的脾气"和"仇恨
的性情"(《美狄亚》103—104)。总之,美狄亚就像大自然的
一部分或一个野物一样,类似于公牛或产崽的狮子(《美狄亚》
92、103、187、1342)。这样的性格特征也是成就她的自我求
证与反抗意识的根本原因,并最终使她做出杀子惩夫那样决绝
的事情。

最终,为使伊阿宋绝嗣断代,永远痛苦,美狄亚做下这骇

---

[1] 吴雅凌:《赫西俄德〈神谱〉中的提坦神族》,《思想战线》,2009 年第 4 期,第 112 页。

人听闻的事。而杀子的结果，并没有让美狄亚感觉很痛快，恰好相反，这样的结果使她感受到双倍的痛苦和不幸，即在惩罚丈夫的同时，也毁灭了自己的幸福。黑格尔说："由于忘我，爱情的主体不是为自己而生存和生活，不是为自己而操心，而是在另一个人身上找到自己存在的根源，同时也只有在另一个人身上才能完全享受自己。"[1] 美狄亚正是失去了"自己存在的根源"，才主持了这一场血的祭礼。这种极端的复仇手段，更反衬出女性地位失落的极度悲哀。因此，也可以说，《美狄亚》中最震撼人心的并不是她残酷的暴行，而是美狄亚为爱付出一切，最终付之一炬后极度的痛苦与挣扎。

不同的思维样式与不同的社会类型相符合。从美狄亚复仇的这一思维方式，我们看到的是一种已失落的文明——她所代表的以女性为中心的文明。女性解释世界方式的失落，正是女性地位失落的表征，而这也是整个文明发生转型时的一种失落。当女性文明衰落后，女性的任何强力抗争，带给她们的都是双重的打击和失败。美狄亚也不是真正的胜利者。

人类失落了女性！女性失落了自己！

五　诗人所表现出来的人性关怀

爱与恨是人类情感的两极，既互相排斥，又相互依存。一个人的爱憎不仅仅是主观情感的反映，也常常是社会现实的折射。作为悲剧的创作者，欧里庇得斯不仅看到了这些现实存在的问题，而且通过悲剧的表现，在对这些问题的认识上走在了

1　黑格尔：《美学》（第二卷），朱光潜译，商务印书馆，1995 年，第 327 页。

时代的前面。这使得他的作品更为现代人喜爱，以至有人将欧里庇得斯称作"现代的思想者"。他在两千多年前写下的作品中，对边缘人物的关注、对他们所遭遇苦难的同情以及对个人价值的追求，同样是当今世界中的主旋律的一部分。然而，正是由于他选择描写的对象多半是处于社会边缘的奴隶、妇女或是异邦人，甚至是奴隶和妇女两重身份的叠加的人，所以欧里庇得斯在有生之年并不是很受时人欢迎。他只有4部戏获得了最高奖，他反而是在死后才获得了大多数人的赏识。也许这正印证了"真正的思想者是从来都不会受到他所处时代的广泛赞赏的"这句话吧。

无论怎样，欧里庇得斯在《美狄亚》中所涉及的女性问题，的确是以往的悲剧诗人所不曾涉及的，甚至可以说是整个古代时期都未被充分讨论和涉及的问题。作为"一个最近代的古代作家"，[1]他虽没有发表任何关于女性问题的鸿篇大论，但他以一个诗人的情怀，深切地同情她们的悲哀、理解她们的痛苦，并借美狄亚之口留下了数千年来女性对男性的不平之声：

> 在一切有理智、有灵性的生物当中，我们女人算是最不幸的。
>
> （欧里庇得斯：《美狄亚》230）

如果说美狄亚是世界文学史上最早的女性反抗者形象，那么欧里庇得斯则是在希腊戏剧中乃至世界文学史上第一个发现女人、同情女人遭遇的悲剧诗人，他也第一个揭示了从以美狄

1　柳无忌：《西洋文学研究》，中国友谊出版公司，1985年，第69页。

亚为代表的女性身上爆发出的一种强烈的自我求证意识。[1] 这种
意识在剧中是通过美狄亚特殊的爱与恨，并在其情感世界中以
猛烈的复仇方式展现出来的。

欧里庇得斯通过美狄亚的复仇对那种为权力、地位和财产
而公然背信弃义的行为进行了批判，同时又痛惜地表述了人类
心灵对人伦情感斩不断、理还乱的复杂留恋。他成功地将女主
人公的内心世界展现在读者和观众面前，使我们对美狄亚心中
强烈的痛苦与极度的矛盾有所理解。诗人还通过歌队的合唱表
明了对美狄亚的同情和理解。

> **歌队**：可怜的人呀，你没有娘家作为避难的港湾……
>
> （欧里庇得斯：《美狄亚》440）

这是在悲剧刚一开始不久就提到的。然后，歌队长在听了
美狄亚诉说其理由后，虽然觉得不能够帮她，但还是说：

> 美狄亚，我会替你保守秘密，因为你向丈夫报复很有
> 理由……
>
> （欧里庇得斯：《美狄亚》267）

结合之前的说法，我们发现，歌队的态度在发生变化，在
最初听闻此事时，她们是想要劝慰美狄亚不必将这种事情太当
真，因为这种事情在当时的社会里很常见。但是，当事情进展

1　人类的自我求证意识，即指人类与生俱来并在与自然、社会的斗争中得以发展的那
　　种自觉、强烈地要求并努力证实、创造自我的欲望和能量。参见孙丽：《希腊悲剧"自
　　我求证"意识及其超时空效应》，《外国文学研究》，1989年第1期，第117页。

到悲剧的后半部分时，歌队也觉得这确实是一件很过分的事情，她们的态度开始转向美狄亚。然而，在实际上是无能为力的情况下，她们先是说要为美狄亚保守秘密。为什么呢？因为美狄亚的想法是要杀子惩夫，这是一种极为骇人听闻的行为。所以她们想要保守秘密，以保护美狄亚，不希望到处去散播，免得引起别人对美狄亚的不满，进而对她采取什么措施。然后，歌队紧接着又说"你向丈夫报复很有理由"，这表明科林斯的妇女们也已经开始认识到，同样作为女性，美狄亚在丧失任何合理权利的时候，她的报复行为是可行的，应该也是有道理的。但归根到底，美狄亚哪怕有理由也得不到支持，故而歌队能做的也只是为她保守秘密而已。从歌队与美狄亚的对话中，我们看到，悲剧诗人展现出对于女性的一种同情的理解。[1]

而另外一方面，对伊阿宋，则是作为对立的形象和美狄亚痛苦的制造者来描写的。剧中的伊阿宋已从一个阿尔戈船英雄变成了一个庸俗的利己主义者，他的整个形象发生了颠覆性的变化。但是，他的忘情负义，却有别于那种喜新厌旧，以猎取姿色、玩弄女性、满足情欲为目的的人。从剧中的描写来看，他是为所谓的前程、名利与地位着想。他建立这个新的联盟是出于对他现在家庭最好的考虑，不是出于情欲。换言之，伊阿宋是为了让他的儿子们将来在异国他乡能够获得一种可靠的地位（《美狄亚》559—561）。所以，当遭到美狄亚的谴责时，伊阿宋表现得非常理直气壮，还煞有介事地为他那种追求实际利

---

[1] 对于歌队与美狄亚之间的对话，也有学者从修辞与伦理的角度进行解读，认为诗人借二者之口批评了智者运动给当时政治带来的恶果：雅典民主制鼓励民众对自由和爱欲的普遍追求，为个人主义和爱欲的解放提供了沃土和合法性。参见罗峰：《欧里庇得斯〈美狄亚〉中的修辞与伦理》，《外国文学研究》，2022 年第 2 期，第 109—119 页。

益而引起的背叛行为诡辩：

> 自从我从伊俄尔科斯带着这许多无法应付的灾难来到
> 这里，除了娶国王的女儿外，我，一个流亡的人，还能够
> 发现什么比这个更为有益的办法呢？……最要紧是我们得
> 生活得像个样子，不至于太穷困……
>
> （欧里庇得斯：《美狄亚》562—567）

> 你现在很可以相信，我并不是为了爱情才娶了这公主，
> 占了她的床榻；而是想——正像我刚才说的，——救救你，
> 再生出一些和你这两个儿子作弟兄的、高贵的孩子，来保
> 障我们的家庭。
>
> （欧里庇得斯：《美狄亚》595—597）

在此，伊阿宋说的话，不仅没有丝毫对美狄亚的感谢之情，反而认为是美狄亚给他带来了无尽的麻烦。为了走出困境，作为一个流亡者，他除了娶科林斯国王的女儿外已别无他法。然后，他又说："最要紧的是我们得生活得像个样子，不至于太穷困。"这样的理由听上去似乎合情合理。

伊阿宋还厚颜无耻地把自己的行为合理化，认为他这么做是出于对整个家庭的考虑。他甚至以为自己有恩于美狄亚，说正是他将美狄亚从蛮夷之地带到了文明的希腊，这是对美狄亚的莫大恩赐，并使她有了享受法律的可能性：

> 可是你因为救了我，你所得到的利益反比你赐给我的
> 恩惠大得多。我可以这样证明：首先，你从那野蛮地方来

到希腊居住，知道怎样在公道与律条之下生活，不再讲求暴力；而且全希腊的人都听说你很聪明，你才有了名声！如果你依然住在大地的遥远边界上，决不会有人称赞你。

（欧里庇得斯：《美狄亚》534—542）

这些话在观众听来是多么具有讽刺意味。因为之前我们已经指出，在当时的希腊社会里，妇女地位低下，法律更是不适用于作为异邦女子的美狄亚。所以，他所说的让美狄亚不用诉诸暴力，还能用法律来保护自己，实际上都是不可能的。悲剧诗人通过这样的描写，把伊阿宋的自私无耻充分展现了出来。

而这种无情的揭示，在悲剧的最后一部分中再次出现：当伊阿宋看到他的新娘和科林斯国王被美狄亚毒杀身亡后，便匆匆赶往原先他和美狄亚的住处。但并不是因为国王父女的死亡使他对自己的背叛行为有所醒悟，要赶回去拯救美狄亚母子，携一家人逃走，而只是"保存世系的感情在他身上充分地起作用"。[1]

> 伊阿宋：可是我对她的关怀远不及我对我的孩子们。……我只是来救我孩儿的性命的……

（欧里庇得斯：《美狄亚》1302—1304）

将这句话与之前我们所说的父子关系的重要性结合在一起看，意思就很明白了：伊阿宋之所以赶来救他孩子的性命，就在于他意识到了美狄亚是一个多么决绝的人，光杀死国王与

---

[1] 谢·伊·拉茨格：《对欧里庇德斯的〈美狄亚〉进行历史-文学分析的尝试（1969）》，第 424 页。

公主对美狄亚来说是不足够的，她还要让伊阿宋成为一个无子的人。

欧里庇得斯的这些描写与评价，表面上看好像只是针对这对即将分手的夫妻的，但实际上是对两种文明的评判，是对伊阿宋身上男性价值观的批判。剧中美狄亚与伊阿宋的对比本身也就是双重的：美狄亚作为女性，与男性的伊阿宋相对立；美狄亚作为蛮族异邦人，与伊阿宋所代表的希腊文明社会相对立。

但同时，他们又并不完全是对立的，因为作为父母，他们某种程度上因爱子而达成一致，只不过他们的爱子与杀子却又是出于以上两种对立的理由。正是由于男女感受世界的方式不同，男性文明的内涵也就与女性文明的内涵不尽相同。当男子将权力、财富、地位等从人的本质需求中分离出来作为生活的最高价值标准，而将婚姻当作谋取地位、财富的手段时，就带来了古朴道德伦理观念的沉沦、家庭的不稳固、社会的动荡。女子们惊呼：

> 盟誓的美德已经消失，全希腊再不见信义的踪迹，她已经飞回天上去了。
>
> （欧里庇得斯：《美狄亚》439—441）

而诗人的思维方式与女性的思维方式在很大程度上是一致的、相通的，都是一种极富情感、充满人性关怀的思维方式。于是，诗人和美狄亚共同奏响了这曲女性文明的哀歌：

> 如今那神圣的河水向上逆流，一切秩序和宇宙都颠倒了：男子汉的心多么奸诈，那当着天发出的盟誓也靠不住

了！……

（欧里庇得斯：《美狄亚》410—416）

哀叹的同时，诗人又用希望来自我安慰：

从今后诗人会使我们女人的生命有光彩，我们获得这
种光荣，就再也不会受人诽谤了。

（欧里庇得斯：《美狄亚》417—420）

因为，对于希腊人来说，能被诗人歌咏，也是获得另一种
意义上的永生。此时，诗人就和女人站在了一起。

六 文明的寄托

通过以上多维的分析角度，我们认为《美狄亚》并非是一
部单纯的家庭悲剧或命运悲剧，而是一部文明的悲剧：它是社
会转型时期女性文明衰落的悲剧，也是人类情感失落的悲剧，
同时还是抗争的女人的悲剧。

若按刻板的性别划分来看，剧中的美狄亚似乎同时具有了
男性和女性的两重身份。她的男性特质表现在于：一是叛逆且
自我，"在一切有理智的生物中，我们女人……"。可见，她对
既有的规则存在思想上的质疑，并最终将这种质疑落实到了实
践之中。她的杀弟叛父、毒杀国王公主、杀子罚夫，就是对父
权、王权和夫权的反动，对自我利益的维护。二是有勇有谋，
"我们也有一位文化女神，她同我们作伴……"。在希腊社会中，
智慧几乎是为男性所独有的，但美狄亚的复仇计划却展现出惊

人的谋略，且她最终有勇气去完成那惊人的谋略。三是果断刚毅，美狄亚为达成自己的目的不惜代价：先是背叛父亲盗取国宝，与伊阿宋私奔，并杀弟抛尸；后为报复丈夫，杀死亲生儿子，同时也使自己永坠痛苦深渊。

其女性特质的表现则在于：一是感性，她一直被感性的力量驱使，无论是私奔之时，"只因为情感战胜了理智……"；还是杀子时刻，为报复仇敌的愤怒冲昏头脑，完全不听歌队长的劝阻。二是贤妻良母的本性，"我还没为你们预备……"，可见若无变故，她是愿意履行作为一个母亲的职责的，她应该也是喜爱这种生活的。可以说，她虽口头和心里有所叛逆，却又甘愿平淡无奇地度过一生。而美狄亚这种模糊的身份特征，恰好表明了她本质上是一个非希腊的女子。

总之，剧中美狄亚的"爱夫与恨夫"是她追求和实现自我求证的根本动因，由此也牵动了各种社会因素，使美狄亚的悲剧成为一幕表现文明冲突的大悲剧。悲剧通过表现美狄亚处在无国、无土、无君、无权、无势的绝境中的抗争，向我们昭示了：一种性别对另一种性别的统治总会对统治者与受害者双方带来高度破坏性的影响。纵观人类文明史，有一种统治关系似乎超越了任何阶级、民族或国家的限制——男性与女性之间的关系。而女性文明衰落后，以女性为主体的文明和以男性为主体的文明之间的对抗并未由此平息，因为人性的一切也就是文明的一切。"悲剧是以它向我们提出的挑战而结束的。"[1] 面对《美狄亚》所提出的挑战，展望悲剧解决的道路：是以两性分立来对抗男权主义，号召妇女以女权主义抗争的方式强行介入男性的社会

---

1 伊迪丝·汉密尔顿：《希腊方式——通向西方文明的源流》，第 201 页。

呢？还是简单套用生物进化论"强者生存"的理论模式承认现状呢？

如果将矛盾往极端方向去理解，那么可以认为，孩子也并不属于女人，或者说孩子与女人同属的团体失去了关联，因为他在成为父亲血脉继承人的同时也成为父亲的专属财产。于是，美狄亚在极端愤怒的情况下自然会毁掉男人最重要的财产。由此所导致的矛盾就是不可解的。假设当夫妻二人的关系和睦融洽之时，抽象的平等原则是可以成为表达的前提的；但当双方发生冲突之时，情况就大不一样了：此时存在的不平等就会成为主要的话题，同时也会成为否定抽象平等的理由。

所以，如果从女权主义的立场出发，难免会带有些许过于强烈而有失偏颇的感情色彩，故矛盾仍然是无解的；而从生物进化论的角度分析，则容易掉入弱肉强食的陈旧圈子里。那么，人类的两性如何才能诗意般和谐地居留在地球上呢？

我们认为，由于女性和男性对各自缺乏清醒深入的认识，所以两性之间不断发生的误解和冲突，实际上是以各方对自身的误解为基础的。因此，只有从人的解放这个基点理解女性解放，只有真正将人类视为一种整体存在，只有认识到对人类任何部分的伤害就是对全体的伤害时，才能在两性间建立起平等的关系。这是一种既尊重彼此差异又能和谐相处的伙伴关系，而非一方压倒另一方的统治关系。

如将人类比作一只奋飞的青鸟，女性与男性就如同鸟的两翼，只有两只翅膀均衡发展，都很健全和强壮，鸟儿才能展翅高飞。如一方的强壮以另一方的衰竭为前提，一方的解放以另一方的受压迫为标志，这样的文明就必然是畸形的、不健全的。逐渐觉醒的理性向整个人类发出"认识你自己"的呼唤！而今日之时代是一个全球性的转换时期，人类正进入一个群体生活的新阶段，如同一个人经历了童年期、青春期，现在正站在成年期的门槛上。世界新文明的建设无疑是一项集体的事业，只有男女共同的力量才能促使人类文明腾飞。我们的目标将是一种阴阳相辅、刚柔相济的人类新文明的建立。未来的人类大同，必然是男女和谐相处、共同参与的一项伟大工程。

结　语

"人类生存困境中所不可避免的牺牲"

至此，我们对古希腊悲剧的解读就要告一段落了。

本书的初衷和主要目的，始终是帮助读者读懂古代希腊的悲剧。因此，以历史研究的方法切入对悲剧的理解，这一做法贯穿全书。之所以采用历史语境主义的处理方式，导言中已有所交代。概言之，是想通过对历史语境的梳理，揭示悲剧诗人的写作意图及其公民教育的目的。语境指的是观念产生的具体环境、历史背景和社会条件，它受一定时间和空间的限制，是历史的产物。包含某个观念的思想是历史条件的产物，它们不能完全以超越时代或空间距离的方式被理解。就此，当代思想史大师、剑桥学派代表昆廷·斯金纳（Quentin Skinner）曾明确指出："任何陈述都不可避免地是特定场合特定意图的体现。针对特定问题的解决方案，试图超越其特定背景来理解，都是天真的。"[1] 因此,我们不能主观先在地假设希腊悲剧有着一种特殊的跨越时代与地域的价值。特别是在考虑到初读者之时,我们不仅需要对希腊悲剧的基本概况,包括其产生的历史文化背景、形式与结构、主题等进行较为全面细致的介绍,而且需要针对具体的剧目做详细的解析,从而避免泛泛而论的漫谈式讲解。

同时我们也明白,一方面,在文本流传的过程中,一代又一代的观众和读者也会在观看和阅读时,创造出新的价值和意义,并且发现这些悲剧对思考当下棘手问题也是有所帮助的。事实上,从古代到现代,不同的视角的确给予了人们新的理解的可能,也改变了人们看待这些文本的方式,这或许也是我们与遥远的过去和他者、他文化打交道的乐趣之所在吧。因此,我们不断强调,应对希腊悲剧持一种开放的态度。具体而言,本书不仅对四部希腊悲剧采用了四种不同的解读角度,以揭示经典阅读的多种可能性——无论是文化历史的背景、互文理解的可能还是哲学的解读、文学的批评、女性主义的角度,都通过各自的解释,使人们对希腊悲剧有了多种新的理解。而且,本书还以脚注的形式,提供了更多不同的声音和思考的线索,提醒读者书中的解读模式并非唯一的正解,还存在其他的阅读策略和理解路径。

另一方面,更关键的是,我们始终清楚,在古代希腊的思想语境中,诗人还承担着城邦教化者的角色。这也是为什么我们会在第一章中就提及悲剧所具有的公民教育目的。因为悲剧描述的是"可能发生却又必然发生之事",诗人不会只是满足于反映具体历史时代的问题,他们往往是一边借鉴远古的神话作

---

1 Quentin Skinner, *Visions of Politics*, vol. 1, *Regarding Method*, Cambridge University Press, 2002, p. 88.

为故事的起因，同时又直接从某个当下的问题切入，进而思考
关乎整个人类的事情。换言之，通过悲剧将具体之事置于普遍
性中考量。事实上，通过书中的分析与解读，我们已充分地认
识到，希腊悲剧是一种严肃戏剧，讨论的是关于人类及其命运
的重大问题。作为一种严肃的戏剧，希腊悲剧并不总是令我们
因悲痛和怜悯而压抑，更不会因此而绝望。悲剧中所涉及的生
与死、罪与罚、正义与不义等话题，让古往今来中西方不同的
观众与读者都能从中得出自己的思考和解读。

　　在希腊悲剧中，主人公往往会因为某个缺陷或过失而从高
处跌落、陷入极度的困境之中，其最常见的结局是死亡或不可
挽回的重大损失，而这一切的发生通常是因为过度的骄傲、自
大或不虔诚。这不仅是一种性格上的深刻错误，更可能是一种
判断错误，亚里士多德称之为 hamartia，可理解为过失或犯错
（《诗学》1453a）。这个词的含义，学界有不同的理解，我们认为，
hamartia 并非指某种主观有意识地犯错或有道德上的明显问题，
而是判断失误、知事不明，由此招致噩运。比如俄狄浦斯，他
并非故意要杀死其亲生父亲，而是误判对方的言行，虽然他的
轻率举动放大了其失误的结果，但在道德上，他对此事不具有
完全的责任。所以，他的 hamartia 只是在自身处于危机状态下
所做出的错误决定。同样地，普罗米修斯并非是一个恶神，他
不过是为了在宙斯面前表现其能力，而误判了至高之神的智慧；
克瑞翁也不是一个不敬神灵的人，他只是在城邦出现危机时更
看重自己作为国王的权力，而忽视了人们早已约定俗成的天条；
伊阿宋也不过是因身处异乡时的权宜考量，让他忘记了本该遵
守的誓约。这种种的一切，都是身为凡人的我们——无论处于
何时何地——所可能做出的选择。换言之，希腊悲剧中所有英

雄的苦难遭遇都可被解读为是关于人类的基本困境，而悲剧所表现的，就是人类身处困境时所可能有的种种言行。作为一种有限的存在，人类在面临抉择时的痛苦挣扎、怀抱的侥幸心理、自以为是的妄自尊大以及真相大白时的坦然面对、万般不幸中的放手一搏，等等，所有的一切都印证了韦尔南的那句话："人类生存困境中所不可避免的牺牲。"这些"不可避免的"处境所带来的"牺牲"，正是人类亘古以来永远不变的生存状态，希腊诗人以悲剧的独特形式帮助人们去面对、去理解那些根本性的问题，这才是希腊悲剧总是能常读常新的原因所在。

希腊悲剧对于人类命运的展示及其种种可能性的探索，尽管其场景或名称会有所不同，但其性质是超越时代和种族的。那些同样的经验与情感以不同的语言加以描述，表达的可能都是人类共处的困境与挣扎。因此，虽然悲剧所固有的古代背景很重要，但其中所包含的古代意义并不是唯一的。作为现代人，观看或阅读希腊悲剧也不会让我们充满僵化的敬畏，而是对另外一种观察世界的方式保持一种开放的态度，并对其中所揭示的人类作为一个特有物种亘古以来面临困境的思考。换言之，希腊悲剧虽然来自遥远的时间与空间，但我们发现，它仍能刺激到今天的读者，对我们提出根本性的问题——对于人类而言，这是永恒的问题！

总之，我们可以把悲剧英雄的困厄看作人类在面对变化莫测的命运或神秘莫测的神威时人性弱点的一种普遍表现。悲剧英雄们即使有选择权也不会屈服，不会违背自己的理想，但他们仍然会受到命运的影响和左右，而这些影响实际上是人类境遇的一种标志。作为一种有限的存在，人类是无法摆脱这种境遇的。因此，英雄们的义无反顾，在某种程度上也就成了固执和执迷的表现，而只有象征宇宙秩序或规律的诸神才有可能引领人类脱离此种困境。然而，命运的不可违与众神的遥不可及，又使得人类似乎始终无法达到一个完全幸福的境地，于是，悲剧中的英雄及其所代表的人类永远都处于一种在路上的状态之中，而在慌不择路时的努力挣扎和顽强抵抗，既可能带来致命的错误，也可能实现人之为人的某种突破——这一切的一切，或许便是人类永恒的命运吧。

悲剧中对人的种种追问，向每个人都提出了"人到底是什么"的根本性问题。同样处在有限时空中的我们，与古代希腊人一样，始终深受人在宇宙中位于何种处境问题的困扰。所不同的或许在于，悲剧英雄们觉得自己与宇宙及其节律密不可分，他们拒绝有限的、连续的时间和空间；他们敬畏诸神，竭力遵循神律，并以此作为自己行为的准则；他们直面生存困境中的不安和焦虑，不惧怕世俗的力量和权威，也敢于反抗不公或承认自己的错误。这一区别成为悲剧英雄与尘世凡人生存境遇的起点。而人类的一切行为之所以有意义，乃是由于它们曾为神话中的诸神、祖先或悲剧英雄所践行，后二者则皆因重复了神圣的原型而成为真实的存在。因为现实生活中的不幸和悲惨遭遇总是等待着个人或集体去理解、承受和应对。由此，取材于神话叙述再经诗人改编的悲剧之于世人的存在价值就显得格外重要。一方面，悲剧英雄们（无论是神灵、"无辜之人"、"义人"或是反抗者）作为受苦的原型，昭示了人类历史中的所有苦难都只是对神话原型的重复，是"不可避免的"。这一点具有抚慰人心的作用，它使苦难得以被理解为生活的"常态"。另一方面，悲剧英雄所遭受的苦难和"牺牲"都是有原因的，它们或源于对祖制圣规的背离、自我的傲慢，或因为他人的不忠，等等。

既然，苦难是有原因、有意义的，那么人们至少可以在道德上容忍它们。进而，理解了苦难的原因之后，人们就能够通过重复和模仿悲剧英雄在剧中的行为来消除或化解苦难。这或许就是希腊悲剧想告诉我们的吧。

附　录

希腊悲剧专有名词中希对照表

中文翻译词	古希腊语原词
发现	ἀναγνώρισις
思想	διάνοια
酒神颂歌	διθύραμβος
狄奥尼索斯	Διόνυσος
退场歌	ἔξοδος
观众席，或称"观演区"	θέατρον
净化	κάθαρσις
性格	ἦθος
进场歌	πάροδος
勒奈亚节	Λήναια
言词	λέξις

中文翻译词	古希腊语原词
歌曲	μελοποιία
麦卡尼，或称"降神机械"	μηχανή
摹仿	μίμησις
命运	μοῖρα
情节	μῦθος
奥克斯特拉	ὀρχήστρα
形象	ὄψις
突转	περιπέτεια
面具	προσωπεῖον
萨提尔剧	σατυρικὸν δρᾶμα
斯科尼	σκηνή
严肃	σπουδαῖος
合唱颂歌	στάσιμον
轮流对白	στιχομυθία
旁支歌曲	τὸ ἐπεισόδιον
城市 / 大酒神节	τὰ ἐν ἄστει Διονύσια
乡村酒神节	τὰ κατ᾽ ἄγρους Διονύσια
悲剧	τραγῳδία
三联剧	τριλογία
演员	ὑποκριτής

参考文献

中文

图书

〔德〕歌德：《歌德文集》（第 8 卷），关惠文译，人民文学出版社，1999 年。

〔德〕海德格尔：《路标》，孙周兴译，商务印书馆，2001 年。

〔德〕黑格尔：《历史哲学》，王造时译，上海书店出版社，2001 年。

〔德〕黑格尔：《美学》（第二卷），朱光潜译，商务印书馆，1995 年。

〔德〕卡尔·雅斯贝尔斯：《悲剧的超越》，亦春译，工人出版社，1988 年。

〔德〕马克思：《博士论文》，贺麟译，人民出版社，1961 年。

〔德〕尼采：《悲剧的诞生——尼采美学文选》，周国平译，生活·读书·新知三联书店，1986 年。

〔德〕尼采：《哲学与真理——尼采 1872—1876 年笔记选》，田立年译，上海社会科学院出版社，1993 年。

〔法〕丹纳：《艺术哲学》，傅雷译，人民文学出版社，1963 年。

〔法〕裴利亚·西萨、〔法〕马塞尔·德蒂安：《古希腊众神的生活》，郑元华译，上海人民出版社，2008 年。

〔法〕让 - 皮埃尔·威尔南（韦尔南）：《〈奥狄浦斯王〉谜语结构的双重含义和"逆转"模式（1968）》，载陈洪文、水建馥选编：《古希腊三大悲剧家研究》，中国社会科学出版社，1986 年。

〔法〕让 - 皮埃尔·韦尔南：《古希腊的神话与宗教》，杜小真译，生活·读书·新知三联书店，2001 年。

〔法〕雅克利娜·德·罗米伊：《古希腊悲剧研究》，高建红译，华东师范大学出版社，2017 年。

〔古希腊〕柏拉图：《理想国》，郭斌和、张竹明译，商务印书馆，1986 年。

〔古希腊〕赫西俄德：《工作与时日·神谱》，张竹明、蒋平译，商务印书馆，1991 年。

〔古希腊〕普鲁塔克：《希腊罗马名人传》（上），黄宏煦主编，陆永庭、吴彭鹏等译，商务印书馆，1990 年。

〔古希腊〕希罗多德：《历史》，王以铸译，商务印书馆，2005 年。

〔古希腊〕修昔底德：《伯罗奔尼撒战争史》，谢德风译，商务印书馆，1997 年。

〔古希腊〕亚里士多德：《诗学》，陈中梅译，商务印书馆，2017 年。

〔加〕科纳彻：《埃斯库罗斯笔下的城邦政制——〈奥瑞斯

忒亚〉文学性评注》，孙嘉瑞译，华东师范大学出版社，2017 年。

〔加〕科纳彻：《欧里庇得斯与智术师——哲学思想的戏剧性处理》，罗峰译，华夏出版社，2023 年。

〔美〕房龙：《人类的艺术》，衣成信译，中国文联出版公司，1989 年。

〔美〕柳无忌：《西洋文学研究》，中国友谊出版公司，1985 年。

〔美〕玛莎·C. 努斯鲍姆：《善的脆弱性——古希腊悲剧与哲学中的运气与伦理》，徐向东、陆萌译，徐向东、陈玮修订，译林出版社，2018 年。

〔美〕米尔恰·伊利亚德：《神圣的存在——比较宗教的范型》，晏可佳、姚蓓琴译，广西师范大学出版社，2008 年。

〔美〕米尔恰·伊利亚德：《宗教思想史（第 1 卷）：从石器时代到厄琉西斯秘仪》，吴晓群译，上海社会科学院出版社，2011 年。

〔美〕伊迪丝·汉密尔顿：《希腊方式——通向西方文明的源流》，徐齐平译，浙江人民出版社，1988 年。

〔美〕伊万·斯特伦斯基：《二十世纪的四种神话理论：卡西尔、伊利亚德、列维-斯特劳斯与马林诺夫斯基》，李创同、张经纬译，生活·读书·新知三联书店，2012 年。

〔美〕依迪丝·汉密尔顿：《希腊精神》，葛海滨译，华夏出版社，2019 年。

〔苏联〕谢·伊·拉茨格：《对欧里庇得斯的〈美狄亚〉进行历史-文学分析的尝试（1969）》，载陈洪文、水建馥选编：《古希腊三大悲剧家研究》，中国社会科学出版社，1986 年。

〔英〕J. G. 弗雷泽，《金枝——巫术与宗教之研究》，汪培基、徐育新、张泽石译，商务印书馆，2019 年。

〔英〕拜伦:《拜伦诗选》,杨德豫译,广西师范大学出版社,2009年。

〔英〕伯纳德·M. W. 诺克斯:《英雄的习性——索福克勒斯悲剧研究》,游雨泽译,生活·读书·新知三联书店,2023年。

〔英〕多佛等:《古希腊文学常谈》,陈国强译,华夏出版社,2012年。

〔英〕吉尔伯特·默雷:《古希腊文学史》,孙席珍、蒋炳贤、郭智石译,上海译文出版社,2007年。

〔英〕凯伦·阿姆斯特朗:《神话简史》,胡亚豳译,重庆出版社,2005年。

〔英〕特里·伊格尔顿:《人生的意义》,朱新伟译,译林出版社,2012年。

〔英〕西蒙·戈德希尔:《奥瑞斯提亚》,颜荻译,生活·读书·新知三联书店,2018年。

〔英〕西蒙·戈德希尔:《阅读希腊悲剧》,章丹晨、黄政培译,生活·读书·新知三联书店,2020年。

〔英〕雪莱:《解放了的普罗密修斯》,邵洵美译,人民文学出版社,1987年。

〔英〕约翰·博德曼、贾斯珀·格里芬、奥斯温·穆瑞编:《牛津古希腊史》,郭小凌、李永斌、魏凤莲译,北京师范大学出版社,2015年。

〔英〕约翰·博德曼、贾斯珀·格里芬、奥斯温·穆瑞编:《牛津古希腊史》,郭小凌、李永斌、魏凤莲译,人民日报出版社,2020年。

刘小枫、陈少明主编:《埃斯库罗斯的神义论》,华夏出版社,2008年。

刘小枫：《普罗米修斯之罪》，生活·读书·新知三联书店，2012 年。

罗峰：《自由与僭越：欧里庇得斯〈酒神的伴侣〉绎读》，华夏出版社，2017 年。

罗念生：《罗念生全集》（第一、二、三卷），上海人民出版社，2004 年。

吴晓群：《希腊思想与文化》，中信出版集团，2021 年。

吴雅凌：《黑暗中的女人——作为古典肃剧英雄的女人类型》，华夏出版社，2016 年。

吴雅凌：《神谱笺释》，华夏出版社，2010 年。

肖有志：《悲剧与礼法——索福克勒斯、柏拉图与莎士比亚》，上海大学出版社，2017 年。

中共中央马克思恩格斯列宁斯大林著作编译局编：《马克思恩格斯选集》（第四卷），人民出版社，1972 年。

朱光潜：《悲剧心理学——各种悲剧快感理论的批判研究》，张隆溪译，人民文学出版社，1983 年。

论文

陈斯一：《〈安提戈涅〉中的自然与习俗》，刘小枫主编，贺方婴执行主编：《古典学研究（第 8 辑）：肃剧中的自然与习俗》，华东师范大学出版社，2021 年。

黄文杰：《论弗洛伊德对〈俄狄浦斯王〉的符码性解读》，《戏剧艺术》，2015 年第 2 期。

刘淳：《斯芬克斯与俄狄浦斯王的"智慧"》，《外国文学》，2014 年第 2 期。

罗峰：《欧里庇得斯〈美狄亚〉中的修辞与伦理》，《外国文学研究》，2022 年第 2 期。

罗晓颖：《"技艺胜不过定数"——埃斯库罗斯〈被缚的普罗米修斯〉第 436—525 行解读》，《国外文学》，2008 年第 2 期。

马友平、钟志雯：《川剧"帮腔"与古希腊悲剧"歌队"功能探析》，《四川戏剧》，2021 年第 10 期。

牛文君：《家庭与城邦：黑格尔〈安提戈涅〉诠释中的古希腊伦理问题》，《社会科学战线》，2019 年第 8 期。

孙磊：《城邦中的自然与礼法——〈安提戈涅〉政治哲学视角的解读》，《同济大学学报（社会科学版）》，2011 年第 2 期。

孙丽：《希腊悲剧"自我求证"意识及其超时空效应》，《外国文学研究》，1989 年第 1 期。

王楠：《安提戈涅与女性主义伦理》，《妇女研究论丛》，2017 年第 1 期。

王瑞雪：《重审雅典的"启蒙时代"：欧里庇得斯〈特洛伊妇女〉中的修辞实验》，《外国文学评论》，2021 年第 4 期。

王晓华：《雅典公民政治语境与古希腊悲剧的生成》，《学术月刊》，2009 年 7 月。

吴斯佳：《〈俄狄浦斯王〉的悖论特征及其生成的悖论语境》，《外国文学研究》，2018 年第 6 期。

吴雅凌：《赫西俄德〈神谱〉中的提坦神族》，《思想战线》，2009 年第 4 期。

吴雅凌：《潘多拉与诗人——赫西俄德笔下的女人神话》，《国外文学》，2010 年第 1 期。

肖四新：《理性主义绝对化的悲剧——论〈安提戈涅〉的悲剧实质》，《戏剧（中央戏剧学院学报）》，2003 年第 2 期。

颜荻：《〈僭主俄狄浦斯〉中的诗歌与哲学之争》，《外国文学评论》，2021 年第 3 期。

颜荻：《欧里庇得斯的狄奥尼索斯——〈酒神的伴侣〉对"酒神入侵希腊"事件的文学解释》，《国外文学》，2020 年第 2 期。

叶然：《俄狄浦斯是僭主吗——索福克勒斯〈俄狄浦斯国王〉中城邦的自然》，《学术月刊》，2016 年第 5 期。

外文

Alexiou, Margaret, *The Ritual Lament in Greek Tradition*, Rowman & Littlefield Publishers, Inc., 2002.

Brockett, Oscar G., *History of the Theatre*, Allyn and Bacon, Inc., 1973.

Cartledge, Paul, "'Deep Plays': Theatre as Process in Greek Civic Life", in P. E. Easterling ed., *The Cambridge Companion to Greek Tragedy*, Cambridge University Press,1997.

Cox, J. N., *In the Shadows of Romance*, Ohio University Press, 1987.

Debnar, Paula, "Fifth-Century Athenian History and Tragedy", in Justina Gregory ed., *A Companion to Greek Tragedy*, Blackwell Publishing Ltd., 2005.

Gregory, Justina eds., *A Companion to Greek Tragedy*, Blackwell Publishing Ltd., 2005.

Mark Griffith, "Brilliant Dynasts: Power and Politics in the Oresteia", in *Classical Antiquity*, Vol. 14, No.1, 1995.

McDonald, Marianne, *The Living Art of Tragedy*, Indiana University Press, 2003.

Nilsson, Martin P., *A History of Greek Religion*, 2nd ed., Translated from the Swedish by F. J. Fielden, Oxford University Press, 1952.

Plath, S., *Mirror of Dramatists*, Princeton University Press, 1978.

Schottlaender, Rudolf, "Der aristotelische 'spoudaios'", *Zeitschrift für philosophische Forschung*, Bd. 34, H. 3, 1980.

Scodel, Ruth, *An Introduction to Greek Tragedy*, Cambridge University Press, 2011.

Skinner, Quentin, *Visions of Politics*, vol.1, *Regarding Method*, Cambridge University Press, 2002.

Sourvinou-Inwood, Christiane, *Tragedy and Athenian Religion*, Lexington Books, 2003.

后　记

　　自 2008 年起，我在复旦大学为本科生开设通识核心课程"希腊悲剧"，至今已有十余年。这期间，同学们的参与热情一直比较高，特别是近些年来，每次的选课人数均有五六百人之多。但因本人的体力和精力有限，虽已尽最大努力将每期实际开课的人数扩大到 120 人，仍不能满足所有同学的选课要求，这始终是我在教学中的一个遗憾。所幸，该课程的自编教材经过十来年在教学实践中的反复打磨和不断修正，被列入复旦大学首批"七大系列精品教材"及"复旦通识文库"系列。现在终于完成了最后的撰写，希望能以此给那些未能进入到课堂的同学们一个交代。

　　这门课程的开设始于多年前同学们的邀请，他们希望能深入地了解希腊悲剧产生的社会背景与思想观念，以及蕴含在悲剧中的内在理路和思维逻辑，这才让我一个史学专业的教师敢于在全校开设一门并非文学欣赏进路的希腊悲剧课程。同时，我也希望通过这门课程，除了拓宽同学们的知识面以外，更能使他们跨学科的思维能力得到一定程度的拓展，为其综合素质的培养打下更宽广的基础。

当然，作为教材，也就意味着它只是教师个人在教学过程中的一个环节而已，它既不可能完全涵盖希腊悲剧研究中所有的阅读策略和理解角度，也不能真正替代教学过程中随时发生的查遗补缺式的现场问答和直接交流。至于希腊悲剧的研究概况，总体来说，国内关于希腊悲剧的研究性著作多为学术性较强的翻译作品，主要基于西方古典学的传统和问题意识。对国内一般读者而言，这些翻译作品的可读性及问题导向都不是最合适的。而国内原创的希腊悲剧研究作品相对较少，且其中既能让今天的人们同情地理解古人又适合大众阅读的作品则更少。因此，这本小书只不过是想将希腊悲剧这种原本就是深受当时希腊民众喜爱的社会文化形式，以历史的方式再次呈现给普通读者的一种尝试。这种基于作者十余年的大学本科教学经验，以"通识"为导向的阅读策略，既注重知识背景的介绍，又在对历史背景的展现和对文本的分析中，把史学对知识处理的能力表现出来。希望这种解析悲剧的过程能带给读者以感悟，帮助读者在观看与阅读经典作品的基础上，从历史的角度更加深入地理解古代希腊的社会与文化。

在此，首先要感谢十几年来听过这门课的诸多同学：是你们给了我这样一个机会来解读那些经典文本，并使我与你们一起加深了对希腊悲剧的理解。这种互动与对话使得课堂成为我们共同进行思想训练的场域，并一起乐在其中。

书稿完成的过程则要感谢复旦通识教育办公室的刘丽华、赵元等诸位老师，是你们温和的督促和持续的推进，才使得我终于完成了写作工作。此外，还要感谢商务印书馆的编辑张杰老师及外审专家的认真审读，帮我指出了一些细小的问题，使书稿得到了进一步的完善。

最后要感谢的，是我的博士研究生李顺平同学，她对书稿进行了仔细的校对和参考书目的整理，并完成了初步的配图工作。

吴晓群

2023 年仲夏于沪上